바인의 코끝이 손가락에 닿았다.
그러자 세리에는 자그맣게 미소 지었다.

치트약사의
이세계여행

2

아카유키 토나 지음 kona 일러스트 이신 옮김

카트루나와 피나는
유지로의 맞은편 자리에 앉았다.
들고 있던 나무 상자는
테이블 위에 놓아두었다.

"이쪽은 카트루나라고 해요. 신전에서 제일 능숙하게 미래시(未來視)를 사용하죠."

티크 가족의 배웅을 받으며
두 사람은 마을을 나섰다.
자신을 잘 따르는 티크의 모습에
당혹스러워하면서도 세리에는
살짝 손을 흔들어주었다.

"그럼,
다음에
또 보자."

그렇게 말한 뮬은
론타의 손을 잡았다.
론타도 손을 맞잡으며,
두 사람은 서로를 보며 웃었다.
두 사람 사이에 끼어들 수 있는
이는 없었고, 둘은 사이좋게 걸어갔다.
마을 사람들은 그 모습을 흐뭇하게
바라보았다.

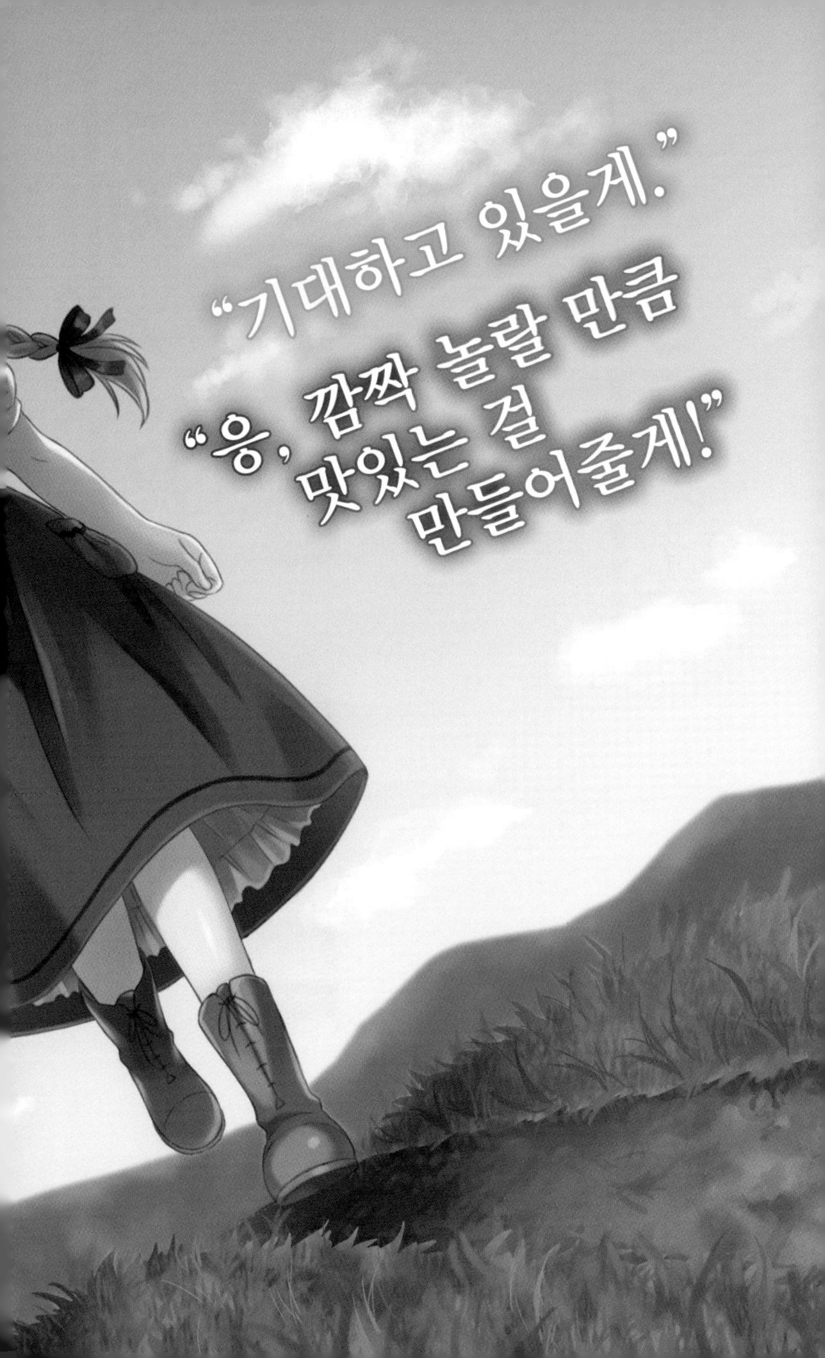
"기대하고 있을게."
"응, 깜짝 놀랄 만큼 맛있는 걸 만들어줄게!"

치트약사의 이세계 여행 2

CHEAT KUNUSHI ISEKAI TABI

☑ *Introduction*

좋아하는 사람을 행복하게 해주고 싶어

이 이야기의 주인공 사와베 유지로는
하프 엘프 미소녀에게 한눈에 반하고,
그녀의 마음을 얻기 위해 눈물겨운 노력을 한다.
함께 여행을 하면서도 가까워지지 않는 거리가 안타깝기만 하다.
유지로는 약을 만드는 것만이 아니라 다양한 수단으로
그 거리를 메워가려 한다.
그렇다. "좋아하는 사람을 행복하게 해주고 싶다"는 마음 하나로.
유지로와 세리에의 이세계 여행을 날실로,
두 사람의 관계를 씨실로 하여 짜여가는 제2탄.
어떤 전개가 펼쳐질지, 기대해주세요!!

치트 약사의 이세계 여행
2

아카유키 토나 지음 | kona 일러스트 | 이신 옮김

치트약사의 이세계여행 2

illustration kona

일러스트/ kona
장정 · 본문 디자인/ 5GAS DESIGN STUDIO

4장

북쪽으로 가는 길

cheat kusushi no
isekai tabi

Tona Akayuki
illustration / kona

13 새로운 여행 동료

메르모리아를 떠난 지 25일 후, 두 사람은 카테그라테라는 도시에 머물고 있었다.

계절은 한여름이었고, 맑게 갠 하늘에서는 햇볕이 쨍쨍 내리쬤다. 더운 날씨였지만 최근의 일본 더위보다는 견딜 만했고, 아무리 높아도 32도가 최고 기온이었다. 그러한 연유로 유지로는 그리 힘들지 않았지만 세리에는 더위에 약했다.

그런 세리에를 유지로가 가만히 보고만 있을 리 없기에, 유지로는 음식을 차갑게 해서 보존하기 위해 만든 냉각제와 화장품을 조합하여 체감온도를 4도 정도 내리는 화장수를 개발했다. 맨 처음 만든 것은 체감온도를 지나치게 떨어뜨린 탓에 한여름인데도 두꺼운 긴팔 셔츠와 코트를 걸쳐야만 했다. 직접 실험 대상이 되었던 유지로는 만들자마자 바로 세리에에게 주지 않기를 잘했다고 진심으로 안도했다.

이런 약은 비교적 쉽게 만들어냈지만, 복합 능력 상승약은 여전히 만들지 못한 채 난항을 겪고 있었다. 당분간은 시간이 더 필요할 것 같은 상황에 유지로는 골머리를 썩였다.

이곳 카테그라테는 자작령으로 인구도 만 명 정도나 된다. 지금까지 방문했던 곳 중에서는 가장 큰 규모의 도시다. 하지만 세리에가 본거지로 삼았던 혼성 도시는 5만 명에서 10만 명 정도는 되는 곳이기에 이곳의 규모에 놀라거나 하지는 않았다.

여기까지 오는 도중에 도시를 두 개 정도 거쳤지만, 추억을 꿈꾸게 하는 약의 재료에 관해서는 아무것도 알아내지 못했다. 게다가 래그스머그도 아직 발견하지 못했기에 두 사람은 더욱 큰 도시로 갈 필요가 있다고 판단하여 이곳으로 왔다.

"나는 약을 판 다음에 서점으로 갈까 하는데."

"나는 소개소에 가보도록 할게. 그 다음에는 고향 풍경과 어머니를 찾아보겠어."

문지기를 비롯한 사람들의 눈은 약을 이용해 속일 수 있지만, 서점은 마법을 써서 출입하는 사람을 조사하기 때문에 아무래도 속여 넘길 수가 없다. 그래서 세리에는 서점에는 들어가지 못했다.

두 사람은 숙소 앞에서 헤어져 각자의 목적지를 향해 걸음을 옮겼다.

길을 오가는 사람들에게 물어 도착한 서점은 2층 건물로, 넓이는 교실 네 개 정도는 되었다.

"크다."

일본에 있을 때는 이것보다 큰 건물도 많이 봤지만, 약 4개월쯤 이쪽에서 살다 보니 감각이 이쪽에 더 가까워져 있었다.

책이 이만큼이나 되면 원하는 정보도 있으리라는 기대를 품고 유지로는 건물 안으로 들어갔다.

사용료와 종이 값을 내고 약초와 관련된 서적이 어디에 있는지를 물은 다음, 책장 사이를 나아갔다.

선 채로 책을 살펴보기 시작했고, 두 번째 책에서 찾고 있던 약초에 관한 내용을 발견했다.

이름은 야음(夜陰)의 수초. 물의 존재가 짙은 곳에서 자라는 풀. 지면에서 자라난 것은 세 장의 유선형 잎이며, 그 외에는 땅 아래에서 줄기와 뿌리가 자란다. 꿈꾸는 약을 만드는 데 사용되는 것은 잎 부분이며 땅 아래 있는 줄기는 빻아서 향신료로 쓰면 맛이 좋다고 쓰여 있었다.

"물의 존재가 짙다고?"

잘 이해할 수 없는 설명에 유지로는 의문을 느꼈다. 그에 관한 설명은 주석으로 달려 있었다.

「물이 물이 되고, 물이 많은 곳」 그곳이 물의 존재가 짙은 장소라고 쓰여 있다.

설명을 읽어도 잘 이해되지 않았던 유지로는 계속해서 책을 읽었고, 자생지를 보고 난 후에야 그럭저럭 그 말의 의미를 이해할 수 있었다.

자생지는 물이 콸콸 솟아나오는 샘이나 강의 원류(原流)다. 빗물이 모여 흐르는 곳이나 지하수가 솟아나와 흐르는 물로 바뀌는 곳을 물의 존재가 짙은 곳이라고 표현한 것 같았다.

이 표현이 일반적인 것인지, 그저 돌려 말한 것인지는 알수 없었다.

주석에는 이런 내용도 쓰여 있었다. 약을 가공하는 것은 재료를 채취한 그 장소에서 하는 편이 좋다. 왜냐하면 물에서 꺼낸 순간 열화(劣化)가 시작되어 하루 만에 쓸 수 없게 되기 때문이다. 물에 넣은 채 운반하면 조금 더 유지되지만, 그래도 닷새가 한계다. 그런 탓에 상점에서 판매하기 어려운 약초라고도 적혀 있었다.

약을 만들고 싶다면 그 자리에서 바로 하는 편이 좋다는 의미이리라.

"원류라. 여기 오는 도중에 강이 있었으니까 그걸 따라가면 찾을 수 있겠지?"

소개소나 다른 곳에 가서 원류 근처에서 출몰하는 마물의 정보를 얻은 다음 출발하기로 정했다.

유지로는 다른 귀한 약초의 정보도 종이에 옮겨 적은 다음 숙소로 돌아갔다.

"야음의 수초가 있는 곳을 알아냈어."

"정말? 어딘데?"

"강의 원류에 자생한대. 이 근처에도 강이 있으니까 흐름을 따라 올라가면 알 수 있을 거야. 내일 소개소 같은 데 가서 자생지 주변에 나타나는 마물의 정보를 물어본 다음에 출발할까 하는데, 어때?"

"그래, 좋아."

다음 날 소개소에 간 두 사람은 이야기가 그리 쉽게 풀리지는 않는다는 사실을 알게 되었다.

"진입 금지 지역이요?"

"네. 그 근처는 마물이 많고 독가스가 나오는 늪도 있어 위험한 곳이라 아무나 들어갈 수 없습니다. 소개소가 자작님께 실력 판단 대행 권한을 부여받아서 들어갈 수 있는 사람을 정하고 있습니다. 그리고 실력이 있다고 판단된 모험가들에게 채취 의뢰를 하고 있답니다."

"채취 의뢰는 언제든 할 수 있는 건가요?"

"3개월에 한 번 정도입니다. 이전 의뢰는 한 달 전에 있었습니다."

"소개소에 인정을 받으려면 어떻게 해야 하나요?"

"난이도가 그럭저럭 높은 의뢰를 세 개 완수하면 갈 수 있게 됩니다."

어떻게 할까 하고 얼굴을 마주 보던 두 사람은 직원에게 양해를 구하고 자리를 이동해 이야기를 나누었다.

"여기서 무리할 필요는 없다고 생각해."

"얼른 꿈을 보고 확인하고 싶지 않아?"

"그런 마음은 있지만, 위험한 장소에 가는 건 조금 그래. 원류는 여기 한 군데만 있는 것도 아니니까, 다른 곳으로 가는 편이 안전할지도 몰라."

"그럼 마물에 관해서 물어보자. 그 마물이 힘에 부치는 상대라면 다른 곳으로 가고, 약한 마물이라면 여기서 활동하는 걸 검토해보는 거야. 어때?"

그렇게 말하기는 했지만 유지로도 무리해서 갈 생각은 없었다. 일단 물어나 보자고 생각했을 뿐이다.

그리고 물어본 결과 배드오도로 급의 마물이 몇 마리나 배회하고 있다는 대답을 들었기에, 그곳에 가는 것은 그만두기로 했다.

약을 만들어 만반의 준비를 한 유지로라면 도망칠 수 있을 테지만, 만든 약의 효과가 떨어지기 전에 돌아올 수 있을지는 의심스러웠다. 게다가 도중에 약을 만들 여유가 있을지도 의심스럽다. 수조를 짊어지고 간다고 해도 격렬하게 움직이다 쏟아버리거나 하면 의미가 없다.

그런고로 무리하지 않고 다른 원류를 찾아보기로 했다.

소개소를 나온 두 사람은 마차를 구입하러 갔다.

주민에게 어디서 구입할 수 있는지 물은 다음, 교외에 있는 목장으로 향했다. 그곳이 마차 판매를 겸하고 있다고 한다.

동물들이 싸우다 다치는 일을 방지하기 위해서인지 종별로 나누어 울타리를 쳐두었다. 그중에는 래그스머그로 보이는 것도 있었다.

인기척이 느껴지는 축사 쪽으로 가서 말을 걸자 안에서 서른 살 정도로 보이는 여자가 나왔다.

"어서 오세요."

"래그스머그와 마차를 구하려고 왔습니다."

"아, 네네. 튼실한 놈이 있지요. 마차는 어떤 종류를 원하시나요?"

전에 메르모리아에서 말을 살 때 제시했던 조건들을 이야기했다.

그 말에 고개를 끄덕인 여자는 지금 있는 차체를 하나씩 떠올려보았다.

"음, 차체 쪽이 없네요. 지금 있는 걸 그 조건에 맞춰서 개조할 수는 있는데, 어쩌실래요?"

"가격은 어떻게 되죠?"

"대략 42만 밀레쯤 될 거예요. 추가된다고 해도 2만 정도일 테고."

"그럼 부탁드리겠습니다."

그 정도라면 괜찮다 싶어 유지로는 바로 결정했다.

"그럼 래그스머그를 먼저 고르시죠. 따라오세요."

목장으로 나오자 여자는 딸랑딸랑 카우 벨을 울렸다. 느긋하게 누워 있던 래그스머그들이 귀를 움찔거리더니 자리에서 일어나 여자 쪽으로 다가왔다.

크기는 포니와 비슷한 정도여서 말보다 몇 배나 더 힘이 세다고는 생각할 수 없었다.

털색은 평범한 호랑이 같은 색, 백호와 같은 색, 푸른색이 감도는 회색까지 세 종류였다. 눈동자는 호랑이를 닮은 녀석이 금색이었고 다른 두 종류는 파란색이었다. 그중 백호를 닮은 녀석 쪽의 눈 색이 옅었다.

그 외에도 축사에 새끼를 가진 래그스머그가 있었다.

지구에 있을 때였다면 이 정도 크기의 짐승이 다가오는

것만으로도 두려움을 느꼈을 테지만, 마물과 수없이 싸워온 지금은 그저 덩치가 클 뿐 적의가 없는 짐승에게 겁을 먹지는 않았다. 안으면 기분 좋을 것 같다고 생각하며 흥미가 담긴 시선으로 세 마리를 살펴보았다.

"이 녀석들이 정말로 힘이 세다고?"

세리에의 물음에 여자는 고개를 끄덕였다.

"그렇고말고요. 저쪽에 짐마차가 있죠? 저기에 모래 자루를 몇 개나 쌓아서 끌게 한 일도 있어요. 세 자루면 어른 한 사람 무게인데, 30자루를 실어도 여유였다니까요."

호오 하고 감탄하는 시선으로 두 사람은 래그스머그들을 바라보았다.

여자는 이어서 래그스머그들의 성격과 좋아하는 것을 이야기해주었다.

이야기를 다 들은 다음 유지로는 그 아이들에게 이름이 있는지 물었다.

"그럼 먼저 노란 애는 와난, 하얀 애는 바인, 파란 애는 돈. 와난과 바인은 수컷이고, 돈이 암컷이에요. 다른 이름을 붙이고 싶다면, 원하는 이름으로 부르세요. 부르다 보면 그 이름에 반응하게 될 거예요."

"이름은 그대로도 괜찮지 싶은데. 세리에는 어느 녀석이 좋아? 난 세리에의 머리카락이랑 색이 같은 바인."

"나는……."

세리에는 지그시 세 마리를 바라보며 손을 뻗어보았다.

다가오는 손끝에 세 마리는 흥미를 보였고, 얼굴을 가져다 댔다. 톡, 바인의 코끝이 손가락에 닿았다. 그러자 세리에 는 자그맣게 미소 지었다.

"나도 바인으로."

"그럼 바인을 데려갈게요."

미인과 동물이 함께하는 모습은 한 폭의 그림이 되리라 생각하면서 구입을 결정했다.

"감사합니다. 예뻐해주세요. 그럼 사무소로 가죠. 거기서 서류 작성과 돌보는 방법을 말씀드릴게요."

여자는 세 마리의 머리를 쓰다듬고 그만 해산하라고 말했 다. 래그스머그들은 제각기 흩어져 갔다.

안내된 사무소에서 래그스머그와 마차 관련 서류를 받아 서 훑어보고, 달리 불만인 점이 없었기에 돈을 지불했다.

"래그스머그의 먹이는 특별히 신경 쓸 필요 없답니다. 잡 식성이거든요. 고기든 채소든 과일이든 뭐든 괜찮아요. 단, 맛이 너무 강한 걸 먹으면 몸 상태가 나빠지니까 그 부분은 주의해주세요."

"맛이 강하다는 건 어느 정도를 말하는 거죠? 사람이 먹 는 건 안 된다거나?"

유지로의 말에 여자는 고개를 가로저었다.

"기본적인 건 괜찮아요. 지나치게 맵거나 쓰거나 한 건 안 된다는 뜻이죠. 예를 들자면 보통 카레는 괜찮지만, 엄청 매 운 카레는 안 된다는 거예요."

"사람이 먹기에도 매운 건 안 된다고 보면 되는 건가요?"

"맞아요."

"목욕 같은 건 어떻게 시키죠? 매일 손질해줘야 한다든가?"

"물가에 데려가면 알아서 미역을 감을 거예요. 물이 없으면, 닷새에 한 번 젖은 천으로 전신을 닦아주면 된답니다. 브러싱도 그 정도 간격으로 해주세요. 뭔가 이상이 생겼을 때는 가까운 목장에 데려가거나, 그 아이들에 관한 게 쓰인 용지를 드릴 테니 그걸 확인해주세요."

그 외에 래그스머그들이 싫어하는 행동 등을 들은 다음, 이야기는 마차로 넘어갔다.

여자는 바라는 점들을 다시 확인하고 그 내용들을 메모했다.

"마차를 개조하는 데는 닷새 정도 걸릴 겁니다. 그사이에 바인과 자주 접촉하면 금방 따를 거예요. 좀 전에도 얘기했지만 그 아이는 브러싱을 좋아하니까, 해주면 엄청 기뻐할 거예요."

"브러싱 도구는 여기서 살 수 있나요?"

"그건 서비스로 드릴게요. 이빨 닦는 천도 드릴 테니 정기적으로 닦아주세요. 마지막으로 마차를 모는 법에 관한 겁니다만, 그런 부분은 이미 교육이 되어 있으니까 고생할 일 없을 거예요."

마차를 끌게 할 때는 말과 마찬가지로 마차와 연결해서

고삐로 지시를 한다. 출발하고 싶을 때는 가볍게 당기고, 속도를 높이고 싶을 때는 가볍게 두 번 당긴다. 전속력은 세 번 당기면 된다. 커브를 돌고 싶을 때는 고삐를 한쪽으로 가볍게 당긴다. 멈추고 싶을 때는 멈추라는 말과 함께 강하게 당긴다.

길이 하나뿐일 때는 길을 따라 걸어가고, 마물이 있을 때는 으르렁거리며 경계를 재촉한다.

마물과 싸울 때는 마차에서 풀어주고 등을 두 번 두드리면 자유롭게 싸우러 나선다. 그저 풀어주기만 했을 때는 기본적으로 방어만 한다.

"이 정도면 되려나요? 남은 건 함께 지내면서 익숙해지면 될 거예요."

"알겠습니다."

두 사람은 그날부터 하루에 한 번 바인을 찾아가 먹이를 주거나 털을 빗겨주며 서로 친해져갔다.

엿새째에는 마차도 완성되어, 바인을 마차에 묶었다. 마을을 나설 준비는 해두었고, 짐도 실어두었다.

마차는 주문대로 만들어졌다. 덮개는 방수가 잘되었고, 차륜은 마물 가죽으로 몇 겹이나 덧씌워서 거친 길에도 대응할 수 있었으며, 리프 스프링 같은 겹판 스프링 서스펜션도 갖추어서 흔들림에 강했다.

목장 앞에서 바인을 가볍게 움직이게 해보았더니 힘들어하는 기색도 없이 마차를 끌었다.

"이 정도면 문제없겠네요."

"네, 저희가 자랑하는 녀석이니까요. 그럼 여행 잘하세요!"

출발하는 유지로 일행을 향해 고개를 숙여 인사한 여자는 목장으로 돌아갔다.

유지로와 세리에도 바인에게 신호를 보내며 마을을 나섰다. 목적지는 특별히 정하지 않은 채, 강을 찾아 그대로 북쪽으로 향했다.

카테그라테를 출발한 지 3일이 지났고, 바인과의 관계는 순조로웠다. 식량의 소비량이 늘기는 했지만, 바인 한 마리가 먹는 양이 사람 세 명분을 넘지는 않으므로 그렇게 큰 부담은 되지 않았다.

마물과 싸운 일도 있었는데, 바인은 바하독을 간단하게 물리칠 정도로 강했다. 시험 삼아 힘의 능력 상승약을 줘봤더니 바하독보다 약간 더 강한 레드울프라는 마물을 순식간에 죽였다.

마법약 중에는 머리가 좋아지는 약이 있다. 두 종류인데, 기억력을 강화하는 것과 두뇌 회전을 좋게 하는 것이다. 재료 찾기와 만들기가 비교적 간단한 것은 전자로, 국외까지 걸음을 하지 않으면 만들 수 없을 듯한 것이 후자다. 능력 상승약이 바인에게도 제대로 효과를 발휘하는 것을 본 유지로는 기회가 있다면 그것들을 바인에게 먹여보는 것도 괜찮겠다고 생각했다. 그렇다고 해서 바인이 머리가 나쁘다는 뜻이 아니라, 더 강화하면 세리에의 좋은 보디가드가 되리라고 생각했던 것이다.

요 3일 사이에 유지로 일행은 강을 발견했고, 강을 따라가다가 오론즈라는 마을에 도착했다. 인구는 3백 명 정도로 지금까지 거쳐 온 마을 중에서는 가장 작은 곳이었다. 세리에의 말에 따르면 이 정도가 마을 중에서는 가장 작은 규모라고 한다. 수십 명 규모의 마을은 마물에게 먹이 상자나 다름없는지라, 꽤 좋은 조건들이 갖춰지지 않으면 존재하기 힘들다고 한다. 마을이 작으면 작을수록 그 근처의 마물들은 아주 약하거나, 강하다고 해도 둥지에서 움직이지 않는다는 의미일 것이다.

마을에서 식량을 보충하고 강에 관한 정보를 모았다. 이 강은 지하에서 솟아나는 샘물과 호수 근처에 있는 언덕에서 흘러드는 빗물로 수량을 유지한다. 원류에 출입하는 것이 금지되었다든가 하는 일은 없었고, 지나치게 위험한 마물도 없다고 하기에 두 사람은 곧바로 그곳으로 가기로 했다.

"이 숲은 마차가 지나다닐 수 있을까?"

"가보지 않으면 모르지. 안 될 것 같으면 다시 한 번 마을에 돌아와서 마차를 맡기도록 하자."

눈에 보이는 범위 내에서는 나무들이 밀집해 있지 않았기 때문에 지나갈 수 있을 것 같았다. 하지만 그 앞은 알 수 없었고 계속해서 나아갈 수 있을지 걱정되었지만 두 사람은 일단 가보기로 했다.

속도를 낼 수 없고, 마차의 흔들림도 심해져서 두 사람은 마차에서 내렸다. 세리에는 바인의 옆에, 유지로는 마차 뒤로 이동해 주위를 경계하며 작은 강 옆을 걸었다.

10분 정도 걸었을 때, 바인이 전방을 주의하는 듯한 동작을 보였다.

"앞에 뭔가 있을지도 몰라. 바인이 신경 쓰고 있어."

가르쳐줘서 고맙다며 바인을 쓰다듬으면서 세리에는 후방에 있는 유지로에게 그 사실을 전했다.

감지 능력은 바인 쪽이 세리에보다 위였다. 그 사실을 지금까지의 여행을 통해 이미 알고 있었기 때문에, 그것은 신뢰할 수 있는 정보였다.

"사람인지 마물인지 알 수 있겠어?"

유지로도 바인 옆으로 이동한 다음 세리에에게 물었다.

"아직 몰라. 하지만 경계해두는 편이 좋을 거야."

그렇구나 하고 수긍하며 언제든 바인을 마차에서 풀어줄 수 있도록 준비했다. 세리에는 활을 손에 들었다.

그렇게 앞으로 나아가자 앞쪽에서 한 남자의 모습이 보였다. 두 사람의 존재를 눈치채고 있었는지 그 사람은 한 번 뒤돌아보며 인사 대신 손을 들어 보였고, 계속해서 걸어갔다.

"의뢰를 수행 중인 모험가나 도적 같은 건가?"

"뭐, 둘 중 하나겠지."

이런 곳에 있을 법한 사람은 그 두 종류이거나, 약초꾼 정도이리라. 마물이 있는 곳에 약초꾼이 혼자 오리라고는 생각하기 힘들다. 도적이라면 다른 일당이 저 너머에 잠복해 있을 것이다.

남자는 천천히 걷고 있었기 때문에 금세 따라잡을 수 있었다.

"안녕하시오."

남자는 다가온 두 사람에게 고개를 숙여 인사했다. 붉은 빛이 감도는 갈색 머리카락 위에 반다나를 한 마흔을 넘긴 남자였다. 차분한 분위기와 외모로 언뜻 보기에는 거친 일에는 어울리지 않아 보였지만, 반소매 아래로 뻗은 팔은 단단했다. 격투술에 능통한 사람이 남자의 걸음을 본다면 어떤 전투 기술을 가지고 있다는 사실을 눈치챌 것이다. 그렇게 눈치챌 수 있을 만큼, 등줄기를 곧게 편 훌륭한 걸음걸이였다.

다만 유지로는 그런 류의 관찰력은 단련하지 않았고, 세리에도 전투 기술은 자신만의 독창적인 것이라서 유지로와 크게 차이가 없었다.

"안녕하세요. 의뢰로 약초라도 캐러 오신 건가요?"

유지로가 그렇게 묻자 남자는 웃음을 띠며 고개를 끄덕여 답했다.

"이레에 한 번 꼴로 이 숲에 약초를 캐러 온다네. 그쪽은? 마물 퇴치 의뢰라도 받은 건가?"

"아뇨, 저희들도 약초를 채취하러 온 겁니다. 원류에서만 자라는 약초거든요."

"그런가. 어떤 효과를 가진 약초인지 물어도 되겠나?"

어떻게 할까? 하고 세리에 쪽으로 시선을 보냈다. 약을 원하는 것은 세리에다. 알려주기 싫어할지도 모른다고 생각해서 시선을 보낸 것이다.

세리에는 대답해도 곤란하지 않다는 반응을 보였고, 허락을 받은 유지로는 설명을 시작했다.

"떠올리고 싶은 기억이 있어서요. 그런 걸 꿈으로 볼 수 있게 하는 마법약의 재료입니다."

"호오, 그런 약도 있는 건가. 우리 마을 약사는 치유 촉진제나 일상적으로 도움이 되는 것들만 만드니까, 그런 게 있는지도 몰랐네."

남자는 감탄한 듯한 시선을 보냈다.

그 사람도 샘으로 가는 중이라고 했기 때문에 유지로와 세리에는 그와 함께 가게 되었다. 남자는 평온해 보였고, 두 사람을 경계하는 기색은 보이지 않았다.

걸으면서 서로 자기소개를 했다. 남자의 이름은 투아 샤르마라고 했다.

투아가 찾는 약초가 무엇인지 들은 유지로는 그에게 필요한, 질 좋은 약초들을 척척 가리켜가며 나아갔다. 그렇게 30분 정도가 지나 샘에 도착했다.

샘의 크기는 직경 15미터로, 물가와 나무들 사이에는 2미터 정도의 공간이 있었다. 물속에서 물고기의 그림자는 찾을 수 없었고, 벌레와 재첩 같은 조개가 보였다.

"그 책에 쓰인 대로라면 이 근처에 있을 텐데. 투아 씨, 샘에 들어가도 괜찮을까요?"

"샘을 망쳐놓지만 않으면 괜찮을 거라고 보네."

그렇다면, 하고 신발을 벗은 유지로는 물속으로 들어갔다. 수심은 무릎 위 정도였고, 기온이 높은 날이라 차가운 물이 기분 좋았다.

"세리에도 발 좀 담가보는 게 어때? 시원한 게 기분 좋아."

"경계하지 않으면 안 되는 상황이잖아. 그런 짓을 하다간 마물이 나와도 대응하지 못할 거야."

"내가 대응할 테니 세리에 양도 더위 좀 식히게."

투아의 제안에 잠시 망설이는 모습을 보였지만 세리에는 경계를 계속하겠다고 정했는지 고개를 가로저었다. 대신 바인을 풀어주고는 샘 쪽으로 가볍게 밀었다.

바인은 재빨리 샘으로 들어갔고, 온몸을 물에 적셨다. 기분 좋아 보이는 그 모습에 세리에는 약간 부럽다는 생각을 했다.

"있다."

물속을 걸어 다니던 유지로는 야음의 수초를 발견했다. 유지로는 그것을 뽑아서 샘을 나왔다.

"바로 마법약을 만들도록 할게."

"사와베 군은 약사인가?"

"네, 주로 치유 촉진제를 만들어서 먹고삽니다."

다리에 묻은 물방울을 마법으로 떨궈낸 다음 마차에 올라 도구를 펼쳐놓으며 대답했다.

"도중에 질 좋아 보이는 약초를 찾아냈던 건 약사로서 지식이 있었기 때문인가."

그랬군, 하고 납득하면서 투아는 약초를 그러모았다. 그러다 문득 그 움직임을 멈추었다. 동시에 바인도 몸을 일으켰다.

"마물이다."

"응? 아, 바인도 기척을 느꼈나 봐."

세리에가 놀란 듯한 목소리를 냈다. 경계하고 있었음에도 세리에는 전혀 눈치채지 못했던 것이다.

한 사람과 한 마리는 같은 방향을 바라보고 있었기 때문에 정말로 그쪽에 무언가가 있다는 사실을 알 수 있었다.

나무들 너머에서 검은색 바탕에 흰 무늬를 가진 원숭이 네 마리가 모습을 드러냈다. 세리에는 검을 빼 들었고, 바인은 으르렁거렸으며, 유지로는 얼음 마법을 쓸 준비를 했다.

원숭이들이 움직이려 한 순간, 유지로 일행은 동시에 투아를 쳐다보았다. 투아에게서 뿜어지던 기척이 순식간에 농밀하게 바뀌었던 것이다.

조금 전까지의 온후하던 것과는 완전히 다른, 격렬하게 타오르는 불꽃처럼 주위를 침식하는 기운이다. 세리에는 그 실력의 차이에 등줄기에 식은땀이 흘렀고, 바인은 귀를 납작 숙였으며, 유지로는 강한 사람이 발하는 기운에 놀랄

뿐이었다.

그것을 본 원숭이는 순식간에 긴장을 하더니 냉큼 나무들 너머로 허둥지둥 도망쳤다. 바스락대며 초목을 흔드는 소리가 멀어져 갔고, 이내 들리지 않게 되었다.

"위협하면 도망가는 법이지."

강자의 기운을 다시 숨긴 투아가 밝게 웃었다. 조금 전까지와 같은 웃음이었지만, 두 사람은 어쩐지 대단함과 위엄 같은 것을 느꼈다.

"……투아 씨는 엄청나게 강한가요?"

"단련한 건 사실이지. 이래 봬도 나름 이름이 알려져 있거든. 하지만 지나치게 무모한 짓을 하다 무릎이 상해버렸어. 그 이후로는 일선에서 물러나 이렇게 약초를 모으거나 마을 사람들에게 싸우는 법을 가르치며 생활하고 있지."

"무릎이 상했다는 건 어느 정도를 말하는 건가요?"

"이렇게 걷는 정도라면 괜찮지만, 격렬한 운동을 하면 바로 통증이 느껴진다네."

신경 쪽이 관련된 것인가 예측했지만, 유지로는 약사이지 의사가 아니기 때문에 진찰은 아주 간단한 것밖에 할 수 없었고, 신경 같은 영역의 치료법은 잘 몰랐다.

떠오른 대책은 마취와 부담을 줄여주는 약의 동시 사용 정도였다. 그 방법이라면 전성기의 실력까지는 못 되더라도 꽤 근접할 수 있을 것이다.

"참고로, 의사한테는……."

"가봤지. 회복약을 재료로 한 국소 치료제인 플라카라는 약을 쓰면 고칠 수 있다더군. 침 치료를 할 수 있는 사람은 그리 많지 않지만, 플라카를 만들 수 있는 사람은 더 적어서 말이야. 무릎이 망가지고 나서 한 3년쯤은 찾아다녀 봤네만, 찾지 못하고 포기했지."

플라카란 약의 지식은 바로 찾았다. 지금까지 지식으로 갖고 있던 약은 만드는 데 실패한 적이 없으니, 이것도 실패하지 않고 만들 수 있을 것이다. 하지만 그 사실을 입 밖으로 내지는 않았다. 회복약을 만들 수 있다는 사실을 공표할 생각이 없기 때문이다.

세리에에게 가르쳐준 것은 그녀를 좋아하기 때문이고, 바르를 도와준 것은 친했기 때문이다. 이제 막 알게 된 투아에게 가르쳐준다고 한다면 그것은 상응하는 어떤 이점이 있을 경우다.

이점이라, 하고 생각하며 유지로는 꿈꾸는 약 제조로 돌아갔다.

약을 만들기 시작하고 한 시간이 지났을 무렵에 투아가 바구니를 짊어졌다.

"가시는 건가요?"

유지로는 손을 멈추고 물었다.

"그렇다네. 슬슬 돌아가지 않으면 마을에 도착하기 전에 해가 져버릴 거야."

"내일 오전에 도착해도 괜찮은 거라면, 바래다 드리겠습니다."

약이 완성되면 바로 사용할 생각이기 때문에 유지로와 세리에는 여기에서 머무를 예정이다.

"그건 고마운 얘기지만, 괜찮겠나?"

"세리에, 딱히 상관없지?"

잠시 망설이는 모습을 보였지만 세리에는 고개를 끄덕여 주었다.

"그럼 염치 불구하고 그 말대로 하겠네."

바구니를 바닥에 내려놓은 투아는 자신도 바닥에 앉더니 느긋하게 쉬기 시작했다. 풍경을 바라보거나, 검을 휘두르며 단련하는 세리에를 지켜보거나 하며 차분한 시간을 보냈다.

한 시간이 더 지나고, 약은 거의 완성되었다. 앞으로 두 시간 동안 숙성을 하는 일만 남았다.

유지로는 마차에서 내려 등을 쭉 폈다.

"끝난 겐가?"

"네, 앞으로 두 시간 정도 그대로 두면 완성입니다."

할 일이 없었기 때문에 바인에게 브러싱이라도 해줄까 싶어 마차에서 금속제 빗을 꺼냈다. 그것을 눈치챈 바인이 꼬리를 흔들며 유지로에게로 다가왔다. 세리에가 30분 전에 해주었지만, 몇 번이든 해줬으면 하는 모양이었다.

개에게 하듯 바인을 자리에 앉힌 상태에서 털을 빗겨주었다. 크아암 하고 하품을 하는 바인을 보고 투아가 미소 지었다.

"귀엽군그래."

"네, 의지되고 귀엽고 착한 녀석이에요. 바인과 함께 여행하게 된 후로 세리에가 미소를 짓는 횟수도 늘어난지라 감사하고 있습니다."

"거기, 쓸데없는 소리 하지 마."

세리에가 발치에 있던 새끼손톱만 한 돌을 유지로에게 던졌다.

톡 하고 머리카락에 닿자 유지로는 웃으며 사과했다.

"사이가 좋군. 쭉 그런 관계가 유지되면 좋겠네."

투아는 세리에가 평원의 민족이 아니라는 사실을 눈치채고 있었다. 기척이 숲의 민족과 비슷하니 아마도 하프이리라고 추측했다. 그 점을 지적해 일을 복잡하게 할 생각은 없었기 때문에 신경 쓰지 않기로 한 것이다.

투아도 편견이 없는 것은 아니다. 하지만 적대하고 있는 것도 아니니, 뭐 상관없지 하고 흘려 넘기는 정도는 가능했다. 투아의 판단 기준이 종족의 차이보다도 강한가 약한가에 있다는 점도 이유 중 하나였다.

"네. 저도 그러길 바라고 있습니다. 언젠가는 결혼할 겁니다!"

"그, 그런가."

지나치게 힘주어 말하는 모습에 투아는 살짝 질리고 말았다. 동시에 하프라는 사실을 알면서 그렇게 말하는 것인가 하는 의문도 품었다. 깨닫지 못한 거라면 언젠가 세리에를 상처 입히게 되는 것은 아닐까 싶어 약간 걱정스런 마음도 생겼다.

두 사람의 문제이니 묻거나 하지는 않겠지만.

"그러고 보니 단련했다고 하셨는데, 특기는 검이나 창인가요?"

투아를 탐색하려는 의도가 아니라, 그저 화제 중 하나로서 브러싱을 하며 물었다.

"아니, 내가 쓰는 건 격투 마술이네. 산의 민족이 쓰는 미오기에도 흥미는 있었지만, 평원의 민족에게는 가르쳐줄 수 없다고 하더군. 몇 번이고 동작을 보고 흉내 내보았지만, 겉모습뿐. 심오한 부분까지는 흉내 낼 수 없었지. 그때의 단련도 무릎을 상하게 한 요인 중 하나라네."

투아는 단련하던 당시의 일을 떠올리고 쓴웃음을 지었다. 힘을 향한 불꽃같은 갈망이 몸 안에 있었고, 그것이 사라지지 않고 자신을 단련에 몰두하게 했다. 차분하게 시간을 들여 했으면 좋았을 거라는 생각을 지금은 할 수 있게 되었지만, 당시에는 괴롭고 엄격한 수행만이 힘을 향한 지름길이라고 여기며 무리를 계속했던 것이다. 지금도 힘을 향한 갈망은 있지만 억지로 무리를 할 수 없게 되어 마음 깊은 곳에 가라앉아 있다. 불완전 연소 상태라고도 말할 수 있으리라.

"무술인가요?"

"보아하니, 사와베 군도 발차기를 쓰는 모양이군."

"어떻게 아시죠?"

"몸에 걸친 것 중에 부츠만 좋은 물건이니까. 여행용치고는 지나치게 비싸 보여. 동작을 통해서도 독창적인 싸움 기술을 익혔다는 걸 알 수 있지."

유지로는 검도 지니고 있었지만, 자루에 그리 사용한 흔적이 없어서 한눈에 검사가 아니라는 사실을 알 수 있었다.

"독창적인 기술이라고 할 정도로 대단한 건 아닙니다. 그저 차기만 할 뿐이니까."

"괜찮다면 브러싱을 끝낸 후에 움직임을 좀 가르쳐줄까? 바래다주는 답례로."

"그래주시면 감사하겠지만, 괜찮으시겠어요?"

"기본적인 요점 정도만. 본격적인 건 아냐. 그 정도라면 문제없다네."

"그럼 부탁드리겠습니다."

손을 멈추고 고개를 숙인다.

격투에 재능이 있다는 사실을 안다고 해도 자력으로 유파를 세울 정도의 재능이 있다고는 생각할 수 없다. 텔레비전과 만화에서 본 것을 참고로 해도, 투아가 미오기를 완전히 재현해내지 못했던 것처럼 겉만 그럴듯한 것이 될 가능성도 있었다. 하지만 기초라도 배워둔다면 나중에 무슨 일이 생겼을 때 도움이 되리라. 그런 생각을 하며 유지로는 가르침을 받기로 했다.

브러싱을 내팽개치지는 않았다. 20분에 걸쳐 정성스럽게 빗겨주었다.

"자, 끝."

통, 하고 등을 두드리자 바인은 유지로의 손에 머리를 부비고 물러났다.

자리에서 일어난 유지로는 자신을 보고 있는 투아에게 머리를 숙였다.

무엇을 가르쳐주려는 걸까, 세리에도 흥미가 있는지 조금 떨어진 곳에서 두 사람을 지켜보았다.

"그럼 부탁드립니다."

"그래. 우선 자유롭게 차보게."

자유롭게, 하고 중얼거린 유지로는 로킥, 켄카킥, 돌려차기, 발꿈치 찍기 같은 자신이 아는 어설픈 발차기들을 해 보였다.

동작을 마치고 투아를 바라보니 그는 고개를 끄덕이고 있었다.

"유연성이 부족하군. 그리고 그 움직임을 보니 효과적으로 쓰는 법을 모르는 것 같아."

"몸이 좀 굳었다는 자각은 있지만, 쓰는 법 쪽은 잘 모르겠습니다."

"예를 들면 이런 식으로 발차기를 했잖아?"

그렇게 말하며 켄카킥, 밀어 차기를 해 보였다. 그리고 발을 내지른 채 동작을 멈춘다.

"이 기술은 대미지를 주는 것보다는 상대와 거리를 벌리는 걸 목적으로 사용되는 경우가 많아. 거리를 둔 후에 다른 공격을 펼치는 거지."

멈췄던 다리를 지면에 내리고 그 다리를 축으로 삼아 반대쪽 다리로 로킥을 했다.

이어서 유지로가 했던 발차기와 같은 동작을 하나씩 해갔다. 움직임은 느렸지만 매끄러웠고 편안한 느낌이 들었다. 발차기가 맞는 위치도 유지로와는 달랐다. 몸이 유연해서인지 본래의 공격 궤도에서 움직이고 있었다.

"이런 느낌이라네. 참고가 되면 좋겠군."

그는 약간 괴로운 표정을 지으며 말했다. 무릎에서 통증이 느껴지는 모양이다.

"충분히 참고가 됩니다."

"그거 다행이군. 고관절 등을 유연하게 만드는 법도 알려주지. 꾸준히 하면 다리를 움직일 수 있는 범위가 커질 거야."

투아에게 잠시 기다려달라고 말한 후, 종이와 필기구를 꺼내러 갔다.

설명을 들으며 메모했고, 실제로 해보았다.

유지로가 몸을 움직이는 사이에 세리에는 전신 유연 운동을 가르쳐달라며 투아를 향해 고개를 숙였다. 마법은 아버지라는 스승이 있었지만, 검 쪽은 혼자 연마해온 것이라 유연에 관한 것조차 몰랐다. 지금까지 자신을 차별해온 평원의 민족에게 가르침을 구하는 것에 거리낌이 없는 것은 아니었으나, 조금이라도 강해질 수 있는 기회를 놓치지 않기 위해 머리를 숙이는 정도는 참을 수 있었다.

투아도 그 정도는 해줄 수 있다며 흔쾌히 받아들였고, 운동을 시작했다.

시간은 흘러, 저녁 식사를 마치고 세리에는 몸을 씻었다. 이제 남은 것은 잠드는 것뿐.

"좋은 꿈 꿔."

"고마워."

유지로는 그 말과 함께 세리에에게 약을 건넸다. 세리에는 두 손으로 약을 소중하게 받아 들고 마차에 올랐다.

세리에는 나무 그릇에 담긴 말차 같은 약을 한 번에 삼켰다. 입안에 퍼진 쓴맛이 잠드는 데 방해가 되는 것은 아닐까 했지만, 약 속에 수면제도 들어 있었는지 이불을 깔고 망토를 둘러쓰자 바로 잠들었다.

"투아 씨도 주무셔도 됩니다."

유지로는 투아가 쓸 수 있게 친 텐트를 가리켰다.

"좀 더 있다가. 잠들기엔 아직 이른 시간이니까."

오후 여덟 시를 지난 시간이었다. 어린아이라면 이 시간에 잠들지도 모르지만, 어른인 투아에게는 일렀다.

"사와베 군은 밤새 망을 볼 셈인가?"

"오늘은 그럴 생각입니다. 하룻밤 정도는 아무렇지 않으니까요."

"젊음인가. 부럽군."

"체력은 남아돕니다."

그 후 한 시간 정도 잡담을 하며 보내고, 투아는 텐트로 들어갔다.

바인은 마차 근처에 몸을 뉘이더니 눈을 감았다. 어떤 이변이 느껴지면 금방 깨는 것을 몇 번이나 봐왔기에 유지로는 늘 긴장하고 있지는 않아도 되었다.

혼자가 된 유지로는 주위에 자라난 풀과 수풀에 있는 곤충을 잡아 약을 만들었다.

유연성을 키우는 방법을 가르쳐준 답례로 마취와 부담을 경감해주는 약을 만들기로 마음먹은 것이다. 다행히도 가지고 있던 것과 주변에 있는 재료로 만들 수 있었기에 느긋하게 작업을 해나갔다.

투아가 위협을 해두었던 덕분인지 마물이 접근해 오는 일은 없었고, 유지로는 약을 만들기만 하면 되었다.

날이 밝기까지 앞으로 한 시간 정도 남았을까 할 무렵, 마차에서 작은 기척이 들려왔다. 5분을 좀 넘기고 세리에가 마차에서 나왔다.

"안녕."

"잘 잤어?"

어두워서 잘 알 수 없었지만, 세리에의 눈은 충혈 되어 있었다. 어머니의 모습을 선명하게 떠올릴 수 있게 된 기쁨과 그리움에 울었던 것이다.

"기억났어?"

"응. 살았던 마을 이름도 기억났어."

그 마을은 평원의 민족이 중심인 마을이었지만, 좋은 사람이 많았고 타종족인 세리에의 아버지가 함께 살았어도 표면적인 문제는 일어나지 않았었다. 세리에의 아버지가 눈에 띄지 않도록 주의했기 때문이기도 하리라.

"이제 만나러 갈 수 있겠네. 다행이야, 잘됐다."

"그 마을이 어디에 있는지는 모르니까, 누군가에게 물어봐야 하겠지만."

이 나라의 어딘가에 있다는 사실은 알고 있으니 지금까지처럼 목적 없이 방랑하지 않아도 된다. 지금까지 정보가 없었던 것을 생각하면 커다란 진보다.

"장래의 사위입니다, 하고 말할 날이 기대되네."

"그 발언은 인정할 수 없지만…… 의지가 되는 동료라고는 말할 생각이야."

말의 뒷부분은 유지로에게서 시선을 돌리며 말했다. 솔직히 입 밖으로 내는 것은 부끄러웠다.

하지만 유지로 덕분에 모친을 찾는 일에 큰 진전이 있었으니, 그 평가는 당연한 것이었다. 세리에의 말과 부끄러워하는 모습에 유지로는 좋은 걸 봤다며 만족했다. 그것만으로도 오늘은 좋은 날이라고 말할 수 있는 기분이 들었다.

아침이 되고, 기분 좋은 두 사람을 본 투아는 고개를 갸우뚱했다. 그러나 두 사람이 날이 밝기 전에 일어났다는 사실은 기적의 움직임으로 알고 있었기 때문에, 무슨 일이 있었겠거니 생각하고 아무것도 묻지 않았다.

14 마술

아침을 먹고 세 사람은 숲에서 나가기 위해 움직이기 시작했다. 마을에는 오전 열 시를 조금 넘겨 도착했다.

마차에서 내린 투아를 알아본 마을 사람들이 다가왔는데, 그들의 안색은 어딘가 안 좋아 보였다.

"선생님! 걱정했어요."

"선생님이 마물한테 당하지는 않았을 거라고 생각했지만, 무슨 사고를 당해서 다치는 바람에 움직이지 못하는 건 아닌가 했다고."

"걱정을 끼쳤군. 여기 두 사람과 함께 지냈어. 그런데 다들 안색이 안 좋아 보이는데?"

아무 데도 다치지 않았다며 보란 듯이 가볍게 몸을 움직인 투아는 신경 쓰이던 것을 물었다.

"그게 말이죠, 오늘 아침부터 갑자기 여러 사람들이 몸 상태가 안 좋다고 하더라고요."

"우리들은 기분이 나빠지는 정도에 그쳤지만, 심한 녀석은 구토에 발열 같은 증상까지 있어."

"그 탓에 선생님을 마중하려도 못 갔고."

마을 사람들은 면목 없다며 고개를 숙였다. 그러자 투아는 신경 쓰지 말라며 손을 내젓고, 이런 일이 생긴 이유를 아는지 물었다.

"어제까지는 다들 건강했잖아?"

"혹시 물 때문인 게 아닐까 하고 다들 얘기했어요. 오르간 씨도 아마 그럴 거라고 말했고요."

오르간은 이 마을의 의사 겸 약사로, 마을 사람들의 건강을 지탱해주는 인물이다. 지금은 간병을 하느라 눈코 뜰 새 없이 바쁜 상태라고 한다.

"물?"

"어제 점심 지났을 무렵부터 우물물이 조금 이상했어요. 그치만 저녁 밥 짓거나 하는 데 물을 안 쓸 수는 없고, 기분 탓이겠거니 했더니 이런 일이."

"오늘도 이상한 상태인가?"

"아마도요."

투아는 조사를 좀 해봐야겠다며 근처 우물로 향했다.

퍼 올린 물에 코를 가까이 대고 냄새를 맡았다. 확실히 약간 이상한 냄새가 났다. 생선 비린내 같은 것도 아니고, 금속 냄새 같은 것도 아니었다. 풀 냄새 같았다.

"지금도 이 물을 쓰고 있나?"

"지금은 마법으로 만든 것과 강에서 퍼 온 걸 쓰고 있습니다."

"샘과 우물은 수원(水源)이 같을 텐데, 괜찮은 건가?"

"강 쪽은 빗물이 섞여 들어서인지, 아니면 흐르고 있는 덕분인지 이상한 냄새는 나지 않습니다."

"그런가. 이대로는 안 되겠군. 조사하러 가보도록 할까."

어제 머물렀던 샘보다 더욱 먼 곳에 언덕이 있고, 그 입구 부근의 자연 동굴 안에 지하를 지나는 물이 있다. 그곳에 가 보면 무언가를 알 수 있을지도 모른다고 생각했다.

잠시 생각에 잠겼던 투아는 방관자인 두 사람에게 시선을 주더니 고개를 숙였다.

"부디 힘을 빌려주었으면 하네. 보수는 제대로 치를 테니."

몸 상태가 나쁜 마을 사람들을 데리고 다닐 수도 없는 노릇이니, 건강한 두 사람에게 부탁할 수밖에 없다고 생각한 것이다.

어떻게 할까 하고 얼굴을 마주 보던 두 사람은 기분이 좋기도 했던 터라 그 청을 받아들였다.

"고맙네. 사와베 군은 잠도 못 잤으니 피곤하겠지. 조금 휴식을 취하고 가세."

"괜찮은데요."

"몸 상태 관리는 제대로 해두는 편이 좋아. 안 그러면 나처럼 되니까 말이야. 우리 집에서 쉬면 된다네."

두 사람은 이쪽이라고 길을 안내하는 투아의 뒤를 따라갔고, 모여 있던 마을 사람들은 각자의 가족들을 돌보기 위해 돌아갔다.

투아의 집은 도장 같은 곳이 아닌, 평범한 집이었다. 마을 사람들을 가르칠 때는 마을 밖으로 나가 가르친다고 한다.

투아의 옆집이기도 한 의사의 집에서 소란스러운 소리가 새어 나왔다.

"손님방이 없어서 말이야. 거실이라 미안하지만, 쉬고 있 게. 나는 옆에 좀 다녀올 테니."

"아, 그렇다면 이걸 의사분께 전해주세요."

숄더백에서 피로 회복제를 꺼내 건넸다.

"피로를 풀어주는 약입니다. 이리저리 다니느라 지쳤을 테니까, 수고가 많으시다는 의미 같은 거죠."

"폐가 많네."

감사히 받겠다고 말하며 그것을 받아 든 투아는 집을 나섰 다.

"좀 자둘까."

"그렇게 해둬. 나는 바인을 좀 돌봐주고 올게."

"옆에서 자장가라도 불러주면 좋겠는데."

"그런 거 없어도 잘 자잖아."

이걸로 참으라고 하는 듯이 세리에는 유지로의 옆을 지나 치는 순간 닿을 듯 말 듯한 느낌으로 유지로의 머리를 한 번 쓰다듬어주었다.

유지로는 세리에가 쓰다듬어준 부분을 손으로 만지며 웃 음 지었다.

"호감도가 올라간 건가? 하지만 조금 귀찮아하는 기미도 있었지. 발전해가고 있다는 정도면 괜찮으려나?"

전에는 이런 일을 해주지 않았으니까, 라고 납득하고 작은 소파에 드러누웠다.

눈을 감고 있자 자연스레 잠이 들었고, 투아가 돌아왔을 때는 깊게 잠들어 있었다.

그렇게 두 시간 정도 자고 일어났다. 머리가 약간 개운해진 것을 빼면 몸 상태는 잠들기 전과 다를 게 없었다.

"벌써 일어난 건가."

일어나 움직이는 유지로의 기척을 감지하고 자신의 방에 있던 투아가 거실로 나왔다.

"세리에는 뭐 하고 있나요?"

"현관 앞에서 검을 휘두르고 있는 모양이네. 오르간 씨가 약 감사하다고 하더군."

"그런가요. 이제 괜찮으니까 출발하는 게 어떨까요?"

투아는 그렇게 말하는 유지로를 지그시 바라보더니 고개를 한 번 끄덕였다.

"보기에는 괜찮은 것 같군. 가도록 할까."

그 소식을 세리에에게 전하기 위해 현관 쪽으로 향하자, 세리에와 처음 보는 30대 정도의 여자가 집 안으로 들어왔다. 여자는 샌드위치가 담긴 커다란 접시와 냄비를 들고 있었다.

"선생님, 점심을 만들어 왔어요. 같이 먹죠. 손님들도 드시고요."

"환자들 돌보느라 바쁠 텐데."

"주신 약 덕분에 그다지 피곤하지 않거든요. 이 정도는 아무렇지도 않아요."

가져온 것들을 테이블에 놓은 후, 오르간은 씩씩하게 웃어 보였다. 그러다 유지로의 존재를 깨닫고 약에 대해 감사 인사를 하며 고개를 숙였다.

"출발하기 전에 배를 좀 채우기로 할까."

"출발하려던 참이었어요? 타이밍이 좋은 건지 나쁜 건지."

"덕분에 살았네."

투아의 대답에 오르간은 그러느냐며 웃었다.

네 사람은 마을에 일어난 현상에 관해 대화하며 식사를 했다. 오르간의 진단에 따르면 바로 죽음에 이를 만한 증상인 사람은 없다고 한다. 일주일 넘게 계속되면 위험하겠지만, 그것도 그 사이에 계속 우물물을 먹었을 경우라는 전제가 붙는다.

"서둘러서 해결해야만 하는 건 아닌 거군."

"네. 그러니까 너무 무리하지는 마세요."

"음, 사와베 군과 세리에 양도 있으니까, 어지간한 일이 없는 한은 괜찮을 거야."

점심을 먹고 유지로 일행은 밖으로 나왔다.

마차로 갈지 어쩔지 고민했지만, 두고 가기로 했다. 동굴 앞에 뒀다가 마물이 부수거나 하는 건 싫었기 때문이다. 바인도 이곳에 두고 가기로 했다. 오르간이 돌봐주겠다고 했기에, 마법으로 만든 물과 먹이가 되는 식량을 전해두었다.

그리고 그 김에 수레도 꺼냈다. 서두를 필요는 없다고 하지만, 너무 느긋하게 움직이는 것도 아니다 싶었기 때문에 투아를 수레에 태우고 유지로가 끌기로 했다.

체력을 소모하게 하는 일인지라 처음에는 투아도 사양했지만, 힘과 속도의 능력 상승약이 있어 부담이 되지 않는다고 설득하자 수레를 타고 이동하는 것을 받아들여 주었다.

"마력은 괜찮은가요? 도착하면 조사를 해야 할 텐데요."

높이 80센티미터 정도의 물동이에 가득한 물을 보며 오르간은 걱정스레 물었다.

"마력량에도 자신 있으니까 괜찮습니다."

오르간은 정말이냐고 묻는 시선으로 세리에를 바라보았다. 세리에가 염려하는 기색 없이 고개를 끄덕였기에, 오르간은 괜찮을 거라 생각하기로 했다.

세 사람은 오르간의 배웅을 받으며 마을을 나섰다.

투아가 방향을 가르쳐주었고, 두 사람은 조금 빠른 페이스로 언덕을 향해 갔다. 유지로는 힘의 능력 상승약을, 세리에는 속도 능력 상승약을 먹은 상태다. 유지로는 먹지 않아도 괜찮았지만, 투아를 설득할 때 먹겠다고 말했기 때문에 먹어두었다.

반나절은 걸리는 거리를 빠른 속도로 나아갔고, 오후 여덟 시 무렵에는 동굴 앞에 도착했다. 경계는 투아가 해주었기 때문에 두 사람은 그저 앞으로 나아가는 데만 집중할 수 있었던 것이다. 피로가 쌓여도 피로 회복제가 있으니, 페이스가 빨라도 문제는 없었다.

"조금 쉰 다음에 들어가도록 할까."

"알겠습니다."

세리에는 약간 피곤했기 때문에 순순히 고개를 끄덕였다. 유지로도 고개를 끄덕였지만, 휴식을 취하기 위해서가 아니라 투아를 위해 시간이 필요하다고 생각했기 때문이었다.

"투아 씨, 이걸 무릎에 잘 발라주시겠어요? 그다음엔 이것도."

"이게 뭔가?"

"먼저 바르는 건 마취 연고고, 이쪽은 부담을 경감해주는 약입니다. 이걸 함께 쓰면, 조금은 예전처럼 싸울 수 있을 거예요."

"정말인가?"

놀란 표정으로 두 개의 약을 바라본다.

"낫는다는 게 아니라, 임시방편 같은 느낌입니다. 그러니까 전성기 때처럼 움직이면 무릎이 더 망가질 수도 있어요. 무슨 일이 있을지 모르니까, 조금은 움직일 수 있는 편이 좋을 것 같아서요. 나중에 얼마나 움직일 수 있는지 시험해보면 좋을 거라 생각합니다."

"그리 하도록 하지. 몸이 쇠해졌을 테니, 전성기 때처럼은 움직일 수 없을 테지만."

그래도 움직일 수 있게 되는 것이 기쁜지, 투아는 두 개의 약을 보물처럼 받아 들었다.

그리고 곧바로 바지를 걷어 올리고 양쪽 무릎에 마취 연고를 발랐다.

"어느 정도 바르면 되지?"

"각각 4분의 1씩 무릎에 3분 동안 발라주세요. 그리고 손가락으로 톡톡 두드렸을 때 아무 느낌도 안 들면 5분 기다렸다가 다음 약을 바르면 됩니다. 그것도 4분의 1씩 양쪽 무릎에 10분 동안 발라주세요. 그리고 10분이 더 지나면 끝입니다."

"알겠네."

지시대로 약을 발랐다.

세리에는 쉬면서 주변을 경계했고, 유지로도 경계를 하며 약의 재료를 모았다.

40분이 지나고, 슬슬 됐으려나 싶어 투아는 유지로 쪽을 바라보았다. 유지로는 됐다며 고개를 끄덕여 보였다.

투아는 자리에서 일어나 통통 가볍게 뛰어 보았다. 앞으로 움직이며 허리를 회전시킨 스트레이트, 뒤를 돌아보는 자세로 손등 치기, 바람을 가르는 옆차기, 지면을 강하게 내딛으며 손바닥 치기, 뛰어 오르며 돌려 차기 등의 동작을 물 흐르듯 해냈다.

이전에 본 느릿한 움직임의 매끄러움은 그대로인 채, 빠르게 이어지는 그 동작들은 오랫동안 계속해온 수련의 깊이를 느끼게 했다.

투아가 움직임을 멈추자 유지로는 크게 박수를 쳤고, 세리에도 감탄한 듯한 시선으로 바라보았다.

"대단하다! 대단했지? 세리에."

"응. 충분히 단련해온 시간을 느끼게 하는 연무였어."

"고맙네. 하지만 역시 몸이 둔해졌군. 이전의 날카로움이 없어."

"어디가요?!"

충분히 대단했기에 유지로는 좋은 것을 봤다고 생각하고 있었다. 방금 모습이 완벽한 것이 아니라고 한다면, 무릎이 완치될 경우에는 대체 어느 정도일까. 유지로는 플라카를 만들어볼까 하고 마음이 흔들렸다.

무릎이 완치되는 것은 투아에게도 기쁜 일일 테니, 아무에게도 말하지 말아달라고 하는 교섭 조건을 걸면 괜찮지 않을까 하는 생각이 들었다.

"역시 몸을 움직일 수 있으니 좋군. 오랫동안 쌓였던 게 발산되는 느낌이야."

그렇게 말하면서 투아는 조금 전보다 천천히, 예전에 배운 것들을 기억해내듯 움직였다.

"아, 그러고 보니 약효는 얼마나 가는 건가?"

"최고 여섯 시간 정도일 겁니다. 시간이 다 되면 약효가 떨어지니까, 효과가 완전히 사라지기 전에 먼저 움직임이 제한될 거라고 생각하지만요."

"싸울 수 있는 건 다섯 시간 정도라고 보는 편이 좋겠군. 충분해."

투아는 두근두근해 하는 표정으로 어서 가자고 두 사람을 재촉했다.

침착하던 분위기는 어디로 갔는지, 신난 어린아이 같은

모습에 원래 나이보다도 젊어 보이기 시작했다.

투아를 선두로 척척 동굴을 나아갔다. 경계는 투아가 하고 있는 것 같았기에 유지로와 세리에는 뒤를 따라갈 뿐인 상태다.

동굴은 어떤 목적을 두고 만들어진 것이 아니라 자연적으로 생긴 것이었고, 거기에 사람들이 걷기 편하게 조금 손을 본 듯했다. 지면에는 마물의 발자국뿐, 사람의 흔적은 없었다. 현재 누가 쓰고 있는 것 같지는 않았다.

문득 투아가 발을 멈추었다.

"마물이다."

표정에서는 경계심이 전혀 보이지 않았고, 미소가 짙어졌다. 복귀전에 마음이 들떴다는 것을 잘 알 수 있었다.

"저기, 투아 씨 혼자서 싸우시겠어요?"

"맡겨준다면 기쁘겠네."

냉큼 대답이 돌아왔다. 두 사람은 경계만 하고 있자며 서로 마주 보고 고개를 끄덕였다.

드디어 바스락 하는 소리가 들리더니 천장과 어두운 그림자 속에서 나온 마물들이 마법의 불빛 아래로 모습을 드러냈다. 나타난 것은 곳곳에 푸른색 선이 들어간 검은 거미 네 마리였다. 크기는 높이가 30센티미터, 머리에서 배까지의 길이가 1미터 정도였다.

놓치지 않기 위해서 원숭이 마물에게 썼던 위험한 기운은 억누르고 있었다.

유지로의 마물 지식에는 해당하는 마물이 없었다. 세리에에게 묻자 그녀는 고개를 가로저었다.

"이건 블러시 스파이더. 이런 동굴에서 자주 나타나는 마물이라네."

뒤를 돌아보지 않은 채, 투아는 두 사람에게 들려주듯 설명을 시작했다.

"힘은 그리 세지 않아. 신출내기 모험자라도 쓰러뜨릴 수 있지. 다치기는 하겠지만 말이야. 주의할 점은."

설명을 하는 도중에 거미가 실을 뿜어냈다. 쏘아진 실은 다섯 줄 이상이었고, 투아는 그것을 몇 걸음 움직여 피했다.

"이런 식으로 한 번에 여럿 뿜어내는 실. 주의해서 피하지 않으면 몸에 얽혀서 순식간에 움직임이 둔해지지."

지금은 한 마리만 실을 쏘았지만, 여러 마리가 한꺼번에 뿜어내면 피하기 무척 힘들 것이다.

거미들도 이번에는 그리할 생각인지 여러 마리가 실을 쏘아내려는 자세를 취했다. 그것을 눈치챈 투아는 실이 퍼지기 전에 단숨에 거미에게 접근해 실이 닿지 않는 범위에 자리를 잡았다. 그리고 거미의 머리 부분을 짓밟았다. 빠직 하는 소리가 세 번 울렸고, 벽을 이용해 뛰어 올라 천장에 있는 거미를 차서 떨어뜨리더니 그대로 공중에서 몸을 틀어 힘껏 걷어차 날려버렸다.

착지한 투아는 한숨을 내쉬고 유지로와 세리에 쪽을 돌아보았다.

"이 녀석들 실은 팔 수 있는데, 필요한가?"

회수 방법은 막대기에 실 끝을 붙여서 둘둘 감는 것이다. 그리고 그 막대기를 약품에 담근다. 그렇게 하면 점착성이 사라지고, 그 가는 실을 뽑아서 짜면 튼튼한 천이 된다. 모험가용 망토나 옷에 쓰이는 실이다.

"아니요. 쓸데도 없고, 돈은 부족하지 않거든요."

"그런가. 그럼 그냥 내버려 두도록 하고, 어서 가지."

투아는 뭔가 더 나오지 않으려나 하고 말하면서 걷기 시작했다.

"역시 강하다."

"유지로의 발차기도 터무니없는데, 저 사람은 기술적인 부분에서 터무니없네."

유지로의 발차기가 바위를 부수는 것이라면, 투아의 발차기는 바위를 베어내는 예리함과 날카로움을 지닌 듯 보였다.

"사와베 군의 발차기가 터무니없다니, 어떤 의미지?"

세리에의 말을 듣고 투아가 돌아보며 물었다. 대항심 같은 것이 아니라 단순한 호기심에서 한 질문이다.

"혀 치기 도마뱀이라고 아시나요?"

"남쪽에 있는 도마뱀 아닌가? 커다란 도마뱀."

본 적이 있는지 기억을 떠올리는 듯한 동작을 하며 말했다.

"그걸 차서 날려버렸어요."

"그, 그건 정말 터무니없군그래. 다리는 괜찮았나?"

"조금 아팠습니다. 그것 말고 다른 이상은 없었고요."

"무척 튼실한 다리로군. 무슨 마법약이라도 썼던 건가?"

세리에는 기억하지 못했기에 유지로에게 시선을 주었다. 유지로도 기억나지 않는지 고개를 갸우뚱했다.

"어쨌든 간에 너무 무모한 짓은 하지 말게. 나처럼 어디가 망가질지도 모르니까."

"그러네요. 조심하겠습니다."

수긍하는 것을 보고 투아는 다시 앞쪽을 향해 걷기 시작했다.

그 후에도 팔 대신 피막으로 된 날개를 가진 원숭이를 때려 날려버리고, 커다란 뱀을 차서 날려버리는 등, 투아의 거침없는 진격은 계속되었다.

그리고 슬슬 강에 도착할 때가 되었다고 생각할 무렵, 투아가 다시 마물의 기척을 잡아냈다. 조금 나아가자 지면에 황녹색 물웅덩이가 있었다. 생물이라는 사실을 나타내듯 군데군데가 움찔움찔 움직이고 있다.

이것의 정체는 유지로와 세리에도 안다.

바이온 젤리라는 마물로, RPG에서 피라미 취급을 당하는 슬라임이 아니라 고전 TRPG에 등장하는 슬라임 같은 것이다. 사냥감을 녹이는 능력은 없으며, 숨통을 졸라 죽인 후 부패한 것을 흡수하는 포식 방식을 가졌다.

핵이라고 할 만한 부분이 없어서 물리적인 공격은 거의 의미가 없다. 일반적인 대처법은 기름을 뿌려 불태우는 것이다.

"이렇게 발차기가 안 통하는 적은 대응하기 어려워요."

"그런가? 그럼 좀 좋은 걸 보여주도록 하지."

그렇게 말한 투아는 천천히 바이온 젤리 쪽으로 접근했다. 다가온 사냥감을 집어삼켜 가두기 위해 바이온 젤리도 움직이기 시작했다.

촉수처럼 뻗어 오는 바이온 젤리를 향해 투아는 주먹을 세게 내질렀다.

지켜보던 두 사람이 그저 주먹으로 공격한 것이라고 생각한 순간, 바이온 젤리의 몸이 떨리더니 파열했고, 통로 안쪽으로 날려가 흩어졌다.

"단순히 친 게 아니었어?"

세리에가 놀라며 그렇게 말했고, 투아는 뒤돌아서며 고개를 저었다.

"격투 마술을 쓴 거라네. 기술의 이름은 격류파동. 매우 간단하게 설명하자면, 마력을 상대에게 세게 때려 넣는 거지. 이렇게 몸이 유연한 상대에게 무척 효과가 좋다네."

바이온 젤리는 흘러들어온 마력의 기세에 견디지 못해 몸이 붕괴된 것이다.

"격투 마술은 처음 봤어요."

"마술은 무기를 사용하는 게 많으니 말이야. 방금 그건 발차기로도 할 수 있는 거니까, 물리적 공격의 효과가 별로인 상대에 대한 대책이 될 걸세. 어떤가? 마술의 기본과 이 기술을 배워보지 않겠나? 대신 내가 썼던 약을 오르간 씨에게 알려줬으면 하네."

조금 전의 격류파동은 이런 교환 조건을 위해서 보여준 것이기도 했다.

유지로로서는 좋은 교환 조건이다. 딱히 그 약들을 남모르게 감출 생각은 없다. 회복약과 달리 공개해도 문제없는 약이다. 보통의 약보다 재료를 모으기 힘들지만, 마을에 가면 구입할 수 있는 것들이다. 제조법이 간단하지는 않으나 연습하면 어느 정도의 품질로 만들어낼 수 있다.

"세리에에게도 마술의 기본을 가르쳐주셨으면 하는데요."

앞으로 있을지도 모르는 위험을 생각하면 그에 대비해 힘을 길러두는 것도 나쁘지 않겠다 싶어 그렇게 물어보았다.

"좋네. 하지만 무기를 쓰는 마술은 그다지 특기가 아니니까, 가르쳐줄 수 있는 건 그리 많지 않을 걸세."

"아뇨, 기본만이라도 큰 도움이 될 겁니다."

세리에는 감사하며 그리 말했다. 기본조차 모르는 지금 상황보다는 훨씬 나았다.

지금까지도 배우고 싶기는 했지만, 하프에게 관여하려는 별난 사람은 많지 않은 탓에 그럴 기회가 없었다.

투아는 원하는 것을 손에 넣고 싶었기에, 하프라는 점은 신경 쓰지 않았다.

"교섭 성립이군요. 오르간 씨에게 재료와 만드는 법을 알려드리겠습니다."

"앞으로의 생활이 기대되는군."

제대로 된 단련이나 전투를 할 수 있게 될 날들을 상상하며 투아는 밝게 웃었다.

이야기는 거기서 마무리되었고, 세 사람은 바이온 젤리의 사체를 밟으며 앞으로 나아갔다.

그 후 한 번 더 블러시 스파이더와 전투를 벌이고, 세 사람은 강에 도착했다.

"여기서 보기에는 냄새 이외의 이변은 없는 것 같군."

그 냄새가 우물물보다 강하다.

세 사람은 입과 코를 천으로 가리고 얕은 강을 들여다보았다. 마법의 빛을 반사하는 물은 특별히 탁하거나 하지 않았고 맑았다. 하지만 민물 게나 작은 물고기 같은 살아 있는 것들은 보이지 않았다.

"여기도 냄새가 난다는 건, 더욱 상류에 원인이 있는 걸지도 모르겠군."

폭은 좁지만 강을 따라 거슬러 올라갈 수 있기 때문에 세 사람은 물방울에 신발을 적셔가며 상류로 향했다. 강은 완만한 오르막으로 되어 있었고, 젖은 상태이기도 했기에 미끄러지기 쉬웠다.

냄새의 정체가 독가스일 가능성도 있으므로, 상태가 나빠지면 바로 돌아가기로 했다.

이 물에는 마물도 살기 힘든지 강에서 마물이 나타나는 일은 없었다.

계속 나아가자 천장에서 한 줄기 달빛이 새어 들어오는 곳이 눈에 띄었다. 물가에 빛이 쏟아져서 그곳을 중심으로 풀이 자라고 있었다.

"원인은 저 풀이네."

풀을 보자마자 유지로는 지식을 통해 만들 수 있는 약들을 떠올렸다.

"저거 말인가?"

"저건 독 같은 것의 재료가 되는 겁니다."

이름은 엘트지아. 먹으면 고열이 나서 죽음에 이르기도 한다. 격통을 주는 독의 재료가 되는, 비교적 흔한 풀이다.

꽃가루와 말라 썩은 엘트지아의 성분이 물에 녹아서 마신 사람들에게 나쁜 영향을 끼친 것이리라. 그 영향이 크지 않았던 것은 자연 정화 작용 덕분일까.

엘트지아가 자라난 것은 우연일 뿐, 누군가가 키운 것은 아니다. 천장이 우연히 무너지면서 지상에서 자라던 엘트지아가 지하로 떨어졌고, 그 후로도 계속해 자라나 사람들에게 악영향을 끼칠 정도로 늘어났던 것이다. 지상까지의 거리가 꽤 먼 것인지 빛의 양은 그리 많지 않았지만, 그 적은 빛도 엘트지아가 늘어나기에는 충분했던 모양이다.

"저걸 뽑아버리면 문제는 해결되는 건가?"

"그럴 겁니다. 그리고 저 천장의 구멍을 막아서 엘트지아가 자랄 수 있는 조건을 없앨 필요도 있을 거예요."

"저건 만져도 괜찮은 거야?"

세리에의 질문에 유지로는 고개를 끄덕였다.

"만지기만 하는 거면 조금 붉어지면서 부을 뿐이야. 하지만 만졌던 손을 핥거나 그 손으로 음식을 먹으면 안 돼. 닿았을 때는 비누 마법을 써서 꼼꼼하게 손을 씻으면 괜찮아."

"그렇다면 바로 뽑아버려야겠군."

투아는 엘트지아가 자라난 곳으로 다가가 그것들을 쑥쑥 뽑아내기 시작했다. 유지로와 세리에도 거들자 20분 후에는 깨끗하게 제거되었다.

"뽑아버린 이것들은 어쩌지?"

수북하게 쌓인 엘트지아에 시선을 주며 투아가 물었다.

여기에 두고 가면 마르고 부패하면서 스며 나온 성분이 다시 물에 녹아들어 이변을 일으킬 수도 있었다. 여기서 불태워도 재가 비슷한 상황을 불러올 가능성도 있기 때문에 다른 곳으로 옮길 필요가 있었다.

세 사람이 두 번에 걸쳐 강을 올라온 곳으로 옮겼고, 거기에서 더욱 멀리 이동해서 불태웠다.

두 시간이 걸린 작업을 끝내고 강으로 돌아가 보니, 그 작업만으로도 냄새가 옅어져 있었다.

"여기는 이걸로 된 건가? 남은 건 천장인데, 저 위치면 언덕이 아니라 평야 쪽 어딘가일까?"

"저는 이쪽 지리를 모르니까 뭐라고 말씀 드릴 수가 없겠는데요."

"저도 마찬가지예요."

그렇겠지 하고 투아는 고개를 끄덕였다.

세 사람은 방향을 확인하면서 동굴을 나왔고, 구멍이 있는 쪽을 확인했다.

"오늘은 이제 그만 여기서 쉬기로 하죠. 약효도 곧 시간이 다할 것 같으니까."

유지로의 제안에 두 사람은 고개를 끄덕였다. 시각은 밤 열두 시를 지나고 있었다.

불을 피우고 교대로 망을 보며 오전 아홉 시까지 쉬었다. 체력에 여유가 있는 유지로가 두 사람 사이의 시간을 담당해주어 두 사람은 충분한 수면을 취할 수 있었다. 그 덕분에 몸 상태는 나쁘지 않았다.

"자아, 출발."

수레에 투아를 태운 유지로가 말했다. 투아는 약을 또 바르려고 했지만, 한 번 바르고 약효가 떨어지면 그 후 열두 시간 동안은 약을 발라도 효과가 없다. 그래서 투아는 다시 수레에 오르게 된 것이다.

잠들기 전에 확인해두었던 방향으로 나아가 언덕을 내려갔다.

"이동한 시간을 따져 보면 역시 평원에 있을 것 같군."

평원을 바라보며 투아가 미안한 마음을 담아 말했다.

세 사람의 눈앞에는 그저 드넓은 평야가 펼쳐져 있다. 수풀의 비율이 3이라면 맨땅이 드러난 지면은 1 정도 되어 보였다.

"사막에서 사금을 찾는 것보다는 낫지만, 쉽지 않겠는데."

"찾기 전부터 의욕을 꺾는 말은 하지 말아줘."

맥 빠져 하는 세리에게 미안하다고 사과한 유지로는 다시 움직이기 시작했다.

주변 10미터를 탐색하며 나아갔고, 5미터를 더 나아가며 지면을 살펴보았다. 그렇게 네 시간 후, 그들은 구멍을 발견할 수 있었다. 유지로가 구멍에 귀를 대보자 희미하게 물 흐르는 소리가 들렸다.

"여기다."

유지로가 단정하며 말하자 겨우 찾았다며 두 사람은 한숨을 내쉬었다. 구멍을 막을 도구는 없었지만, 위치만 알면 나중에 투아가 마을 사람들과 함께 찾아올 수 있다.

구멍을 가리고 있던 풀을 뽑아서 눈에 잘 띄게 만들고 세 사람은 마을로 돌아갔다. 마을에 도착하니 날은 이미 저물어 밤 열 시가 되었다.

마을에 가까워지자 인기척을 눈치챈 보초가 횃불을 손에 들고 다가왔다.

"아, 선생님. 어서 오십시오! 일은 어떻게 되었습니까?"

"원인은 알아냈네. 지하에 독이 있는 풀이 자라고 있었더군. 그 풀들은 뽑아버렸으니 시간이 좀 지나면 우물물이 원래대로 돌아올 걸세."

"그렇습니까."

"그리고 나중에 다 함께 가야 할 곳이 있다네. 풀이 다시 자라지 않도록 해야 하니 말이야."

사정을 이야기하자 마을 사람들은 안도하며 잘 알겠다고 고개를 끄덕였다.

쉬겠다고 말한 후 세 사람은 집으로 돌아왔다.

마차 옆에서 자고 있던 바인이 유지로와 세리에의 기척을 느끼고 일어나더니 두 사람에게 몸을 비볐다. 그런 바인에게 두 사람은 다녀왔어 하고 말하며 긴장을 풀었다.

유지로와 세리에는 그대로 마차에 올랐고, 투아도 집으로 들어갔다.

두 사람은 여섯 시 무렵에 일어났다. 세리에는 마차 안에서 몸을 닦았고, 유지로는 바인의 털을 빗겨주었다.

비슷한 시간에 일어난 오르간이 집에서 나와 유지로에게 다가왔다.

"돌아왔군요."

"네, 밤 열 시쯤에요. 문제는 거의 해결했습니다."

엘트지아라는 풀이 자라고 있었다는 것과 구멍에 관해 설명했다.

오르간도 그 풀에 대해 아는지라, 그런 풀이 자라고 있었다면 이변이 일어나는 것이 당연하다며 수긍했다.

"증상이 심한 사람들에게는 엘트지아에 효과가 있는 해독제를 처방하면 낫겠군요."

"그럴 겁니다. 아, 맞다. 투아 씨와 이야기한 건데, 오르간 씨에게 두 가지 약을 가르쳐드리기로 했어요."

"어떤 약을 말인가요?"

"마취와 움직일 때 생기는 부담을 줄여주는 약인데요."

유지로는 자세히 설명을 해갔다. 마취 연고는 오르간도 알고 있었지만, 유지로가 아는 것보다 효과가 적은 것이었다. 부담을 경감시키는 약은 알지 못하는 상태였다.

"이 두 가지를 사용하면, 투아 씨가 어느 정도 싸울 수 있게 되죠. 그래서 오르간 씨가 만들 수 있게 배워주셨으면 합니다."

"그런 거였군요."

알겠다고 고개를 끄덕이고 오르간은 약 만드는 법을 배우기로 했다. 그 두 약을 만들 수 있게 되는 것은 오르간에게도 감사한 일이었다. 마을에는 나이가 많아 허리나 다리에 문제가 생긴 사람들이 있다. 그런 사람들에게 그 약들을 쓸 수 있게 되는 것이다.

이야기하는 사이에 몸단장을 마친 세리에가 밖으로 나왔다.

바로 아침 식사를 만들겠다며 오르간은 집으로 돌아갔다. 이전에 점심밥을 만들어주었던 것처럼, 투아의 식사는 늘 오르간이 만들고 있다고 한다.

다 함께 아침 식사를 마치고 오르간은 환자들에게로 갔다.

유지로 일행은 마술을 배우기 위해 거실에서 이야기를 시작했다.

"우선 이론부터 시작할까? 뭐, 그리 어려운 건 없다네."

"부탁드립니다."

"응. 마법을 사용하기 위해서는 이미지와 이름과 마력이 필요하지. 그에 반해 마술은 의지와 마력과 마력의 흐름을 컨트롤 하는 행위가 필요하다네."

"의지와 컨트롤…… 마법과는 정말로 다르군요."

세리에는 어깨너머로 본 것들을 흉내 내 사용해보려다 실패한 적이 있었는데, 이렇게나 다른 것이라면 성공하지 못하는 쪽이 당연하다고 납득했다. 마법의 연장이라고 생각하며 사용했으니, 성공할 리가 없었다.

"의지와 이미지는 비슷한 것 같은데, 어떻게 다른 거죠?"

차이를 모르겠다며 유지로가 물었다.

"마법을 쓸 때의 이미지는, 일으키고 싶은 현상을 마음속에 확실히 떠올리는 것이지 않은가? 의지는 마음에 그리는 것이 아니라, 하고 싶은 일을 굳게 다짐하는 것이라네. 격류파동으로 예를 들자면, 마력을 흘려 넣는 상상이 아니라, 마력을 때려 넣겠다는 결단."

이전 벳세가 사용했던 호섬(豪閃) 찌르기라면, 꿰뚫겠다는 의지. 용병들이 쓰던 스트라이크 샷이라면, 꿰찌르겠다고 하는 의지다.

"다음은 마력의 흐름을 컨트롤 하는 법에 관한 것이네. 공격할 때는 체내에서 마력을 순환시키고, 공격하는 순간에 주먹과 무기에 기세를 실어서 마력을 흘리는 거지."

"순환이라는 건 어떻게 하는 거죠?"

유지로가 떠올린 것은 볼이 상하좌우로 회전하는 듯한 움직임이었다.

"방법은 사람에 따라 달라. 피의 흐름과 같다고 받아들이는 사람도 있는가 하면, 몸속, 가슴부터 배에 걸쳐 원을 그리듯 움직이는 사람도 있고, 배와 등을 횡으로 회전하여 움직인다는 사람도 있다네. 처음에 떠올린 흐름이 그대로 그 사람에게 맞는 움직임이라고 들은 적이 있네만."

유지로는 배 근처에서 구체가 이리저리 회전하는 감각으로, 세리에는 피의 흐름을 따르게 되었다.

"방어에 쓰는 경우는, 공격을 받는 순간 거기에 마력을 흘려보내는 거라네. 공격 마술보다도 방어 마술 쪽이 어려운지라 능숙한 사람은 적지. 방어 쪽이 더 고도의 판단력이 필요하거든. 그리고 대부분의 방어 마술은 받은 대미지를 줄이는 효과는 없다네."

"그거, 쓰는 의미가 있기는 한가요?"

유지로는 도움이 되는 거냐며 그렇게 물었다. 세리에도 유지로와 같은 생각이라는 듯 고개를 끄덕였다.

"방어 마술은 부담을 줄이는 거라네. 예를 들어 팔뚝을 보호하는 호구(護具)로 검을 받아냈다고 해보세. 그때 팔에 충격이 남아서 마비될 가능성도 있지 않은가? 방어 마술을 사용하면, 받은 공격은 호구 부분만이 아니라, 팔 전체와 몸 전체로 분산이 되거든. 마비와 통증이 크지 않은 수준에 머무르기 때문에 더 오래 전투를 할 수 있게 되는 거라네. 하지만 대미지를 받았다는 점에 변함은 없지."

그런 이유로 방어 마술을 쓰는 경우는 받아낸다는 의지가 아니라 받아 흘리겠다는 의지가 필요하게 된다.

산의 민족이 쓰는 미오기 중에는 충격과 대미지가 담긴 마력을 몸 밖으로 방출함으로써 감소시키는 기술이 있다. 마력을 소비하기 때문에 평원의 민족은 쓰기 힘들겠지만.

반대로 방어 마술의 대부분은 마력을 소비하지 않는다. 다루기 어렵지만 배워두는 것만으로도 가치 있다.

"연습을 해보도록 할까. 마술을 쓸 때는 사용하는 마력을 몸속에서 순환시키고, 공격 순간에 기세가 실린 마력과 의지를 주먹이나 무기에 흘려 넣는다. 이런 흐름이네. 우선은 마력을 천천히 순환하는 것부터 연습하는 게 좋아. 마법을 쓸 수 있으면 마력 조작 자체는 할 수 있다는 것이니 그리 어렵지는 않을 걸세. 그다음은 공격 타이밍에 맞춰서 마력을 흘려보내는 것. 반복해서 연습하는 게 좋네. 그저 마력을 흘려보내는 게 아니라, 흘려보내는 방식에 따라 효과가 바뀌니까 이것저것 시험해보는 것도 좋을 걸세. 마력을 흘려보낼 때 파동을 주면 주먹이나 무기가 가늘게 떨리면서 닿기도 하지. 이론은 이정도야."

공격 방어 외에 행동 보조의 사용법도 있지만, 그쪽은 더욱 어렵다. 예를 들면 다리로 마력을 분사하여 이동 속도를 높이는 방법이 있다. 그 기술은 타이밍을 실수하면 그 자리에서 휙 뒤집혀버린다. 분사하는 마력량 조정만이 아니라,

지면에 다리를 붙인 상태에서도 분사 타이밍을 맞추기 어려운 것을 달리면서 하게 되면 주의가 산만해져 뭔가에 부딪히기도 한다.

그런 일이 생길 수도 있기 때문에 투아는 마술에 익숙하지 않은 두 사람에게 거기까지 가르치지는 않았다. 유지로와 세리에는 바로 처음에 떠올렸던 회전 방식으로 마력을 움직여보았다. 이리저리 회전한 마력을 다리로 천천히 흘려보내는 데까지는 성공했지만, 어느 정도의 빠르기로 움직여야 하는지를 판단하기가 무척 어려웠다.

마술 숙련자는 곧바로 자신이 움직일 수 있는 최고 속도로 움직일 수 있지만, 두 사람은 한동안 조금씩 속도를 올려가는 느낌으로 연습하게 된다. 모두 시작은 그렇게 하는 법이다.

어느 정도 속도로 움직일 수 있게 되었을 때, 연습을 일단 중단하고 마당으로 나와서 마력을 흘려보내며 움직여보았다.

확인해가며 움직이는 것이기에 동작을 느리게 했다. 그것을 투아가 봐주면서 이상한 동작을 지적해갔다. 그는 검을 다루는 법은 모르지만, 다리와 몸을 움직이는 법이라면 어느 정도 가르칠 수 있었다.

두 사람의 움직임을 보며 참을 수 없게 되었는지, 투아는 약을 바르고 단련을 시작했다. 그리고 약을 바른 김에 어느 정도까지 문제없이 움직일 수 있는가도 시험해보았다. 한계를 파악하기 위한 상대로 동굴의 마물은 턱없이 부족했다.

"선생님, 움직이셔도 괜찮은 건가요?"

점심을 만들고 집에서 나온 오르간이 격렬하게 움직이는 투아를 보고 걱정스런 표정을 지었다. 다리의 문제에 관해 상담하고 진단해주었던지라 어느 정도 나쁜 상태인지 알기 때문이다.

"응. 약효가 듣는 중이거든."

"지금 쓰고 계신 건가요? 그렇게까지 움직일 수 있다니……."

약의 효과가 어느 정도인지 관찰하듯, 의사로서의 눈으로 투아의 움직임을 지켜보았다. 30초 정도 보고 있던 오르간은 점심 식사를 하라고 부르러 왔다는 사실을 떠올렸다.

"아, 이런. 이렇게 보고 있을 때가 아니지. 점심 드세요."

"벌써 그런 시간인가. 움직일 수 있는 게 즐거워서 시간 가는 줄도 몰랐군."

"정말로 즐거워 보이는 데다, 다시 젊어진 것 같아요."

활짝 웃으며 말하는 투아에게 오르간도 미소 지으며 답해주었다.

"확실히 옛날 기분을 되찾은 느낌이 들어."

그리 말하며 서머솔트를 완벽하게 해내고 착지한다. 지금까지의 움직임을 통해 한계점을 대부분 파악할 수 있었다.

전성기의 움직임은 무리지만, 그래도 일류들과 겨룰 수 있을 만큼은 움직일 수 있었다. 무리하면 그 이상과도 싸울 수 있으리라. 하지만 그 후에는 걷는 것조차 불가능할 만큼 무릎이 망가져버릴 것이다. 그렇게 되면 다리를 끊어내고 재생하는 것밖에 치료법이 없다.

점심 식사 후에는 마술을 쓰지 않는 일대일 대련을 했고, 그날은 단련만 하며 시간을 보냈다.

다음 날, 투아는 마차를 타고 마을 사람들과 구멍을 막으러 갔다. 말도 물의 영향을 받았지만, 해독제를 먹여 움직일 수 있게 했다.

유지로는 오르간에게 약 만드는 법을 가르쳐주었고, 가지고 있던 재료로 실제로 만들어 보였다. 그 김에 다른 약의 지식도 가르쳐주었다. 세리에는 단련을 하고 바인을 돌봐주었다.

그리도 또 다음 날은 마술 실전을 해보며 감각을 익혀갔다.

그날 밤, 유지로 일행은 저녁을 먹은 다음 이제 그만 출발할 생각이라고 투아에게 전했다.

"그런가. 여러 가지로 신세를 졌네. 내일 출발할 때 보수를 주겠네."

"네. 그리고 두 분께 묻고 싶은 게 있습니다만, 혹시 피트네라는 마을을 아시나요? 그곳을 찾아가야 해서……."

세리에는 기억해낸 마을 이름을 물었다.

오르간은 들어본 적이 없는지 고개를 저었고, 투아는 이전 여기저기를 여행했을 때 들어본 적이 있다고 했다.

"들은 기억이 있는 것 같은데…… 분명 이 나라의 북부에서 들어본 적이 있네. 자세하게는 기억나지 않는군. 미안하네."

"아뇨. 대략적인 장소를 알게 된 것만으로도 도움이 됩니다."

그렇게 말한 세리에는 고개를 숙였다.

다음 날, 두 사람은 마을을 나설 준비를 했다. 보수는 한 사람당 10만 밀레를 받았다. 예전에 여러 일을 하며 저축한 것으로, 20만 정도의 지출이라면 투아의 주머니 사정에 큰 영향은 없었다. 덧붙이자면, 이곳에 머무는 한은 마을 사람들을 가르치거나 하면서 채소 따위를 얻을 수 있는지라 돈을 쓸 기회가 없다. 그러니 조금 줄어든다고 해도 문제없었다.

투아와 오르간이 마차에 오른 두 사람을 배웅해주었다.

"또 오게나. 언제든 환영할 테니. 그리고 단련을 게을리하지 말고, 열심히 하게."

"건강하세요. 뭐, 약사인 사와베 군이 있으니까 걱정은 없겠지만요."

"여러 가지로 신세졌습니다. 또 만나러 올게요."

유지로가 고개를 숙이자 세리에도 마찬가지로 신세가 많았다고 말하며 고개를 숙였다.

바인에게 신호를 보내자 마차가 움직이기 시작했다.

이후 투아는 둔해진 감을 되찾기 위해 의뢰를 받아 마물 퇴치에 나섰다. 두 달에 열흘 정도는 주변의 시골 마을이나 읍내로 나가 마물을 무찔렀고, 다시 이름을 날리게 되었다. 이전부터 그를 알던 사람들 사이에서 투아가 복귀했다는 소문이 돌게 되었다.

권투 왕과 발차기 신이라는 두 이름이 다시 퍼지고, 그 소문은 어느샌가 왕도에까지 도달했다. 그 일이 유지로 일행과의 재회로 이어지리라는 사실을 투아는 예상도 하지 못했다.

15 어머니를 찾아서

투아가 사는 마을 오론즈를 뒤로한 지 18일. 북부 마을과
도시를 이곳저곳 다니던 세리에는 드디어 고향에 돌아왔다.

피트네는 오론즈보다 조금 커다란 마을이지만 인구는 4백
명 정도로, 번성한 마을이라고는 할 수 없었다.

지금까지 거쳐 온 마을과 크게 다르지 않은 풍경이지만,
꿈을 통해 떠올린 풍경과 겹쳐졌기에 세리에는 이곳이 고향
이라고 확신하며 눈 안쪽이 찡해지는 것을 느꼈다.

마차를 맡기고, 유지로는 꿈꾸는 기분으로 걷는 세리에의
뒤를 따라갔다. 세리에는 때때로 멈춰 서서 그리운 듯한 시
선을 길과 건물을 향해 던졌다. 그때마다 유지로는 어린아
이였을 세리에가 뛰어노는 모습을 상상했다.

그리고 세리에는 어느 집 앞에서 멈췄다. 그녀의 표정은
바라던 것을 받은 어린아이와 같았다.

천천히 현관을 향해 다가가 문에 노크했다. 집 안에서 현
관으로 다가오는 사람의 발소리가 들리자 세리에는 기대로
가득한 표정을 지으며 문이 열리기를 이제나 저제나 하며
기다렸다.

"네에."

목소리와 함께 현관문이 열리고, 30대 초반의 여자가 나
왔다.

유지로는 한순간 어머니가 젊으시다고 생각했지만, 그러기엔 지나치게 젊다고 곧바로 자신의 생각을 부정했다.

세리에의 얼굴을 살펴보니, 아연한 기색을 띠고 있었다.

자신의 얼굴을 바라본 채 아무 말도 하지 않는 세리에의 모습에 여자는 고개를 갸웃거렸다.

"무슨 일로 오셨나요?"

굳어버린 세리에를 대신해 유지로가 나섰다.

"안녕하세요……. 아, 그러고 보니 성을 모르네. 저기, 세리에라는 이름을 들어본 적 있으신지 여쭙고 싶은데요."

"세리에라고요? 아뇨."

여자는 놀란 표정을 지으며 고개를 저었다. 자연스런 그 행동을 보면 정말로 모르는 모양이었다.

"죄송합니다만, 여기에 사신 지 몇 년이나 되셨나요?"

"이상한 걸 물으시네요. 어디 보자, 10년 정도 됐을까요?"

"전에 살던 사람에 관해서는 모르시나요?"

"몰라요. 여기가 몇 년 동안 빈집이었다는 것 말고는 모르겠네요."

"그런가요. 감사합니다. 세리에, 그만 가자."

여전히 아연실색한 상태인 세리에의 손을 끌고 현관에서 물러났다. 세리에는 손을 뿌리치지 않고 유지로가 이끄는 대로 걸음을 옮겼다. 집주인은 대체 무슨 일이었던 걸까 하고 고개를 갸웃거리며 집 안으로 들어갔다.

세리에를 데려다 두고 혼자 정보 수집이라도 해야겠다고

생각한 유지로는 일단 숙소로 향했다.

그런 두 사람에게 한 노파가 말을 걸어왔다. 60을 넘긴 듯했고, 지팡이를 짚고 있었다.

"아니라면 미안하다만, 혹시 세리에 아니니?"

"이 애 이름은 분명 세리에가 맞습니다만. 혹시 어린 시절에 알던 분이신가요?"

그 대답에 노파는 반가워하는 표정을 지으며 몇 번이고 고개를 끄덕였다.

"역시 그랬구나. 귀 모양은 다르지만, 어쩐지 어릴 때 모습이 남아 있어서 세리에가 아닐까 하고 생각했지. 나는 너희 집 맞은편, 대각선 위치의 집에 살았단다. 가족들과 함께 노는 모습을 자주 봤었지."

"다른 종족이나 하프를 싫어하시지 않나요?"

유지로는 근처에 하프가 살았다는 이야기를 아무렇지 않게 하는 노파의 모습에 의문을 품었다. 노파도 세리에가 하프라는 사실을 알면서도 아무렇지 않게 행동하는 유지로에게 내심 놀랐다.

"응, 뭐, 그런 사람도 있지. 세리에는 친구가 생기지 않기도 했었고. 하지만 나처럼 민폐를 끼치지만 않는다면 신경 쓰지 않는 사람도 있는 거고. 이 마을은 그런 사람이 많아서, 세리에와 세리에의 아버지도 살 수 있었지."

노파는 힐끗, 잡고 있는 두 사람의 손에 시선을 주었다.

"자네도 마찬가지이지 않은가?"

"뭐, 그러네요."

"그런 존재가 함께 있는 걸 보니 안심이 되는구나. 앞으로도 함께 있어주렴."

"네. 곁에서 떠날 생각은 없어요. 할머님은 세리에의 어머니에 관해서 뭔가 아시는 거 없나요?"

이때 세리에의 눈에 조금이나마 기력이 돌아왔다. 기대하는 눈빛으로 노파를 바라보았다.

"벨리아 씨 말인가? 내가 아는 건 세리에와 세리에의 아버지가 없어지고 난 후 며칠이고 울더니, 침울한 분위기를 띠게 되었다는 것과 반년 정도 그대로 일하다가 어느 날 짐을 정리해서 남쪽으로 향했다는 것 정도야. 세리에가 남쪽으로 가서 그 뒤를 쫓아간 거라고 생각했지."

"……어머니."

세리에는 기쁘고도 슬픈 목소리로 중얼거렸다. 지금 이곳에서 만나지 못한 것은 슬프지만, 자신들을 찾기 위해 행동해주었다는 점이 기뻤다.

"다른 분들 중에 더 자세한 걸 아는 분이 계시나요?"

"아마 없을 게야."

"그런가요. 고맙습니다."

"벨리아 씨와 다시 만나게 됐으면 좋겠구나."

"저도 그러길 바랍니다."

노파와 헤어진 두 사람은 숙소로 돌아왔다. 적지만 단서를 얻은 덕분에 세리에의 눈에는 기운이 완전히 돌아와 있

었고, 손을 잡아주지 않아도 괜찮게 되었다.

방에 들어서자 바로 세리에가 입을 열었다.

"남쪽으로 갈래."

"그렇게 말할 거라는 건 예상했어. 하지만 힌트가 적으니까 어디 좀 들르지 않을래?"

남쪽으로 갔다는 단서만 가지고는 찾아야 할 범위가 너무나도 넓다. 단서가 더 필요했고, 그에 관해 짐작 가는 바도 있었다.

"어디에?"

"라이트루티의 솔비나. 거기는 점으로 유명하다고 책에서 읽었어."

라이트루티 왕국은 이곳 헤프시밍 왕국의 북쪽에 있다. 인구 3백만 명인 나라로, 평원의 민족의 나라들 중에서는 가장 작은 곳이다.

솔비나는 유지로가 말한 대로 점술로 유명한 도시다. 왕이 직접 다스리는 땅이며 인구는 2만 명. 지금 있는 피트네에서 마차로 40일 좀 더 걸린다.

솔비나에는 점을 보는 신전이라고 불리는 장소가 있다. 연중 손님이 모여들고, 그들이 쓰는 돈이 주된 수입원이다. 가장 비싼 점은 한 번에 20만 밀레나 든다. 하지만 그 정도의 돈을 받는 만큼, 찾는 물건이나 고민거리에 관한 힌트를 반드시 주기 때문에 점 봐주기를 바라는 사람이 끊이지 않는다.

"괜찮은 점술사에게 점을 봐달라고 하면, 힌트가 더 늘 거라고 생각해. 그편이 이대로 찾으러 나서는 것보다는 더 빨리 재회할 수 있지 않을까?"

"…………."

세리에는 생각에 잠겼다. 지금 당장에라도 남쪽으로 가고 싶다, 다른 곳에 들르고 싶지 않다. 하지만 유지로가 말한 대로 이대로는 찾을 방법이 없다.

잠시 다른 곳에 들르는 일이 어머니를 찾는 일로 이어진 다고 자신을 납득시킨 세리에는 고개를 끄덕여 답했다.

그럼 바로 출발하자며 짐을 챙겨서 숙소를 나섰다. 묵어 간다던 두 사람이 서둘러 떠나는 모습을 본 숙소 주인은 대체 무슨 일인가 하며 고개를 갸우뚱했다.

"바인, 서두르게 해서 미안하지만 출발이야."

그렇게 말하며 바인을 쓰다듬고 마차에 묶었다. 바인은 세리에의 손에 얼굴을 부비며 얌전히 말을 따랐다. 유지로 는 사들인 식량을 실었다.

세리에는 허둥지둥 떠나게 된 고향을 다시 한 번 둘러보 았다. 그리고 마지막이라는 느낌으로 그 모습을 마음에 새 기고 시선을 돌렸다. 어머니가 여기에 없다면 다시 돌아올 일은 없으리라 생각했다.

마부 역할은 한동안 세리에가 맡았다. 유지로는 들르는 마을과 도시에서 팔 약을 만들었다. 약을 판 대금을 점을 보 기 위함 자금으로 쓸 셈이다.

평소보다 많은 치유 촉진제를 만들어서 한 가게만이 아니라 다른 가게에도 판 덕분에 점을 보기 위한 자금은 30만을 넘는 액수가 모였다.

　출발해서 5일 정도는 조급한 마음에 재촉당하는 것처럼 서두르던 세리에도 점차 진정이 되어갔고, 헤프시밍의 국경에 도착할 무렵에는 평상시와 같은 상태로 돌아갔다.

　"다른 대륙에서 여행해 온 거라면 알고 있겠지만, 여기부터는 나라가 관리하지 않는 땅이야. 조심해서 가야 해."

　무엇을 조심해야 하는지 의문스러웠지만, 유지로는 곧바로 주어진 지식을 통해 납득할 수 있었다.

　이 너머에 있는 토지 같은 경우는 병사와 용병들이 마물을 퇴치하지 않고 있기 때문에 조우하는 빈도와 강한 정도가 지금까지 만난 마물보다 상승한다.

　이런 나라에서 나라로의 이동은 기본적으로 단체로 하는 법이다. 부자에게 편승하거나 다 함께 돈을 나눠 내서 용병단을 고용하여 보호를 받는다. 혹은 적은 인원을 미끼로 삼아가며 도망친다.

　두 사람이 그런 방법을 고르지 않았던 이유는 능력 상승약, 회복약, 마물 퇴치약 같은 약이 풍족하기 때문이다. 배드오도로 급의 마물을 죽일 수 있는 어느 조직의 오리지널 독도 준비했고, 강한 마물과 마주쳐도 문제없도록 준비를 해두었다.

　시험 삼아 경계를 나와서 이틀 정도 야영을 해보았고, 약만 준비할 수 있다면 가능하다는 판단을 내렸다. 이러한 판단은 침착해진 덕분이었다. 조급한 채였다면 그대로 국경을 넘어갔을지도 모른다.

"좋아."

짧게 대답을 하고, 유지로가 마부 역할을 교대하여 바인을 출발시켰다. 세리에는 주변을 경계하는 역할이다. 여전히 감지 능력은 세리에 쪽이 높기 때문에, 무관리지대(無管理地帶)를 이동하는 동안은 세리에와 교대하여 유지로가 마부 역할을 담당하기로 한 것이다. 바인도 경계를 하고 있으니 마물의 접근을 눈치채지 못하는 일은 없을 터다.

길의 정비는 부족했으나, 길을 오간 사람들의 발자취가 남아 있어 길을 헤맬 일은 없었다.

출발하고 한 시간 후, 바인이 경계하는 소리를 냈다.

"벌써 나왔군."

긴장한 목소리로 말하며 세리에는 검을 빼 들었다.

전망이 탁 트여 있기 때문에 앞을 막아선 여러 그림자가 유지로의 눈에 들어왔다. 속도를 늦추고 복병을 경계했다.

"돼지 같은 얼굴에 사람 같은 몸…… 오크라는 건가?"

오크는 집락을 만들고 간단한 무장을 갖춘다고 한다. 어느 정도의 지능을 지닌 마물로 일반적인 평원의 민족보다 강하다. 모험가 세 명이 덤벼야 한 마리의 오크와 호각을 이룬다고 할 정도다. 싸우는 방식은 무기를 휘두를 뿐, 마법은 전혀 쓰지 않았다.

잡식성으로 사람도 먹으며 특히 살이 부드러운 어린아이를 좋아한다.

"몇 마리 있어?"

세리에의 물음에 유지로는 눈을 가늘게 뜨며 전방을 주시하여 확인했다.

"보이는 범위 내에서는 네 마리. 복병은 있어 보여?"

"좀 멀어서 모르겠어. 선수를 치자."

세리에는 마부석으로 이동해서, 커다란 나무 그릇에 물을 담아 거기에 보강약을 섞었다. 그리고 숲의 민족의 마법을 사용했다.

"꿰뚫는 물의 창."

그릇에서 뻗어 나온 물이 기세 좋게 오크를 향해 날아갔다. 훌륭하게 명중했는지 한 마리가 쓰러졌다.

한 번 더 공격할 수 있을까 했지만, 마차의 이동 속도와 오크들의 보행 속도를 예측하면 충돌 전까지 시간을 맞출 수 있을지 알 수 없어 그만두었다.

대신 힘의 능력 상승약을 먹고 접근전에 대비한다. 활 마술을 쓰는 방법도 머리를 스쳐 갔지만, 아직 실력이 충분하지 않기 때문에 그것도 그만두었다.

두 사람은 오크와 충돌하기 전에 마차를 세우고 내렸다. 세리에는 한 번 더 복병을 탐색하고, 유지로는 꺼내 든 방패를 차체에 기대어 세우고, 바인을 마차에서 풀어주었다. 바인에게는 몸의 튼튼함을 상승시키는 약을 먹이고, 자유

롭게 싸우도록 지시를 내렸다. 주위 경계를 마치고 유지로
는 방패를 들었다.

"복병은 없어."

"저 세 마리를 쓰러뜨리면 이 전투는 끝이라는 거네."

가까이에서 보니 신장은 180 정도 되었고, 약간 마른 씨
름꾼 같은 체격이었다. 손에는 방망이를 들었고, 몸에는 갑
옷도 옷도 걸치지 않아서 중요 부위가 그대로 드러나 있었
다.

보고 싶지 않은 것을 본 두 사람은 얼굴을 찡그렸다.

그런 두 사람의 반응은 아랑곳 않고, 식욕을 자극받은 것
인지 오크는 군침을 흘리며 달려들었다.

마침 일대일로 공격해 왔기에 유지로와 세리에는 맞받아
쳤다.

유지로에게 달려든 오크는 그 기세 그대로 곤봉을 휘둘렀
다. 크게 휘둘러 궤적이 훤히 보이는 공격 따위를 맞을 리
도 없이 간단히 피해버렸다. 방패를 들고 있지만, 막아볼까
하는 모험심은 생기지 않았다.

허공을 가른 방망이는 커다란 소리를 내며 지면을 세차게
내리쳤다. 그 소리와 패인 지면을 보면 꽤 힘이 세다는 사
실을 알 수 있었다.

"그런 단순한 공격은 통하지 않아."

다시 한 번 휘둘러 내린 방망이를 이번에는 그대로 막아내
기로 했다. 기세가 떨어진 일격이라면 괜찮으리라 생각하

고, 방패를 양손으로 들고 흘려보내듯 비스듬하게 들었다.

그대로 방망이는 드드득 하는 소리를 내며 방패를 따라 미끄러져 갔다. 방패를 통해 전해진 충격은 충분히 받아낼 수 있는 무게였다.

"빈틈 발견!"

다시 방망이가 지면을 때렸고, 비어버린 옆구리에 미들킥을 때려 넣었다. 투아의 지도를 받은 결과인지, 멋진 폼으로 차 날렸다.

오크는 비명을 질렀지만, 빅앤트처럼 한 방에 죽지는 않았다.

하지만 그대로 버텨내지 못하고 옆으로 쓰러졌고, 더욱 빈틈을 드러냈다. 그곳에 힘을 실은 발차기를 다시 한 번 때려 넣었다. 물컹함 속에서 무언가가 부러지는 감각도 느껴졌고, 굴러간 오크는 입과 코로 피를 흘리며 움직이지 않게 되었다.

"이쪽은 끝났어."

세리에와 바인은 어찌 되었는지 살펴보니, 세리에는 오크의 목에 검을 찔러 넣는 참이었고, 바인은 히트 앤드 어웨이를 반복하며 오크를 피로 물들이고 있었다.

세리에는 맨 처음 공격에 마술을 사용했고, 방망이째로 가슴팍을 베어냈다. 그리고 흐름을 잡아 틈을 보고 목을 찔렀다.

바인은 본 그대로, 무리는 하지 않는다는 방침인지 안전하게 승리를 취하고 있었다.

모두 상처 없이 이겼고, 다시 마차를 몰았다. 남겨진 오크
의 사체는 다른 마물의 먹이가 되었다.

그 이후의 이동 경로에는 마물이 적은지 전투는 두 번 정
도만 발생한 것이 예상밖이었다. 마물들이 길이 아닌 평원
과 황무지에 있었기 때문에 통행에 방해가 되지 않아 무시
할 수 있었던 것도 운이 좋았다.

"슬슬 멈추고 야영 준비를 할까."

마차 안에서 들려온 말에 유지로는 알았다고 대답하고 길
가로 마차를 몰았다.

세리에는 마차에서 너무 떨어지지 않도록 하며 마른 풀
따위를 주웠고, 유지로는 마물 퇴치제를 주변에 뿌렸다. 평
소보다도 경계심을 갖고 야영 준비를 했다.

세리에가 요리를 시작하자 유지로는 바인에게 피로 회복
제를 먹이고 브러싱을 해주며 돌봤다.

그 후는 몸을 씻거나, 약의 재료를 모으거나 하며 평소와
마찬가지로 보냈다.

보초를 설 때는 마물의 기척이 느껴졌지만, 마물 퇴치제
를 무시할 수 있을 만한 놈이 아니었는지, 멀리서 이쪽을 지
켜보기만 했다.

다음 날도 진행 과정은 첫날과 큰 변함없이 나아갔다. 마
물과 싸우고 휴식을 반복해갔다. 식량을 아끼기 위해 눈에
띈 야생동물을 사냥하기도 했다.

맑은 날, 흐린 날, 비 오는 날 등등 날씨는 다양했고, 풍경도 다양했다. 평원과 황무지는 헤프시밍 왕국을 여행하며 눈에 익숙해졌지만, 오래된 돌다리와 언제 스러졌는지 알 수 없는 성채와 마을의 흔적 등도 볼 수 있었다.

성채의 흔적에는 몇 개나 되는 텐트가 있었고, 사람도 보였다. 모험가가 보물을 찾아 탐색을 하는 것이었다.

그런 식으로 16일 정도 나아가 라이트루티 왕국령까지 앞으로 4일 정도 남은 거리에 왔을 때, 유지로는 전방에서 사람과 닮은 모습을 발견했다.

"마물?"

"모르겠어."

세리에도 마부석으로 와서 전방을 주시해보았지만, 잘 보이지 않았다. 바인이 심하게 경계하지 않는 것을 보면, 마물이라고 하더라도 강하지는 않을 거라 판단했다.

더욱 나아가자 평원의 민족 셋이라는 것을 알 수 있었다. 연령차로 보아 부모와 그 자녀인 것 같았다.

유지로 일행이 다가오는 것을 알아차리고 남자가 자리에서 일어나 양손을 움직여 멈추라는 신호를 했다.

"태워달라고 할 것 같은데."

"그러게. 이런 데서 도둑질을 하는 것일 리도 없을 테고."

무관리지대에 거점을 둔 도적도 있지만, 도둑질만이 아니라 마물의 습격에도 대응해야 하기 때문에 그 수가 그리 많지는 않다.

"태워주는 편이 좋을까?"

"거만하게 굴면 안 태워줘도 되지 않을까?"

"그렇게 하자."

세리에의 말에 찬성하고 마차의 속도를 늦추었다.

"그렇게 적은 인원으로 어쩐 일이신가요?"

사람이 적다는 점에서는 이쪽도 마찬가지지만, 그 점은 일단 제쳐두고 그렇게 물었다.

"이 앞에서 마물이 날뛰고 있습니다. 싸울 수 없으면 여기서 기다리는 편이 나을 겁니다."

"여러분은 마물을 피해서 온 건가요?"

"그렇습니다. 겨우겨우."

상단을 호위하던 용병이 도망치게 해주었다고 한다. 전력에 여유가 없었기 때문에, 전투에 도움이 되지 않는 일반인 세 사람은 마물 퇴치제를 지니고 도망쳐 왔다. 일반인끼리 피난하는 것은 무서웠지만, 그쪽에 전력이 필요하다는 것을 알기에 어쩔 수 없다고 생각했다.

"마물은 어떤 종류죠?"

"커다란 사람 같은 형상의 마물 두 마리였습니다."

"색이라든가 뭔가 특징은요?"

"갈색에 나체, 이렇다 할 특징은 없었던 것 같습니다."

"오크 같은 마물다운 특징도 없었나요?"

"아, 야생에서 자란 아이 같은 인간을 커다랗게 만든 듯한 느낌이었지요."

유지로와 세리에는 자이언트이리라고 추측했다. 인간을 그대로 5미터 이상 키운 듯한 마물로, 제멋대로 날뛴다. 난폭하게 날뛰는 개체는 지성이 없다고 봐도 된다. 지성이 있는 자이언트는 숲 같은 먹이가 풍부한 장소에 자리를 잡고 생활한다.

　거구인 만큼 힘과 체력은 좋지만, 약점은 사람과 같고 준비를 갖추면 쓰러뜨리기 쉬운 마물이라고 할 수 있다.

　"자이언트라면 독이 들으니까, 이대로 계속 갈까 하는데."

　어떻게 생각하는지 묻기 위해 시선을 세리에 쪽으로 보냈다. 세리에는 찬성이라고 답한 후, 나무 상자에서 독을 꺼냈다.

　"그런 연유로, 저희는 이만 가겠습니다."

　"솔직한 마음으로는 함께 남아주셨으면 하지만, 길을 서두르는 거라면 어쩔 수 없지요."

　남아 있던 마물 퇴치제를 한 개 건네고, 유지로는 바인에게 신호를 보내려 했다. 그런데 그 직전에 바인이 왼쪽을 보며 으르렁거리기 시작했다. 그런 바인의 모습에 남자 일행의 표정이 굳어졌다. 마물이 가까이에 있다는 사실을 그들도 깨달은 것이다. 바인이 바라보는 방향에는 키가 큰 수풀이 있어서 무언가가 있다는 것은 알지만 모습은 보이지 않았다.

　"역시 못 본 척하고 갈 수는 없을 것 같아. 세리에."

　"알고 있어."

세리에는 어쩔 수 없다는 표정을 지으며, 꺼냈던 독을 내려놓고 마차에서 내렸다. 유지로도 마부석에서 내려 바인을 자유롭게 해주었다.

능력 상승약은 속도와 힘을 챙겼는데, 나타난 마물의 종류에 따라 어느 쪽을 복용할지 정할 생각이다.

나타난 마물은 고릴라 크기의 아르마딜로였다. 등에는 거북이 같은 등껍질을 짊어졌고, 팔다리와 가슴은 비늘에 덮여 있다. 발톱은 단단해 보였다. 유지로 일행을 향해 살기를 드러낸 것이 산책을 나온 것 같지는 않았다.

"유지로, 나 접근전은 무리겠어."

"알았어. 힘 쪽을 줘."

방어력이 높아 보이는 마물의 모습에 세리에는 공격을 포기했고 유지로에게 약을 던져 건넨 다음, 속도 쪽은 주머니에 넣었다. 대신에 불 마법으로 눈속임을 하는 쪽에 집중하기로 했다.

유지로는 약을 단숨에 삼키고 말했다.

"마술로 한 방 날려주겠어."

"마법으로 주의를 끌게."

움직임을 서로 맞추고 싸움을 시작했다.

유지로가 마력을 순환하기 시작했고, 세리에가 위력이 낮은 불 화살을 날렸다.

안면으로 불 공격을 받은 아르마딜로는 세리에 쪽을 향해 달려갔다. 그 사이에 끼어들듯 유지로가 움직였고, 아르마딜로가 움직임을 멈췄을 때 차서 부수겠다는 의지를 담아 얼굴에 발차기를 날렸다.

직격한 발차기는 아르마딜로의 얼굴을 완전히 박살 냈고, 피와 살을 흩뿌렸다. 움찔 몸을 경련한 아르마딜로는 그대로 풀썩 지면에 쓰러졌다.

"아, 성공했다."

의지와 마력의 흐름과 타이밍이 일치했음을 느꼈고, 격투 마술『쇄각(碎脚)』이 성공했다는 것을 깨달았다.

"등껍질 벗길까?"

유지로의 질문에 잠시 생각을 한 후 세리에가 대답했다.

"금방 끝나는 거라면 벗겨 가는 것도 괜찮을 것 같아."

"약도 먹었으니까 한번 해볼게."

유지로는 쓰러져 있는 아르마딜로의 등껍질을 힘만으로 벗겨내기 시작했고, 세리에는 바인을 다시 마차에 연결했다.

그런 세리에에게 남자가 다가왔다.

"도와주셔서 감사합니다."

"인사는 유지로에게 해."

세리에는 남자 쪽을 보지도 않고 바인을 마차에 묶는 작업을 계속했다. 남자는 세리에의 그런 태도를 신경 쓰지 않고 말을 계속했다.

"저희들의 호위를 부탁할 수 있을까요?"

자이언트에게 공격을 받고, 호위가 줄어든 것이다. 전력을 보충할 수 있다면 해두고 싶었다. 여기서 싸운 마물은 이

전에도 만난 적이 있지만, 그때의 호위는 일격에 쓰러뜨리지 못했었다. 그 일을 바탕으로 유지로가 강하다는 사실을 깨닫고 도움이 되리라 판단한 것이다.

그런 그들의 생각을 세리에는 간단하게 거절했다.

"난 싫어. 유지로는 뭐라고 할지 모르겠지만."

"그가 좋다고 하면 받아들여 주는 겁니까?"

"일단 물어봐."

그렇게 말하고 바인을 마차와 연결하는 일을 마친 세리에는 마차 안으로 들어갔다.

뭔가 기분을 상하게 한 것인가 하고 고개를 갸우뚱하면서도 남자는 유지로에게 다가갔다. 유지로는 등껍질을 벗기는 일에 성공한 상태였다. 지금은 자신의 손과 등껍질에 묻은 피를 물로 씻어내고 있다.

"잠시 실례합니다."

"네?"

"조금 전 전투는 정말 대단했어요. 앞으로 남은 길을 지켜주신다면 안심할 수 있을 것 같습니다만, 호위를 해주지 않겠습니까?"

"음…… 그다지 안 내키네요. 일단 자이언트와 싸운 사람들이 있는 곳까지라면 함께 가도 괜찮겠지만."

다른 사람이 있으면 세리에가 불편해하기에 거절의 빛을 내비추었다.

"어떻게 안 되겠습니까?"

"나름 서두르며 가는 페이스를 상정해서 식량이나 약을 실은지라, 사람이 늘어서 페이스가 떨어지는 건 곤란해요."

식량과 약은 한 달분 이상 싣고 출발했다. 국경에서 국경까지라면 여유가 있다. 이리 저리 다닐 것을 계산하여 준비해둔 상황이지만, 거절하기 위해서 가진 것에 관해 애매하게 이야기했다.

"라이트루티의 국경까지는 앞으로 5일 정도입니다. 식량 같은 건 아끼면 문제없을 거라고 보는데요."

"저희가 절약하면서까지 할 이유가 없는데…… 그러네요, 자이언트에게 호위가 전멸 당했다면 그때 받아들이도록 하죠."

이래서는 기대할 수 없다고 생각하면서도 남자는 고개를 끄덕였다.

남자 일행을 마차에 태우자 단숨에 좁아졌다. 당연한 일이다. 네 명이 탈 거라고는 상정하지 않았다. 게다가 식량 등이 공간을 차지하고 있어서 원래부터 좁았다.

세리에는 마부석으로 이동했고, 유지로가 마차 안에 탔다.

사람을 싫어하는 편이라고 간단하게 설명하자 남자 일행은 납득했다.

마차를 10분 이상 움직였을 때, 세리에는 전방에서 어떤 형태를 발견했다. 마차가 세 대 있었고, 그중 두 대는 반파되어 짐이 이리저리 흩어져 있었다. 자이언트는 둘 모두 쓰러져 있어, 용병들이 쓰러뜨렸다는 것을 알 수 있었다. 사체는 마물만이 아니라, 사람을 비롯해 마차를 끌었을 터인 그란옥스의 것도 있었다. 쓰러진 것은 열 명 이상이다. 용병만이 아니라 휩쓸린 상단의 인간도 죽었다.

세리에 일행이 다가가자 살아남은 네 명이 비틀비틀 일어섰다. 모두 지쳐 보였다. 그것은 자이언트와의 전투 때문만이 아니라, 헤프시밍에서 라이트루티까지의 여정에서 생긴 피로이기도 했다. 유지로와 세리에처럼 매일 피로 회복제를 복용하는 사치는 할 수 없기에, 피로는 축적되어갔고 경계심이 떨어진 참에 습격을 받았다. 정상적인 상태라면 이렇게까지 피해가 커지지는 않았으리라.

"살아남았네요. 다행이다."

"다행이라고는 말하기 힘들 것 같습니다만."

유지로가 아무렇지 않게 말하자 남자의 표정이 굳어졌다. 호위가 죽은 일과 피해가 커진 것에 남자는 탄식을 내뱉었다.

"엔다르 씨, 무사하셨군요. 다행입니다."

"그쪽도 살아남은 사람이 있어 다행이에요."

마차에서 내린 엔다르는 고용했던 호위의 리더와 지쳐 보이는 미소를 나누었다.

"저쪽은?"

"우리를 도와주고, 마물도 쓰러뜨려주었지요."

"습격을 받았습니까? 그럴 가능성도 있다고 생각은 했지만, 여기에 있는 것보다는 낫다고 생각했습니다."

"압니다. 여기에 있었다고 해도 아무런 도움도 되지 못하고, 휩쓸려서 죽었을 테죠."

판단은 틀리지 않았다고 엔다르는 리더에게 말해주었다.

거기에서 유지로가 말을 걸었다.

"그럼 저희는 가보겠습니다."

"응? 아, 여기까지 데려다주어 고맙습니다."

"호위로서 고용된 게 아니었나? 우리로서는 함께 움직여주면 고맙겠는데."

"예, 거절당했습니다."

들려오는 대화를 흘려들으며, 유지로는 바인에게 신호를 보냈다. 하지만 바인은 전방을 바라본 채 움직이려 하지 않았다.

"바인?"

또 적이 나타난 것인가 싶어 앞을 바라보니 1킬로미터 정도 앞에 가늘고 긴 무언가가 있는 것이 보였다. 움직이는 것을 보니 생물인 모양이다. 뱀 같지만 어딘가 다르다.

"뭐야 저건?"

"왜 그러지?"

앞을 보며 의아하다는 표정을 짓는 유지로에게 리더가 말을 걸어왔다.

유지로는 대답하지 않고 손가락으로 앞쪽을 가리켰다.

그 움직임에 따라 리더와 엔다르는 전방을 바라보았다. 두 사람에게는 무언가가 있는 것이 겨우 보였다.

"또 몸집이 큰 거대종인가? 어째서 오늘은 저런 것들만."

"아이저스 씨, 저게 뭔지 아시겠습니까?"

엔다르의 물음에 용병 리더 아이저스는 심각한 표정을 지었다.

"특징을 좀 더 알고 싶은데. 센테크!"

엔다르의 아내와 함께 흩어진 짐을 모으고 있던 여자 용병을 불렀다. 유지로보다 두 살 정도 연상으로, 전투로 엉망이 된 상태였다. 그녀는 작업하던 손을 멈추고 아이저스 쪽으로 다가왔다.

"이 앞에 대형의 뭔가가 있는데, 마법으로 봐주게."

"또 대형입니까?!"

그녀는 진심으로 싫은 표정을 지었다. 그 모습을 보며, 기분은 알겠지만 얼른 하라며 아이저스가 지시를 내렸고, 센테크는 떨떠름하게 원견(見遠) 마법을 사용했다.

"뱀? 아니, 다른가. 입 끝이 뾰족하고, 송곳니가 나 있고, 비늘은 없음. 눈도 뱀과는 다르고. 표피는 황토색에 검은색 반점. 입은 인간을 간단하게 삼켜버릴 수 있을 것 같습니다."

"……아스모라이인가?!"

센테크의 정보를 바탕으로 대략 짐작한 아이저스는 바람의 방향을 확인하고 초조해하기 시작했다.

"여기서 벗어난다!"

"무슨 일입니까?"

아이저스는 무사한 그란옥스에게 달려가며 엔다르의 의문에 답해주었다.

아스모라이는 땅속을 헤엄쳐 다니는 곰치 마물이다. 얼굴 너비는 3미터 정도로, 몸길이는 60미터를 넘는다. 피 냄새에 민감한데, 바람의 방향에 따라서는 1킬로미터 떨어진 곳의 피 냄새도 맡을 수 있다. 육식으로 동물 이외에 인간과 마물도 먹이로 삼는다. 이동 속도는 땅속에서도 말을 약간 웃돈다.

"여기에서 벌어진 전투를 알아채고 이쪽으로 오고 있다! 운이 나쁘게도 바람 방향이 아스모라이 쪽으로 불어서 눈치 챈 거겠지. 너희들도 일단 피하는 편이 좋아!"

유지로가 죽인 아르마딜로라면 눈치채지 못하겠지만, 자이언트와 용병이 흘린 대량의 피 냄새는 눈치챌 수밖에 없으리라.

"알았습니다."

유지로는 말을 걸어온 아이저스에게 고개를 끄덕여 보였다. 아무리 유지로라고 해도 저런 마물에게 달려들 마음은 들지 않는다.

바인에게 말을 걸어 유턴해서 마차를 달리게 했다. 등 뒤에서는 조금이라도 짐을 싣고 싶다고 말하는 엔다르를 향해 아이저스가 그럴 여유 없다며 호통을 치고 있었다.

"세리에, 저거 식사를 마치면 바로 어딘가로 갈 거 같아?"

"글쎄, 아스모라이란 마물은 몰라. 한동안 이 근처에서 체재하게 되려나."

"식량은 한 달분 준비해뒀으니까, 잠깐 체재하는 건 괜찮겠지. 싸우게 되면 어떻게 할 방법이 없게 생겼어."

다가가서 발로 차는 짓 같은 건 하고 싶지 않다. 살은 파고들지도 모르겠지만, 그 통증에 날뛰어서 압사라도 당하면 눈뜨고 볼 수 없는 꼴이 되리라.

"자잘하게 공격해봤자 의미가 없을 거야."

"······그럼 독살인가."

"효과가 있을 만한 독이 뭔지 알겠어?"

"좀 강력한 독을 쓰면 역시 움직임이 둔해질 거라고 생각하는데. 그 사이에 돌파해버리면 못 쫓아오지 않을까 하고 생각해. 문제는 어떻게 저 거체를 둔하게 할 양의 독을 준비해서, 체내에 넣을 것인가 하는 쪽이야."

"혀 치기 도마뱀처럼 한 번의 공격으로 둔하게 만드는 건 무리려나."

세리에의 실력으로는 보통 활을 쏘아본들 아스모라이의 표피를 뚫을 수 있을지 알 수 없다. 궁마술이라면 가능하겠지만, 검마술과 비교해 수련이 부족하여 발동 성공률이 낮은 것이다.

"반드시 싸우게 될 거라고는 할 수 없지만."

"그래도 일단 생각해두자."

이동하며 생각을 계속했고, 소용없을 거라 여기면서도 세리에가 궁마술을 사용하고 유지로는 힘의 능력 상승약을 먹고 독을 스며들게 한 돌을 던진다고 하는 안으로 일단 결론을 내렸다.

이야기를 나누며 30분 정도 온 길을 되돌아간 유지로와 세리에는 마차를 멈추고, 뒤를 살폈다.

"독 재료를 모아볼까."

"나는 주위를 경계할게."

세리에는 바인을 마차에서 풀어 함께 주위를 경계하기 시작했다.

"독, 독. 그리 많지 않네. 몸에 나쁜 걸 넣으면 강화되려나?"

개량하기 전의 비누 같은 걸 먹여볼까 하고 생각하면서 재료 찾기를 계속했고, 15분 정도 지났을 무렵에 엔다르 일행이 합류했다.

엔다르 일행도 이곳에서 대기하기로 했는지, 마차를 멈추었다. 유지로와 세리에의 마차보다 크기는 했지만 여섯 명이 타고 있다 보니 좁고 답답했는지, 그들은 진절머리가 난다는 표정으로 마차에서 내렸다.

유지로가 길섶에 쭈그려 앉아 있는 것을 본 아이저스가 다가왔다.

"뭘 하고 있는 거지?"

"독을 만들 재료를 모으는 중입니다. 그거랑 싸우게 됐을 때를 대비해서."

"약사인가? 어중간한 독은 효과 없을 텐데."

"그래서 강한 독을 많이 만들 생각이에요. 장소가 안 좋은지 재료가 안 모이지만."

길에서 벗어난 곳으로 찾으러 가볼까 하고 중얼거리며 유지로는 자리에서 일어났다.

"아스모라이라고 했던가? 약점 같은 거 모르나요? 그보다, 식사를 마치고도 거기에 머무르려나요? 그거."

"약점이라…… 모르겠는데. 보통은 쓰러뜨리려 하지 않고 어딘가로 가기를 기다리는 식이지. 쓰러뜨리는 건 마을 같은 데 접근해 올 때뿐. 그 자리에 머무를지도 몰라. 먹이를 먹은 장소를 중심으로 해서 새로운 먹이를 찾는다는 얘기를 들은 적이 있어."

"찾는 범위는 광범위한가요?"

"상세한 건 알 수 없지만, 이번 상황을 보면 좁지는 않을 것 같군."

"우회도 어려울까요?"

"우회라. 너희 마차라면 모르겠지만, 우리는 너무 거친 길을 가는 데는 맞지 않아. 게다가 길에서 벗어나면 마물과 조우하기 더 쉬워지지."

기간을 알 수 없는 체재는 피하고 싶었다. 그렇다고 해서 자신들만 우회해 가는 것도 약간 마음에 걸렸다.

"역시 독을 찾아야겠네."

재료를 찾지 못하면 체재하며 상황을 지켜보기로 정하고, 모은 재료를 들고 마차로 갔다. 그리고 세리에게 들은 이야기를 전해주었다.

세리에도 이론은 없는 것 같았기에 두 사람은 독을 찾으러 출발하기로 했다.

"마차째로 가는 건가?"

"식량도 실려 있으니까, 당연히 마차도 가져가야죠. 돌아왔더니 전부 먹어치워서 텅 비어버리거나 하는 건 싫으니까."

"그럴 일이 없을 거라고는 말할 수 없군. 자이언트 탓에 대부분의 짐을 잃었으니까."

"뭐, 물이랑 피로 회복제 정도는 드리죠."

빈 병에 마법으로 물을 채우고, 약을 네 개 건넸다. 지쳐 있던 아이저스는 기뻐하며 약을 받았다.

"이것만으로도 충분히 도움이 돼. 얼마나 있다 돌아올 셈이지?"

"길면 사흘. 그 사이에 아스모라이가 어딘가로 가주면 좋겠는데."

"그러게 말이다."

그러기를 바란다며 아이저스는 동의했다.

배웅을 받으며, 유지로와 세리에는 왔던 길을 돌아갔다. 두 사람만 함께 있게 되자 세리에가 후우 안도의 한숨을 내뱉었다. 그 모습을 통해 자신을 받아들여 주었다는 사실을 알 수 있어, 유지로는 기뻐졌다.

주위의 풀 등을 확인하며 역주하는 것이었기에 속도는 느렸다. 일단 하루 동안 나아가자 풀의 분포가 변화를 보였지만, 강력한 독의 재료는 찾지 못했다. 풀의 수는 줄어들고, 황무지 같은 풍경으로 바뀌었다.

"샛길로 가볼까?"

"그래."

유지로가 돌아보며 묻자 세리에는 찬성했다.

바인에게 길에서 벗어나도록 했다. 다소 흔들리는 정도로, 나아가기 힘들지는 않았다.

두 시간 정도 나아가자 드문드문 선인장 같은 식물이 나타났다. 그 식물은 독은 아니었지만, 물의 보강약의 좋은 재료가 되기 때문에 회수해갔다.

세리에에게 베어달라고 부탁하고, 유지로는 부츠로 가시를 제거했다. 마법으로 수분을 날려 보내자 홀쭉해졌고, 그것을 몇 개로 잘라 마차에 실었다.

세리에는 등을 구부리고 잘라 나누어둔 선인장 비슷한 것을 주웠다. 엉덩이를 쭉 빼고 있는 자세였고, 유지로는 보기 좋다고 생각하며 세리에를 바라보고 있었다. 그러자 세리에가 말을 걸어왔다.

"유지로."

"왜?"

들킨 건가 생각하면서도 평정을 가장하고 대꾸했다.

"전갈이 있는데, 이건 독 재료가 되지 않을까?"

"어디?"

안도의 한숨을 내쉬고 다가가자 세리에가 손가락으로 한 곳을 가리켜 보였다.

그곳에는 땅 위를 종종거리며 걷는 적갈색 전갈이 있었

다. 독을 가진 것 같았고, 확실히 재료가 된다고 지식이 알려주었다. 독의 종류는 대미지 타입이 아니라, 움직임을 멈추는 마비 타입이지만 강력한 마비약이 된다. 여기에는 없지만, 다른 재료와 조합하면 출혈 없이 죽음에 이르는 위험한 독을 만들 수도 있다. 지나치게 강력하여 장기의 기능을 멈추는 것이다.

그 사실을 전하며 전갈을 밟아 죽이고 회수했다.

"또 있는지 찾아보자. 많이 모으면 어떻게든 될 것 같아."

"알았어."

전갈에 찔리는 일이 없도록 바인을 마차에서 풀어주고, 두 사람은 전갈을 찾기 시작했다.

해가 중천에서 꽤 기울었고, 두 사람은 전갈 열여섯 마리를 발견하여 이 정도라면 됐다고 판단하고 엔다르 일행이 있는 곳으로 돌아갔다.

3일째 오전 열 시경에 그들과 다시 합류하게 되었다. 돌아온 두 사람을 보고 용병들은 안심한 표정과 분위기를 띠었다.

용병들의 안색은 좋지 않았다. 마물의 습격이 있었기 때문이다. 한자리에 머무르면 마물은 거기에 먹이가 있다고 바로 눈치챈다. 마물 퇴치제를 써도 접근해 오는 마물이 있기에, 제대로 된 휴식을 취하기 힘들었던 것이다.

"독은 어떻게 됐나?"

"강한 마비 독은 입수했어요. 아스모라이 쪽은 어떤 상태인지 살펴봤나요?"

"두 사람이 정찰을 가서 원견 마법으로 확인했는데, 아직 그 자리에 있다더군."

"독은 이미 완성했는데, 시험해볼까?"

완성한 것은 전갈의 독에 채취한 다른 독의 재료와 덤으로 무관리지대에 들어오기 전에 만들어둔 독도 섞은 것이라, 해독제가 없으므로 취급에 주의를 해야 한다.

신이 나서 내키는 대로 만든 것이라 어떤 효과를 가진 독인지는 유지로도 알 수 없게 되었지만, 실험 삼아 지나가던 마물에게 사용해보니 경련하며 쓰러져서 만져도 흔들어도 발로 차도 반응하지 않았다. 독이라는 것은 확실했기에, 유지로는 그다지 반성은 하지 않았다.

실험체의 반응을 보면 마비나 수면제가 만들어졌을 가능성도 있을 수 있겠으나, 사용한 재료를 보면 그러기는 힘들었다.

그 독에 주운 돌과 화살촉을 담가두었다.

"여기 계속 머무는 것도 체력적으로 힘드니까, 시험해보고 싶은데."

그 전에 피로를 회복하는 편이 좋으리라 판단하고 유지로는 약을 만들었다.

이 근처에는 피로 회복제 재료가 전부 모여 있어서 얼마든지 만들 수 있었다.

약이 완성될 때까지 활을 쓰는 센테크의 화살에도 독을

발라 준비를 갖추었다.

세 시간에 걸쳐 준비를 마치고, 유지로 일행의 마차에 센테크를 태워서 아스모라이가 있는 곳으로 출발했다.

센테크의 안내로 어느 정도 접근한 후, 세 사람은 힘의 능력 상승약을 마시고 마차에서 내렸다. 독이 들어간 통을 꺼내 지면에 놓는다.

유지로는 만약을 위해 장갑을 이중으로 꼈다. 방수성은 높지 않아 독이 닿기는 하겠지만, 직접 만지는 것보다는 나을 것이다.

아스모라이가 땅속을 이동하고 있어 지면이 조금 흔들렸다. 그것이 점점 커져서, 마물이 다가온다는 사실을 알 수 있었다. 잠시 후, 2백 미터 앞이 불쑥 튀어 올랐고, 유지로와 세리에도 아스모라이가 어디에 있는지 파악할 수 있게 되었다. 그 진행 방향은 자신들과는 빗겨나 있었다.

"이쪽을 눈치채지 못한 건가?"

"리더의 말에 따르면 피 냄새에 민감하다고 하던데."

"돌을 던져서 눈치채게 할까? 지면에서 나오지 않으면 독을 때려 넣을 수도 없으니까."

"돌을 던지는 정도로 눈치챌까?"

센테크는 고개를 갸웃거렸지만, 세리에는 유지로의 힘을 알기 때문에 아스모라이가 밖으로 나오면 바로 공격할 수 있도록 하기 위해 마력을 순환시키기 시작했다.

유지로는 야구공보다 조금 작은 돌을 주워 불쑥 올라온 땅

쪽으로 있는 힘껏 던졌다. 기세 좋게 똑바로 날아간 돌은 솟아 오른 지면 근처에 착탄했고, 지면을 성대하게 파냈다.

"뭐야, 이 위력은."

센테크가 놀란 모습으로 말하는 사이에 아스모라이가 진동을 눈치채고 흙을 흩뿌리며 40미터 정도 앞의 지면에서 고개를 내밀었다. 동체는 지면에서 10미터도 나오지 않았다.

부옜지만 위압감을 느끼게 하는 눈, 사람 한 명은커녕 세 명 정도는 한입에 삼킬 수 있을 듯한 입, 전봇대를 몇 개 합친 듯한 두께는 되어 보이는 몸통. 거대종이란 이름에 어울리는 위용의 아스모라이가 주위를 확인하듯 고개를 움직였다.

"크다아."

압도된 듯 유지로가 불쑥 내뱉었다. 육상에서 이렇게까지 거대한 생물을 보는 것은 처음인지라 무심코 넋을 잃고 말았다.

아스모라이를 향해 세리에가 공격을 시작했다. 한 박자 늦게 유지로도 돌을 던졌고, 센테크가 허둥지둥 활을 메겨 쏘았다. 노리는 것은 얼굴이 아니라 몸체다. 얼굴은 특히 튼튼하다고 아이저스에게 들었던 것이다.

아스모라이에게 있어 화살은 작은 가시에 찔린 듯한 정도겠지만, 비명을 지르며 몸을 꿈틀거렸다. 공격으로서는 유지로가 던진 돌 쪽이 더 아픈지 시선이 유지로에게로 향했다.

세리에가 사용할 수 있는 궁마술은 여섯 번. 그중 네 번은 발동에 실패했고 피부에서 튕겨 나왔다. 센테크의 궁마술은 단 세 번 사용 가능하나 원견 마법으로 마력을 소비하고 있기 때문에 쏜 것은 두 번뿐이었다. 유지로의 투석은 전부 피부를 찢었다. 배드오도로 때와 달리 꿰뚫지는 못했다.

　아스모라이는 고개를 크게 들었다. 그것이 공격 전 동작임을 알고 유지로는 세리에에게 말을 걸었다.

　"두 사람은 마차를 타고 여기서 벗어나! 어서!"

　"유지로는?!"

　세리에가 걱정스레 물었다.

　"속도 능력 상승약을 먹고 도망 다닐게. 돌도 아직 남았고, 미끼가 되기엔 딱 좋아."

　"괜찮겠어? 일격이라도 당하면 아무리 튼튼하다고 해도……."

　"쓸데없이 체력이 넘친다는 거 알잖아? 피해 다니는 정도는 할 수 있어! 그러니까 어서 가!"

　유지로의 재촉을 받고, 공격을 마친 두 사람은 마차에 올라 멀어져갔다.

　끝까지 젖혀진 머리가 내리 찍어 왔다. 유지로는 들 수 있는 만큼의 돌을 들고 그 자리에서 재빨리 벗어났다.

　세 사람이 있던 자리에 턱이 내리 꽂혔고, 그 영향으로 지면이 약간 흔들렸다.

　"역시 저건 한 방 맞으면 위험하겠네."

세리에가 말했던 대로라고 생각하며, 연속해서 내리 꽂히는 공격을 아스모라이를 중심으로 해서 돌며 피했다.

등 쪽으로 돌아들자, 과연 그 자리로는 공격을 내리 꽂지는 못했다. 거기서 유지로는 더욱 돌을 던졌다.

아스모라이는 몸을 꿈틀거리며 방향을 바꾸었다.

또 내리 찍는 공격을 하는 건가 생각했지만, 이번에는 얼굴부터 지면으로 파고 들어가 지하에 숨어들었다.

"이건, 바로 아래에서 공격하려는 건가?"

RPG 지식으로 예측해보았다. 그렇다면 그 자리에 가만히 있는 것은 좋지 않다고 판단하고 유지로는 서둘러 자리를 벗어났다.

그리고 10초 후. 토석을 감아올리며 아스모라이가 고개를 내밀었고, 다시 유지로를 향해 얼굴을 내리 꽂았다.

한 번 더 공격을 피하고, 공격 사이에 아주 조금 틈이 있다는 것을 안 유지로는 지면에서 나와 있는 몸을 향해 돌을 한 번 던지고 이동하기를 반복해갔다.

공격 간격은 땅속으로 숨어들 때마다 짧아졌다. 한 번 판구멍에서 얼굴을 내밀기도 했기 때문이다. 유지로는 점점 공격할 여유가 없어졌고, 겨우겨우 틈을 찾아내 돌을 던지며 나아갔다.

그리하여 갖고 있던 돌을 다 던지고, 그 다음은 20분 이상 피하기를 계속했다. 주위는 구멍투성이로, 큰 비라도 내리면 자그마한 못들이 생기게 될 것 같았다.

피하는 것뿐이라면 여유를 가질 수 있었다. 계속해서 전속력으로 움직이는 것은 아닌지라 체력적으로도 여유가 있었다. 단지 독을 묻힌 돌을 던졌던 손의 감각이 둔해져서 도망치는 사이에 장갑은 벗어 던져버렸다. 참고로, 체내까지 침투한 것은 아니라 독의 효과는 며칠 지속된 후 사라졌다.

그리고 드디어 구멍에서 얼굴을 내민 아스모라이가 하늘을 올라다보는 듯한 자세로 굳어졌다. 그리고 힘이 빠진 듯 쿠궁 옆으로 쓰러졌다.

"끝난 건가?"

드디어! 라며 살짝 배어나온 땀을 손등으로 닦고, 신중하게 아스모라이의 얼굴로 다가갔다.

눈을 감고 있지만, 호흡을 하고 있어 몸은 천천히 위아래로 움직였다.

방심시키기 위한 덫인가도 생각했지만, 건드려 보아도 반응은 없었다.

"숨통을 끊도록 할까? 어쩌지? 함부로 공격했다가 다시 깨어날지도 모르고."

그때 싸움이 끝난 것을 안 세리에와 센테크가 다가왔다.

"고생했어."

"아, 세리에. 독이 효과가 있었던 모양이야. 숨통을 끊는 게 좋을 거라고 봐?"

"자극을 줘서 깨어나게 하는 것보다는 그냥 두는 게 나을 것 같은데."

다시 한 번 날뛰게 되면 곤란하다면서 세리에는 고개를 저었다.

"센테크 씨는요?"

"나도 자극하고 싶지는 않아."

"그럼 방치해두는 걸로."

그걸로 됐다면 두 사람이 긍정했고, 엔다르 일행을 부르러 갔다. 유지로는 남아 있던 독을 아스모라이의 입에 부었고, 그다음에는 벌어진 구멍으로 들어가 땅속의 재료를 모으기 위해 남기로 했다.

비스듬히 벌어진 구멍으로 들어가, 광석을 주워 바구니에 넣었다. 질 좋은 땅의 수정 등을 채취했고, 그 외의 광석도 몇 개 발견했다. 전투의 보수로는 충분했다.

마차가 온 다음에도 잠시 기다려달라고 부탁하고, 바구니 두 개분의 재료를 회수했다. 그 사이에도 아스모라이는 잠든 상태로 일어나지 않았다.

"혼수상태가 되는 독이려나?"

"만든 본인이 모르는 건가?"

아이저스의 말에 유지로는 고개를 끄덕였다.

"마비 독 외에도 이것저것 넣어서 제조법에 없는 독이 되었거든요."

"그런 독에 잔뜩 당하고도 20분 이상 날뛰었으니, 거대종이란 건 역시 위험하군."

동시에 아이저스는 그 정도나 되는 거대종에게 효과 있는 독을 만들 수 있었던 유지로에게도 의문을 품었다. 강력한 독을 쓸 수 있다는 점에서 암살자와 관련된 인간일 가능성도 생각했고, 적극적인 교류는 피하는 편이 좋을지도 모르겠다며 경계심을 품었다.

경계당하고 있다는 사실을 유지로는 눈치채지 못했지만, 세리에는 깨달았다. 하지만 거리를 둬주는 것은 오히려 바라는 바였기에, 지적하지는 않았다.

"그러게요. 이대로 내버려 두면 다른 마물의 먹이가 되는 걸까요?"

"아무리 그래도 물어 뜯기면 깨어나겠지. 우리는 광석을 좀 찾고 갈 건데, 그쪽은 어쩔 거지?"

자이언트와의 전투로 생긴 손실을 여기서 조금이라도 회수하고 싶다고 엔다르가 말했고, 아이저스도 수입을 늘리기 위해 찬성했다.

"우린 충분히 모았으니까 그만 출발할 겁니다."

일행에게 이별을 고한 두 사람은 마차에 올라 국경을 향해 갔다.

아이저스 일행은 멀리 사라져 보이지 않게 될 때까지 유지로 일행을 지켜보았다.

그곳에 남은 그들은 한 시간 정도로 채취를 마치고 출발했다. 그들이 떠나고 하루 뒤, 아스모라이는 마물들의 먹이가 되었다.

아이저스의 예상은 틀렸고, 잡아먹히는 상황에서도 아스

모라이는 깨어나지 못했다. 그 독은 식물인간 같은 상태가 되는 독이었는지도 모른다.

아스모라이를 먹은 마물도 움직임이 둔해져 다른 마물의 먹이가 되었다. 그렇게 독은 옅어지면서 그 일대에 퍼져갔고, 후에는 독에 내성을 가진 아종이 몇 생겨나게 된다.

생태계에 작은 영향을 준 독을 만들어냈다는 사실을 유지로는 그 이후로도 쭉 알지 못했다.

참고로 이때 태어난 생물은 훗날 일반 식재료에 질려버린 도전 의식을 가진 미식가들에 의해 칭송을 받으며, 위험한 것은 맛있다는 말을 만들어내지만, 이것 역시 유지로는 알지 못할 일이었다.

16 점술의 도시

 라이트루티의 국경을 통과하고 열흘 정도가 지났다. 두 사람은 솔비나를 목전에 두고 있다.

 이전에 갔던 카테그라테도 크다고 생각했는데 그보다 큰 규모의 도시였다. 훌륭한 외벽이 도시를 C 자 형태로 감싸고 있다. 뚫린 부분에는 호수가 있는데, 호수 위 섬에는 도시와 이어진 다리가 놓여 있었고, 건물이 있었다. 그곳이 점술의 신전이다.

 마차를 외벽 옆에 있는 목장에 맡기고, 그 김에 바인의 상태 검사와 마차의 점검도 받았다. 도시에 가지고 들어갈 수 없는 짐도 돈을 내고 창고에 넣어 보관했다.

 필요한 짐을 챙겨 든 두 사람은 도시로 들어갔다. 점술이 유명한 만큼, 신전 이외에도 점술 거리라는 장소가 있다는 사실을 주위 사람들의 이야기 소리를 통해 알게 되었다. 그리고 점술 신전에는 예약 대기가 많아서 점을 보는 데 시간이 걸린다는 이야기도 들었다. 두 사람은 큰길가에 있는 평범한 규모의 숙소에 들어가 닷새분의 요금을 지불했다.

 그때 유지로가 점술 신전에 관해 물었다.

 "점술 신전은 예약 대기가 많다고 들었는데, 정말인가요?"

 "응, 진짜지. 확실한 예지를 바라는 사람은 많으니까. 이 시기라면 40일 이상 기다려야 할걸?"

115

"그렇게나?"

서둘러 점을 보고 싶은 세리에게는 너무나도 긴 시간이리라.

그러나 점술사도 사람이다. 하루 종일 점을 보는 것은 불가능하다 보니, 휴식하는 사이에 대기 인원이 늘어만 간다.

"늘 40일이나 기다리는 건 아냐. 하지만 몇 개월 전에 신전의 점술사들 상태가 안 좋아졌다든가 하는 일이 있어서, 점을 볼 수 없는 날이 15일 정도 이어졌거든. 그 영향이 아직까지 있는 거지."

원래대로라면 이 시기에는 30일 전후로 순서가 돌아온다.

한 달에 두 번 있는 휴일과 연말연시 이외에 신전에 들어갈 수 없게 된 사태는 처음이었던지라, 도시의 사람들도 걱정하는 목소리를 냈다.

"겨울이 되면 오가는 사람 수가 줄어서 20일 정도만 기다리면 될 텐데."

"그럼에도 20일이라는 부분에서 인기 있다는 걸 잘 알겠네요. 이건 이 도시에서 겨울을 보내는 것도 생각하지 않으면 안 되겠는데."

지금은 9월이 끝나가는 시점이다. 점을 보고 헤프시밍으로 돌아가면 도중에 겨울에 돌입하게 된다. 눈이 쌓이면 마차는 움직이기 힘들어질 테고, 여행도 힘들어진다.

"그리고 보니 겨울이 되면 풀이나 꽃도 적어질 거고, 지금부터 돈을 모아두는 게 좋으려나?"

앞일을 생각하다 저축에까지 사고가 다다랐다.

숙소의 주인에게 정보의 감사 인사를 하고 방으로 들어갔다. 손님이 많아서 2인실을 받았고, 유지로는 기뻐했다. 세리에도 지금까지의 여행 동안 같은 텐트나 마차 안에서 지내다 보니 익숙해진 상태라 싫은 표정은 짓지 않게 되었다.

"바로 예약하러 갈까?"

"응."

짐을 풀고 두 사람은 신전으로 가는 길을 종업원에게 물어 숙소를 나섰다.

15분 정도 걸으니 다리 근처에 도착했다. 다리로 가는 길을 가로막듯 커다란 쌍여닫이문이 있었고, 경비가 들어가려는 사람에게 용건을 묻고 있었다. 그 문 근처의 오두막에는 카운터가 있었는데, 그곳의 직원 앞에는 사람들이 길게 줄을 서 있었다.

"이 줄은 예약을 하기 위한 겁니까?"

유지로가 줄을 선 사람에게 말을 걸어 묻자 그렇다는 답이 돌아왔다.

두 사람은 줄의 제일 끝에 서서 순서를 기다렸다. 줄 선사람은 다양해서, 일반인도 있는가 하면 용병도 있다. 귀족의 사용인도 있었다. 아무리 그래도 다른 종족은 없었지만. 세 시간 정도 줄을 서서 기다리자 순서가 돌아왔다.

"안녕하세요. 이름과 어떤 점을 봐주길 바라는지 알려주세요."

사무적인 미소와 말투로 말하는 직원에게 두 사람은 목적을 고했다.

"세리에 님이 점보기를 희망하고, 내용은 사람을 찾는 것이로군요. 10만 밀레에서 20만 밀레까지의 코스가 있습니다만."

반드시 맞거나 혹은 도움이 되는 힌트를 받는 데 일반 가정의 두 달 치 생활비에 해당하는 금액이라면 부자에게는 싼 편이다.

신전 관계자들은 훨씬 비싸도 괜찮은 거 아니냐는 질문을 받기도 한다. 하지만 그들이 고개를 끄덕이는 일은 없었다.

이것은 점술을 시작했을 때 이 나라의 초대 왕과 나눈 약속이기 때문이다.

애초에 신전의 전신은 이능자들의 모임이었다. 하프보다는 낮지만, 그들에게도 차별이 있었다. 안주할 땅을 바란 그들의 리더는 시찰을 돌던 왕과 면회할 기회를 얻었고, 목숨을 걸고 교섭을 했던 것이다. 점술로 도움이 될 테니 이 나라에 마을을 만드는 것을 허락해달라고. 왕은 실제로 도움이 되는 것인가 하고 몇 번인가 점을 보았고, 그것은 나라의 운영에 도움이 되었다. 그 결과를 수용하여 몇 개의 조건을 받아들인다는 것을 전제로 국가의 직할지에 마을을 세우는 것을 허락하고, 얼마의 지원을 해주었다.

그때의 조건은 마을 경계 밖으로 나오지 않는 것. 정치에 관여하지 않는 것. 귀족이 가신으로 들어오라는 청을 해도 받아들이지 말 것. 자신들을 귀족에게 팔지 말 것. 이 네 가지였다.

마을이 생기고 시간이 흘러, 여행자가 숙박할 곳을 찾아왔다가 점을 본 이야기가 나라에 퍼지고 사람이 모여들기 시작했다.

마을은 커졌고, 대가로서 돈도 모여들었다.

그것을 본 국왕은 돈이 너무 모여서 이능자들이 힘을 갖게 될 것을 우려하여 조건을 추가했다. 그것이 상한 20만이다. 다른 세금과는 별도로 일정액의 상납금을 요구하며, 교섭 조건으로서 이능자들이 바라던 호위로 병사들을 파견하고 외벽 강화도 해주었던 것이다.

"그럼 20만으로."

유지로가 대답하자 직원은 선불로 반액을 요구했다.

"확실하게 각금화 두 개를 받았습니다. 취소할 경우에는 옆의 접수처에 신청해주세요. 이 반액이 취소 요금이 됩니다."

취소하는 사람도 있는 건가 싶어 두 사람은 고개를 갸웃거렸지만, 있으니 접수처가 존재하는 것이리라. 옆 접수처는 바쁘지 않은지, 직원이 한가해 보이는 모습으로 의자에 앉아 있지만.

"점은 40일 후입니다. 그날이 되면 이 카드를 저쪽 경비에게 보여주세요."

직원이 내민 카드는 어떤 광석으로 만들어졌고, 은박 같은 것으로 그림이 그려져 있었다.

잃어버린 경우에는 예약 취소가 되며, 선불로 낸 돈도 돌려받을 수 없다는 이야기를 듣고 예약을 마쳤다.

"40일이나 뭘 하지. 아니, 돈을 모아야 하지."

"순서가 좀 더 빨리 돌아오는 방법은 없을까?"

"있을지도 모르지만, 아는 사람은 숨길 거라고 생각하고, 비싼 정보료를 지불하지 않으면 안 될지도 몰라."

어쩌면 암표상 같은 게 있을지도 모르겠다고 생각하며 말했다.

"이 이상 돈을 쓸 수는 없지."

그렇지 않아도 유지로의 벌이에 의존하는 상태다. 세리에 는 40일 기다리자며 포기했다.

두 사람은 소개소의 위치를 확인하고 이곳저곳을 어슬렁거리다 저녁 무렵에 숙소로 돌아왔다. 데이트 기분을 맛본 유지로에게는 좋은 하루였다.

방으로 향하려는 두 사람을 숙소 주인이 불러 세웠다.

"무슨 일이지?"

"손님이 와 있어."

예전의 개구리 퇴치 건이 떠오른 유지로는 이번에도인가 하며 자그맣게 한숨을 내쉬었다. 어디 있느냐고 묻자 주인이 손가락으로 한곳을 가리켰다. 거기에는 40대 후반의, 은발을 올 백한 남자가 의자에 앉아 있었다.

유지로와 세리에가 다가가자 남자는 두 사람을 눈치채고 확인하듯 빤히 바라보더니, 한 번 고개를 끄덕이고 자리에서 일어났다.

"처음 뵙겠습니다. 저는 유라스테 백작가에서 일하는 자로, 집사를 맡고 있는 호드라고 합니다."

"예에, 그쪽과는 아무런 면식도 없는데, 사람을 잘못 찾아오신 거 아닌가요?"

백작가란 건 들은 적도 없고, 애초에 이 나라와 도시에는 처음 왔다. 어째서 자신들을 기다리고 있는지 전혀 알 수 없었다.

"급히 찾아왔으니 그리 생각하는 것도 무리는 아니겠지만, 점술의 결과가 당신들을 가리켰습니다."

"점술…… 가르쳐줄 수 있는 부분만이라도 들려주시겠어요?"

호드는 고개를 끄덕이고 품에서 종이를 꺼내 읽었다.

"하늘 한가운데에 검은 남자와 하얀 여자가 점술의 도시를 찾아온다. 그들은 뿔을 잃은 사슴에게 몸을 의탁한다. 너희의 바람은 검은 남자에 의해 이루어지리라. 이게 점의 결과입니다."

하늘의 한가운데란 날짜를 나타내는 것이라고 집사 쪽 사람들은 해석했다. 하늘의 달이 한가운데, 즉 9월 말에서 10월 초. 점술의 도시란 말할 것도 없다. 흑과 백의 남녀는 머리카락 색이나 옷의 색일 거라고 짐작했다. 뿔을 잃은 사슴에게 몸을 의탁한다는 부분은 이 숙소를 의미한다고 해석했다. 이 가게는 「외뿔 사슴」이라는 이름이다.

그것들을 종합한 조건에 맞는 유지로와 세리에는 이 집사 일행이 기다리던 사람일 것이리라. 우연이라고 하기에는 너무 딱 맞아 떨어졌다.

"참고로 이 점을 본 건 언제였나요? 그리고 코스는 어느 쪽?"

"코스는 가장 상급. 점은 하얀 달 30일이었습니다."

"……두 달 전에 우리가 여기 오리라는 걸 알았던 건가."

그때는 피트네에 도착하기 전이고, 솔비나로 가는 일조차 생각하지 않았었다.

지금 상황으로 보면 세리에의 점술도 기대할 만하겠다는 좋은 뉴스이기도 했기에 유지로는 기분이 좋아졌다. 세리에도 같은 마음인지 미소를 짓고 있었다.

"바라는 게 뭔지 물어봐도 될까요? 우리도 점을 보기 위해서 여기 온 거라서, 40일 후에 가지 않으면 안 돼요. 그 예정이 틀어지게 되는 일은 하고 싶지 않습니다만."

"저희가 바라는 건 치료입니다. 보통 약사에게는 무리였죠. 기간은, 왕복 이동하는 데 14일, 체재에 12일 정도를 예상하고 있으니 여유가 있지 않을까요?"

"그 예정은 여유를 두고 계산된 건가요? 그리고 우발적인 사고는 없을 만한 일인가요?"

"여유를 둔 겁니다. 순조롭게 이동하면 6일째 점심 지나 그쪽에 도착합니다. 체재 쪽도 여유를 뒀습니다."

"만에 하나 예정을 넘기게 되면 세리에에게 호위를 붙여서 먼저 돌아오게 하고 싶은데요."

세리에를 혼자 남겨두고 가면 되겠지만, 무슨 일이 생겼을 때 함께 있을 수 없는 것은 큰일이기에 동행할 생각이다.

세리에도 40일 후라는 시간을 맞출 수만 있다면 동행해도 괜찮다고 생각했다.

"알겠습니다. 교섭에 관해서는 어느 정도 권한을 받았으니, 그런 일이 생겼을 때는 반드시 호위를 붙여서 보내드리도록 하겠습니다. 그럼 출발은 어떻게 하시겠습니까? 내일 출발해도 되겠습니까?"

그다지 피곤하지는 않았지만, 겨우 제대로 된 침대에서 잘 수 있게 된 것이기에 그 제안은 고마웠다.

이동 중의 식량과 아깝게 되어버린 숙박비는 유라스테가가 해결하기로 이야기를 마치고, 호드는 묵고 있는 숙소로 돌아갔다. 바로 숙소를 나가게 되었다고 하자 주인은 의아해했지만, 점술 결과가 원인이라고 말하자 바로 납득한 표정을 지었다.

그리고 다음 날, 아침 식사를 마쳤을 무렵에 호드가 두 사람을 데리러 왔다.

호드가 타고 온 마차가 선도를 하고, 유지로와 세리에는 천천히 그 뒤를 따라갔다. 그 앞뒤로는 말을 탄 호위가 이동하고 있다.

급하게 서두르는 페이스가 아니라 유지로와 세리에는 교대로 마부를 맡으며 가을 색으로 물든 풍경을 바라볼 여유를 가졌고, 이런저런 이야기를 나누었다.

전투가 벌어져도 호위가 움직이고, 요리도 호드와 함께하는 사용인이 하기 때문에 두 사람은 한가했다. 유지로는 약에 관해 생각하거나 채취한 재료를 가공하며 시간을 보냈지만, 세리에는 그러지 못해 시간이 남아돌았다. 그래서 멀미약을 먹고 유지로가 필사한 것을 읽으며 시간을 보냈다. 그런 세리에를 위해 유지로는 마부 역을 맡지 않은 사이에 마법에 관해서도 글을 쓰기 시작했고, 세리에는 그 덕분에 쓸 수 있는 마법이 늘었다.

그런 식으로 시간을 보낸 6일 후, 일행은 백작가의 별장이 있는 마을 리요트에 도착했다. 농업이 번성한 마을로, 밭을 지키는 용병 수도 많았다. 사치는 할 수 없겠지만, 여기 있으면 늘 경호 일이 있어서 먹고사는 데 문제는 없는지라 몇 개의 용병단이 이곳을 거점으로 삼고 있으며, 신입이나 한가한 용병이 밭을 호위하는 일을 했다.

귀족가의 마차와 함께인 유지로 일행은 주목을 받으며 마차째로 마을에 들어섰다.

그대로 마을에서 가장 큰 저택에 들어갔고, 바인과 차체를 마구간에 둔 다음 건물 안으로 안내 받았다. 준비된 방으로 가서 여장을 풀고 짐을 둔 두 사람은 응접실로 안내되었다.

호드가 정면 소파에 앉고, 두 사람은 맞은편 자리에 앉았다. 테이블 위에는 호드 일행이 준비한 재료가 놓여 있었다.

그것을 보고 유지로는 무엇을 만들어달라는 의미인지 알았지만, 그중 재료 하나가 달라서 여기서 시험을 당하는 것인가 생각했다.

만들 약은 마법 해제약이었다. 그것을 바탕으로 귀족끼리의 싸움이나 후계자 다툼으로 피해를 입은 것이리라고 예측할 수 있었다. 귀족의 딸에게 장난으로 해제약이 필요할 만한 마법을 쓰거나 하는 사람은 없으리라. 마법을 걸려고 해도 곁에 있는 사용인에게 제지당할 터였다.

"여기 있는 재료로 무엇을 만들어주셨으면 하는지, 아시겠습니까?"

"수면 유도 마법을 해제하는 약."

즉답한 유지로를 호드는 믿음직스럽다는 시선으로 보았다.

"그 말씀대로입니다. 인위적인 원인으로 아가씨의 수면 시간이 길어졌고, 깨어 있어도 늘 졸음을 느끼십니다."

"그렇게 된 원인은 상속 싸움입니까?"

"아마도. 백작님에게는 두 명의 자제분이 계십니다. 먼저 태어난 첩의 아이가 올해 열한 살이 된 남자아이로 바즐 님이라고 합니다. 아가씨는 정실의 아이로 이름은 센 님입니다. 나이는 아홉 살입니다."

둘 중 한쪽이 특별하게 유리한 상황은 아니다. 이 나라에는 당주의 아이라는 것 이외에, 장자와 남자에게 집안을 잇게 해야만 한다는 규칙은 없다. 모든 것은 당주의 결정에 달려 있다.

바즐은 계략을 짜기에는 너무 어리니, 움직인 것은 모친이나 그쪽에 가담한 자일 거라 생각하고 있다.

사건이 일어난 후, 백작은 첩에게 멍청한 짓은 하지 말라고 엄중하게 주의를 주고, 센을 보호하고 있었다.

하지만 일이 이렇게 된 원인은 백작이 우수한 아이에게 집안을 잇게 하겠다고 선언했기 때문이다. 그 말을 들은 첩과 그 일당은 센에게 배움의 기회를 주지 않기 위해 수면 협력 마법을 걸었다. 죽일 수는 없었다. 죽이면 현재 가장 의심받을 사람은 첩 일당이었고, 바즐까지 쫓겨날 가능성이 있었기 때문이다.

백작이 센을 별장으로 옮긴 것은 본가에 약사를 부르면 치료를 하는 동안 방해를 받을 수 있다고 생각했기 때문이다. 센의 행방은 센의 친어머니에게도 알리지 않았다. 아는 자는 백작이 신용하는 극히 일부의 사람들뿐이다.

"내가 할 일은 약을 만드는 것뿐이니까, 그 문제와는 관계없는 거겠죠?"

사정을 다 들은 유지로는 그렇게 물었고, 호드는 고개를 끄덕였다.

"예. 아무리 그래도 상속 싸움까지 해결해주시라 할 수는 없고, 귀족 사이의 문제에 타인을 관여시키는 것도 저어됩니다."

"그건 다행이군요. 그럼 바로 본론으로 들어가겠는데, 이 재료 말이죠."

손가락으로 가리킨 재료를 호드와 세리에가 바라보았다. 잎의 한가운데에 노란색 줄이 들어간 네 잎 클로버였다.

"무슨 문제라도?"

"실력 있는 약사인지 시험해보려는 거겠지만, 틀렸어요. 겉보기엔 닮았지만, 필요한 효과는 없는 겁니다."

해제약에 필요한 것은 나란히 붙은 잎이 약간 겹쳐지고, 노란 줄이 조금 더 짧은 것이다.

호드의 표정이 굳어졌다. 예상하지 못한 이야기를 들은 표정이다.

"……정말입니까?"

"네. 그런데, 시험한 거 아닌가요?"

"아뇨, 필요한 걸 준비해두었을 뿐입니다. 문헌이 틀린 걸까요?"

"그 문헌을 보여주시겠어요?"

고개를 끄덕인 호드는 방에서 나갔다. 유지로와 세리에는 동시에 나지막한 한숨을 내쉬었다.

"첩 쪽의 인간이 섞여 든 모양이네."

"문헌이 잘못된 게 아니라면 그렇겠지. 귀찮은 일이 되지 않았으면 좋겠는데."

"정말로."

내놓은 차와 머핀을 먹는 사이에 호드가 돌아왔다.

이게 그 문헌입니다, 라며 건네준 책을 유지로는 펼쳐 보았다.

해당 페이지에는 헷갈리지 않도록 비교해놓은 그림이 그려져 있었다. 그림 아래에 옳은 쪽에는 ○가, 아닌 쪽에는 ×가 쓰여 있어 이걸 보고 착각할 사람은 없을 터였다.

"○×가 반대로 되어 있는 것도 아니네."

"바꿔치기 당했다는 걸까."

세리에의 말에 호드는 머리가 아프다는 듯 얼굴을 찌푸렸다.

범인이 재료를 바꿔치기 한 것은 치료 실패를 약사에게 떠넘기라는 지시를 받았기 때문이리라. 재료를 훔치면 첩 쪽에서 벌인 짓이라는 것이 들통 나겠지만, 비슷한 재료라는 것을 간파해내지 못하면 실패의 원인은 약사가 된다.

"엄중하게 보관해서 바꿔치기는 어려우리라 생각했습니다만."

"뭐, 범인 조사는 그쪽에 맡기겠습니다. 나는 약을 어떻게든 해야겠어요. 이건 채취하기 특별히 어렵거나 하지는 않으니까, 다녀오도록 하죠."

전에 찾으러 갔던 야음의 수초처럼 특별한 장소에서만 자라는 풀이기는 하지만, 숲에 가면 의외로 간단하게 조건이 갖춰져 있다. 다른 재료만큼 얻기 어렵지는 않다.

"다른 사람을 보내는 편이, 아니, 그 다른 사람이 첩 쪽의 사람일지도 모르겠군요. 그럼 부탁드립니다."

"오늘 하루 쉰 다음에 가도 될까요?"

"물론입니다. 여행의 피로를 푸시고 다녀오십시오."

주변의 마물에 관해 듣고 두 사람은 각자의 방으로 돌아갔다.

남은 호드는 범인을 알아내기 위해 한동안 생각에 잠긴 후 움직이기 시작했다.

다음 날 두 사람은 마차를 타고 멀리 보이는 숲을 향해 출발했다. 출발 전에 호드가 편지를 건네며 마을을 나선 다음 읽어달라고 부탁했다.

"뭐라고 쓰여 있어?"

유지로는 편지를 읽고 있는 세리에를 향해 고개를 돌리며 물었다.

"범인이 채취하는 일을 방해할지도 모르니까, 그때 그 범인을 잡기 위해서 변장한 병사가 뒤따라올 거래. 병사에게는 암호를 알려줬으니까 누군가를 만나면 그걸 묻고 적과 아군을 구별해달라고 하네."

"그렇구나. 마물만이 아니라 인간도 조심하는 게 좋겠어. 그냥 습격해 오는 것뿐이라면 아주 귀찮은 일은 아니겠는데."

"활이나 마법을 주의할 필요는 있지만."

경계를 하며 마차로 천천히 두 시간 정도 이동하여 숲에 들어갔다.

리요트 주변의 숲에는 밭의 작물을 노린 마물이 많다. 수

준은 그리 높지 않다는 것이 다행이기는 했지만, 마물 퇴치제를 써도 숫자를 믿고 덮쳐드는 마물도 있다. 무관리지대만큼 마물이 있는 것은 아니라, 약을 복용한 두 사람과 한 마리에게는 피라미라고 해도 좋을 마물이었지만. 그것들을 제거하고, 사체는 다른 마물의 먹이로 내버려 두고 나아갔다. 그리고 필요한 풀이 자랄 조건에 맞는 장소를 찾는다.

찾는 것은 나무의 옹이구멍으로, 그 안에서 자라는 풀이다. 네 시간에 걸쳐 찾아다니고, 다섯 개째의 옹이구멍에서 필요한 양을 다 모았다. 그리고 겸사겸사 다른 약의 재료도 모아두었다.

해는 아직 높지만, 바인을 자유롭게 놀게 해주고 싶어 오늘은 야영을 하기로 했다. 숲에서 약간 떨어진 위치에 마차를 세웠다. 재료를 찾는 데 시간이 얼마나 걸릴지 알 수 없었기에, 야영을 하고 오게 될지도 모른다고 말해두었다. 그러니 호드에게 걱정을 끼칠 염려는 없다.

바인을 마차에서 풀어주고, 마음대로 하게 두었다. 유지로는 재료의 가공을, 세리에는 배운 마법의 연습 등을 하며 지냈고 시간은 흘러갔다.

해가 기울기 시작했을 무렵, 세리에가 저녁 준비를 했다.

"인기척이 느껴져?"

유지로는 바인을 브러싱 해주면서, 요리하는 세리에에게 물었다. 저녁은 숲속에서 잡은 새 고기와 나물과 버섯을 볶은 것이다.

"몇 번 느꼈어. 적의는 없어 보였고."

"그렇다면 방해하려는 사람은 오지 않았을 가능성이 높은 걸까?"

"상황을 살피고 있을 가능성도 있지만."

"아, 그런가."

이야기하면서도 요리하는 손은 멈추지 않았고, 저녁 식사가 완성되었다.

그 후에는 몸을 닦거나 하며 평소와 다름없이 시간을 보냈다. 난입해 온 자는 없었고, 두 사람은 아침을 맞이해 마을로 돌아갔다.

사실 방해하는 자 같은 것은 처음부터 없었다. 유지로와 세리에가 풀을 찾으러 간다는 정보를 범인이 알아낸 것은 두 사람이 출발한 다음이었기에 움직일 수가 없었던 것이다.

저택에 돌아온 두 사람은 호드를 만나기 위해 응접실에서 기다렸다.

"기다리게 했습니다."

약 재료를 들고 호드가 들어왔다. 또 바꿔치기 당하지 않도록, 혹은 도난당하지 않도록 늘 지니고 다녔다.

"이것이 찾아온 재료입니다."

테이블에 놓인 약초와 책에 그려진 그림을 비교해 보고 호드는 고개를 끄덕였다.

"그럼 부탁드립니다."

"알겠습니다."

재료를 받아 들며 방해하는 자는 없었다고 전한 다음 유지로와 세리에는 방으로 돌아가려고 했다.

"아, 그러고 보니 저녁은 어찌하시겠습니까? 식당에서 드실지, 아니면 방에 가져다드릴까요? 가능하다면 식당에서 드셔주었으면 합니다만."

"뭔가 이유라도 있나요?"

뒤를 돌아보며 물었다. 범인과 관련된 일인가 생각했지만, 아니었다.

"아가씨가 인사를 드리고 싶다고 하셨습니다."

"일어나 계신 건가요?"

"잠시라면 괜찮다고 말씀하셨습니다."

"알겠습니다. 작업 전반부는 잠시 중단할 수 있으니까, 그리하겠다고 전해주세요."

시간이 되면 경비를 보내 문을 노크해달라고 하고, 이번에야말로 방으로 돌아갔다.

유지로의 방 앞에는 두 사람의 경비가 서 있었다. 마당에도 경비가 있어서 약을 만드는 데 방해가 들어오지 않도록 감시하고 있었다.

방에 들어간 유지로는 바로 재료 가공을 시작했고, 세리에는 바인을 돌보고 단련을 하기 위해 밖으로 나갔다.

시간이 흐르고, 오후 일곱 시. 저녁 준비가 되었다며 경비가 문에 노크를 했다.

잠시만 기다려달라고 대답하고, 잠시 멈추어도 괜찮은 부분에서 일을 중단했다.

방을 나서자 세리에가 기다리고 있었고 둘은 함께 식당으로 향했다.

식당에는 졸려 보이는 소녀가 의자에 앉아 있었다. 어깨까지 기른 복실복실한 애시블론드에 새빨갛게 익어 물방울이 맺힌 사과와 같은 색의 눈을 한 귀여운 여자아이였다. 바로 옆에는 호드가 서 있다.

"그쪽 분이 센 아가씨인가요?"

"네. 백작가의 장녀 센 유라스테 님이십니다."

소개된 센은 조금 비틀거리면서도 자리에서 일어나 예법에 따라 인사를 했다. 그에 유지로와 세리에도 인사를 했다. 유지로는 예법 같은 건 모르기에 그저 고개를 숙였지만, 세리에는 센과는 다른 방식이지만 제대로 된 예법대로 인사했다.

예법을 갖추고 있다는 사실에 호드는 조금 놀란 듯한 표정을 지었지만, 그 표정은 바로 사라졌다.

"오빠가, 약을 만들어준다고 들었어요."

"네, 이미 만들기 시작했습니다. 내일 점심 전에는 완성될 겁니다."

"그거 먹으면 다시 밖에서 놀 수 있어요?"

"네, 당연히요."

단언하는 대답에 센은 기쁨을 솔직하게 드러냈다

그 기뻐하는 모습은 유지로에게 의욕을 갖게 하기 충분했다.

호드와 사용인들도 미소를 띠며 센이 낫는 것을 기뻐했다.

메이드들이 첫 요리를 가져왔다. 콘 수프가 세 사람 앞에 놓였다. 수프를 카트로 가져온 메이드는 다른 요리를 가지러 가는지 고개를 한 번 숙여 보이고 바로 식당을 나갔다.

"자, 드시지요."

호드의 권유에 세 사람은 콘 수프를 입에 넣었다. 옥수수의 농후한 단맛과 부드러움이 입안에 퍼져갔다. 온도는 약간 뜨겁기는 했지만 화상을 입을 정도는 아니었고, 먹기 딱 좋다고 할 수준이었다.

맛있다며 세 사람은 표정을 풀었지만, 세 입째에 유지로는 위에서 위화감을 느꼈다. 옆에 앉은 세리에에 이르러서는 스푼을 떨어뜨리고 안색이 나빠지더니 손으로 입을 막고 있었다.

"왜, 왜 그러십니까?"

두 사람의 상태가 변하는 모습에 호드는 당황했다.

그 말에 대답하지 않고 힐끗 세리에를 본 유지로는 순식간에 핏기가 가셨다. 서둘러 방으로 돌아가 상비해둔 해독제와 회복약을 가방에서 꺼내 식당으로 향했다.

세리에의 안색은 더욱 나빠져 있었고, 당장이라도 쓰러질 것 같았다.

갑작스런 일에 센은 공포로 얼굴을 물들였고, 한 메이드

에게 안겨 있었다.

"세리에 입을 벌려!"

세리에를 바닥에 눕히고 무릎베개를 한 상태에서 유지로는 세리에에게 말을 걸었다.

간신히 의식을 유지하고 있던 세리에는 작게 입을 열었다.

"약을 흘려 넣을 테니까, 삼켜야 해!"

대답을 기다리지 않고 조금씩 회복약을 입 안으로 흘려 넣었다. 세리에가 사라질지도 모른다는 공포로 손이 떨리려 하는 것을 필사적으로 참았다.

독으로 인해 상처가 난 기관을 치료하고, 그 후 해독제를 먹였다. 독의 성분을 알 수 없어 대미지 독의 해독제로 일단 체내의 독을 중화시키고 있다.

유지로는 독 그 자체가 눈앞에 있으면 어떤 것인지 알 수 있지만, 무언가에 섞여 있거나 하면 바로 알 수 없게 되고 마는 것이다.

세리에의 안색이 조금씩 좋아지는 것을 보고 안도로 눈물을 흘린 유지로도 회복약과 해독제를 먹었다.

두 사람의 상태가 달랐던 것은 삼킨 독의 양 때문이 아니라 저항력에 차이가 있었기 때문이다. 유지로는 강화된 육체 덕분에 인간에게 치사량인 정도여도 기분이 나빠지고 움직임이 둔해지는 수준으로 끝나는 것이다.

"세리에를 방으로 옮겨둘게요."

눕혀두었던 세리에를 안아 들고 식당을 뒤로했다. 의식이

몽롱한지 안아 들어도 저항은 없었다.

세리에를 그녀의 방이 아니라 자신의 방 침대에 눕혔다.

"갑자기 목숨을 노리고 들 줄은, 방심했어. 휩쓸리게 해서 미안해."

대답할 수 있는 상태가 아닌 세리에에게 이불을 덮어주고 사과했다.

우선은 방해하거나 협박을 해 올 거라고 생각했던 것이다. 이런 일이 생길 줄 알았다면 데려오지 않는 편이 좋았다며 크게 한숨을 내쉬었다.

만약을 위해 한 번 더 회복약을 먹인 다음 유지로는 식당으로 돌아갔다.

센은 방으로 돌아갔는지, 얼굴이 새파래진 호드와 사용인만이 식당에 있었다.

"세리에 님은 어떠십니까?"

"방심하지 않으면 괜찮을 거라고 할까요."

유지로의 목소리는 차가웠고 노기가 담겨 있었다. 세리에를 죽일 뻔했다는 생각에 냉정해질 수 없었다. 방의 온도가 약간 내려간 듯한 느낌마저 드는 분위기를 내뿜고 있다. 분노한 그 기색 앞에서 호드는 공포를 감추었지만, 다른 사용인은 몸을 떨었다.

"범인에게 똑같은 독을 처먹이고 싶은데, 범인은 알아냈나요?"

"일단 요리를 만든 자와 나른 자를 조사하라고 지시를 내렸습니다."

　요리를 만든 자는 제외해도 되리라. 이 저택에도 맛보기를 하는 자가 있으며, 이번에도 확실하게 자신의 임무를 다했다.

　"그 외에 식기를 나른 자도 조사해둬요. 거기에 독을 발랐을 가능성도 있으니까. 나를 노렸지만, 어느 자리에 앉을지 몰라서 나와 세리에 양쪽의 식기에 독을 바른 거라고 생각할 수도 있으니까요."

　"알겠습니다."

　"약을 만들기 전에 잠시 밖에 나갔다 오겠어요."

　그 말만을 하고 유지로는 마을로 갔다. 호드 일행은 무슨 일로 가느냐고 묻거나 제지할 수 없었다.

　약을 만들지 않고 떠날지도 모른다고 생각했었던지라, 그렇게 되지 않은 것만으로도 호드 일행은 안심했다.

　마을에서는 약의 재료와 빵과 과일을 샀다. 저택에 돌아와 마구간에 들러 마차에서 보존식을 꺼내 방으로 돌아갔다.

　보존식에도 독을 넣었을지 모르기에 조금씩 확인하며 먹었다. 보존식에는 아무런 짓도 하지 않았다는 것을 확인했고, 세리에가 눈을 뜨면 먹일 수 있겠다며 안도의 한숨을 내쉬었다.

　세리에의 상태를 신경 쓰며 약을 만들기 시작했다. 밤새 작업을 진행했고, 해제약은 완성되었다. 그 외에도 향 타입의 자백제를 만들었다.

세리에는 아침이 되자 훨씬 나아졌다. 한 시간마다 회복약과 해독제를 조금씩 먹인 덕분이다.

"기분은 좀 어때?"

"최악이야."

몸을 일으킨 세리에는 나른하게 대답했다. 목숨을 깎아내는 듯 위에서 느껴지던 차가운 침식을 떠올리면 지금도 몸이 떨렸다.

"그렇겠지. 증상 같은 건 어떤 게 있었어? 사용된 독에 맞는 해독제를 만들 수 있을지도 몰라."

통증과 기분 나쁜 감각 등을 자세하게 묻고, 죽음에 이르게 한다는 점과 식사에 섞어 맛을 감춰야만 했다는 점에서 판단하여 이게 아닐까 하는 독을 유추해냈다.

그것은 특별한 독이었다.

"무리 짓는 영견(影犬). 이 이름을 들어본 적 있어?"

"갑자기 무슨 말을 하는 거야? 그게 독 이름이야?"

유지로는 고개를 좌우로 흔들었다.

"사용된 독은 그 조직에서 쓴다는 것 같아. 제조법은 외부에 알려지지 않은 조직 독자적인 것이고, 평범한 약사는 모르는 모양이야."

그걸 아는 유지로는 대체 뭘까 생각했지만, 유지로가 비밀로 하는 일과 관계가 있으리라고 세리에는 추측했다.

이 독을 해독하는 방법은 전용 해독제를 먹는 방법밖에 없다고 알려져 있다. 유지로가 취한 수많은 회복약을 먹이고, 비슷한 계통의 해독제로 증상을 가볍게 하여 독이 빠져나가기를 기다린다고 하는 방법 따위는 누구도 생각하지 못했었다.

"수상한 짓을 하는 조직은 얼마든지 있겠지만, 도적단처럼 밖으로 알려지지 않은 건 몰라."

"그런 조직이 눈에 띄는 행동을 벌일 리가 없겠지. 언젠가 이 빚은 반드시 갚아주겠어."

"나도 그런 기분이 안 드는 건 아니지만, 관여하지 않는 편이 좋다고 봐."

"적극적으로 찾으러 가거나 하지는 않을 거야. 어려운 일이기도 할 테고."

점술이라면 가능할지도 모른다고 생각했지만, 그것을 입 밖으로 내지는 않았다.

"뭐 좀 먹을 수 있겠어? 보존식이나 빵 같은 건 있는데. 독이 있는지는 검사했어."

"따뜻한 물이랑 같이 조금 먹을게."

"알았어."

육포와 오렌지와 딱딱해진 빵을 쟁반에 얹어 세리에게 주었다.

함께 아침 식사를 마치고, 유지로는 완성된 해제약과 향 타입의 자백제를 들고 방을 나섰다.

호드를 찾아서 다른 자가 이야기를 훔쳐듣기 힘든 방으로 갔다.

"약은 완성했습니다. 식사 때마다 이걸 세 방울 정도 넣은 음료를 마시게 하세요. 열흘 정도면 졸린 게 사라질 겁니다. 그리고 눈에 띄지 않는 장소에 보관하는 게 좋을 거예요."

"감사합니다."

건네받은 약을 들고 호드는 깊게 고개를 숙였다.

"범인 쪽은 어떻게 됐죠?"

"범인이라고 확정은 하지 못했지만, 식기를 나른 메이드 한 명이 저택에서 사라졌습니다. 아가씨가 여기 오시기 얼마 전부터 일하던 자로, 수상한 행동은 보인 적이 없습니다만."

"부모 형제를 인질로 잡혀 협박당했다거나?"

"이 마을에 있는 한 사람을 제외하면 다른 일가친척이 없으니 그 방향은 아닐 겁니다. 그 한 사람은 무사하고요."

그러냐며 고개를 끄덕이고 유지로는 주머니에서 자백제를 꺼냈다.

"그건?"

"향 타입 자백제. 조금이라도 수상하다고 생각되는 사람을 방에 모아서 이걸 써보려고 해요."

"그렇게까지 하시는 겁니까?"

"이 방법이 빨라요. 범인이 한 사람이라고는 단정할 수 없고, 어떤 정보를 얻을 수 있을지도 모릅니다. 그리고 이대로 센 아가씨가 회복되면, 이번에는 아가씨를 노릴 가능성도 있어요."

"그렇, 군요. 안전하게 지내시도록 하려면 사용해두는 게 좋을지도 모르겠군요."

쓰는 방법을 알려주고, 취조할 때는 유지로도 입회하기로 했다.

실행은 점심 이후의 휴식 시간, 어제의 심문 당시에 수상하다고 생각되었던 사람들을 한자리에 모은다. 출입구에는 경비를 두어 아무도 도망칠 수 없게 하고, 호드가 벌레 퇴치제라고 말하며 향을 사용한 다음 두고 온 물건이 있다고 하고 방을 나오기로 했다.

거기까지 이야기하고 유지로는 방으로, 호드는 일을 하러 돌아갔다. 호드의 지시로 유지로의 방 앞에는 여전히 경비병이 서 있었다.

점심까지 유지로는 약을 만들었다. 해독제를 만들기에는 재료가 부족하지만, 증상을 완화시키는 약은 만들 수 있었다.

그 후 계획을 실행하여, 유지로와 호드는 다섯 명의 사용인으로부터 정보를 끌어냈다.

두 사람은 관계가 없었다. 수상해 보였던 것은 일을 시작한 지가 얼마 안 되어 긴장했던 것과 남과 잘 지내지 못하기 때문이었다.

나머지 세 사람은 첩 쪽의 인간이었다. 역할은 저택을 나설 때에 정보를 전달하는 것, 자물쇠를 열어두어 저택 내에 사람이 들어가는 일을 돕는 것, 거짓 정보를 흘려서 저택 안을 혼란시키는 것, 서로의 임무를 돕는 등의 서포트

뿐이었다.

그 외에도 이 세 명을 제외한 첩 쪽 사람들에 관한 정보도 나왔다. 사라진 자를 합쳐 일곱 명의 스파이가 있다고 한다. 스파이가 된 경위는 돈과 협박이다.

사라진 메이드는 첩이 어디선가 데려온 자로, 스파이인 사용인의 친척으로 위장하여 저택에 숨어들게 했다고 한다. 센이 여기로 이동한다는 정보는 백작이 신뢰했던 자에게서 새어 나갔다.

정보를 통해 알게 된 세 명의 스파이에게서도 정보를 빼냈고, 더는 스파이가 없다는 것을 확인하고 여섯 명을 구속하여 창고에 가둬두었다. 스파이라는 사실을 들킨 그들의 안색은 눈에 띌 정도로 나빴다. 이후의 처우가 어떨지 생각하면 안 좋은 미래밖에 상상할 수 없었다. 구속되어 아무것도 할 일이 없었던 탓에 아무리 애써도 앞으로의 일을 생각하게 되었고, 한시도 긴장을 풀 수가 없었다.

"없어진 메이드가 무리 짓는 영견의 일원인가."

유지로의 말에 호드가 빠르게 반응했다.

"무리 짓는 영견이란 건?"

"사용된 독은 아마도 그 조직의 독자적인 물건일 거예요. 사라진 메이드는 그 조직과 어떤 관계가 있을 거라고 봅니다."

"아가씨에게 마법을 건 것도 그 조직일 가능성이 있겠군요."

"그럴지도요."

호드는 스파이가 있었던 것과 그 조직과 첩 사이에 관계가 있다는 것을 백작에게 반드시 전하리라 마음먹었다.

그로 인해 바즐은 후계자에서 제외되게 된다. 첩은 구속되어 신문(訊問)을 당한 후, 추방이 아닌 처형을 당했다. 센을 살해하는 것만이 아니라 백작을 살해할 계획까지 세웠다는 사실이 밝혀졌던 것이다. 그런 사실을 못 본 척할 수는 없었다.

백작이 바즐에게 상황을 설명했고, 그는 어머니 쪽의 본가로 옮겨가 살게 되었다. 이후 바즐이 바란다면 백작과 만날 수는 있지만, 그뿐. 후계 계승권은 없으며 백작가의 권력을 쓸 수도 없다.

"아가씨가 완치될 열흘 동안 편히 머물러주십시오. 완치가 확인되면, 120만 밀레의 보수도 지불하겠습니다."

"알겠습니다."

열흘만 있으면 세리에의 몸 상태도 완쾌되리라 생각하며 감사하게 받아들이기로 했다.

이 열흘 동안 유지로는 무리 짓는 영견이 사용한 독 등을 지식 속에서 찾아내서 다시 독에 당하더라도 문제가 없도록 해독제의 재료를 확인해나갔다. 그리고 독에 대한 저항력을 높이는 약도 찾아내어 그것을 매일 복용했다. 또 독에 당하더라도 즉사하는 일은 없으리라.

그렇게 지낸 사흘째에 세리에의 몸에서 독이 모두 빠져나갔고, 몸을 움직이거나 바인을 돌보며 시간 보냈다.

열흘째 점심 전에 센은 언제나 느껴지던 졸음이 사라져가는 것을 실감했다. 참지 않아도 잠들어 버리는 일은 없었고, 메이드에게 그 사실을 알렸다. 메이드가 호드와 다른 사용인들에게 소식을 전했고, 저택은 순식간에 기쁜 분위기로 물들었다.

"오빠, 고마워요!"

졸음기가 느껴지지 않는 씩씩한 목소리로 말하며, 센은 고개를 숙였다. 기운 넘치는 미소를 띤 표정이었다. 그 웃음에는 부모님과 만날 수 있다는 기쁨도 섞여 있었다.

싫은 일이 있기는 했지만, 그 미소가 그런 마음을 조금은 달래주었다.

"천만에요, 건강해져서 다행입니다."

"사와베 님, 여기 답례입니다."

"감사합니다."

보수가 담긴 작은 주머니를 받아 넣었다.

"그럼 우리는 솔비나로 돌아가겠습니다."

"신세 많이 졌습니다."

센이 고개를 숙였고 이어 호드를 비롯한 사람들도 함께 고개를 숙였다.

유지로와 세리에가 저택을 떠나고, 센도 본가로 돌아가기 위해 준비를 시작했다. 센이 본가에 도착할 무렵에는 첩과 첩에게 협력하던 자들은 체포되어 심문을 받았다. 센에게 해를 끼쳤던 자는 전부 사라졌다.

17 신전에서의 초청

리요트를 뒤로한 두 사람은 마물의 습격 이외에는 아무런 일도 없이 솔비나에 돌아올 수 있었다.

이전과 같은 숙소를 잡고, 호드에게 받은 보수로 새 장비를 갖추고 그 김에 가을겨울용 옷도 찾아보기로 정한 두 사람은 숙소를 나섰다.

예산은 유지로가 40만, 세리에가 20만씩 나눠 가지고, 남은 돈은 생활비로 쓰기로 했다. 유지로 쪽의 예산이 많은 이유는 "번 사람은 유지로잖아. 그리고 이젠 좀 제대로 된 동체(胴體) 방어구를 사도록 해"라고 세리에가 말했기 때문이다.

"일단 저기 들어가 볼까."

숙소를 나오자마자 보인 무구점을 유지로가 가리켰고, 세리에는 고개를 끄덕였다.

진열된 상품을 보니 초심자부터 중급자를 대상으로 한 가게 같았다.

세리에는 활을 보러 갔고, 유지로는 코트를 보러 갔다. 그러다 문득 시선을 돌렸고, 말 전용 방어구를 발견했다.

"세리에, 세리에."

"왜 그래?"

"바인에게도 방어구를 갖춰주는 편이 좋지 않을까?"

유지로는 휙휙 말 전용 방어구를 가리켰다. 세리에는 활

이 있던 위치에서 이동하여 유지로에게로 다가와 방어구를
살펴보았다.

"있는 편이 좋을지도. 하지만 몸에 걸치는 걸 싫어하지 않
으려나."

"어쩌려나."

두 사람이 고개를 갸웃거리고 있자 가게 주인이 말을 걸
어왔다.

"그걸 살까 망설이고 있는 건가?"

"응. 그런데, 래그스머그는 이런 걸 몸에 걸치기 싫어하
는지 어떤지 알 수 있을까?"

가게 주인은 잠시 생각하더니 고개를 저었다.

"음…… 개체마다 다르다고 말할 수밖에 없겠는데. 시험
삼아 입혀보는 게 좋겠어. 맡겨둔 곳에도 방어구는 있을 테
니까. 그리고 그때 사이즈도 재서 오게."

"그러도록 할게."

세리에는 고개를 끄덕이고 다시 활을 고르러 갔다. 유지
로도 코트를 찾으러 갔다.

마음에 드는 코트는 없었고, 세리에는 16만짜리 붉은색
칠이 된 롱보를 샀다. 가벼우면서도 튼튼한, 철보다는 단단
함이 약간 덜한 목제품이었다.

돈을 내고 가게를 나온 두 사람은 다음으로 옷을 찾으러
나섰다. 코트 찾기와 바인의 방어구는 그 후에 둘로 나뉘어
움직이기로 했다.

옷을 고르며 유지로가 스커트 차림, 그중에서도 미니스커트 차림과 허벅지가 보고 싶다고 말했지만 여행을 하고 있는 데다 전투도 벌어지는데 스커트는 차림은 움직이기 불편하다고 말하며 세리에는 거절했다.

참고로 허벅지를 보고 싶다는 욕망을 드러낸 유지로를 향해, 남자들은 대부분 상찬의 시선을 보냈고 여자들은 대부분 차가운 시선을 보냈다.

두 사람은 옷 이외에 장갑과 머플러도 구입한 후 숙소로 돌아갔다.

"또 손님이야."

숙소 주인이 그렇게 말하며 유지로를 불러 세웠다.

또 귀찮은 일인가 하며 두 사람은 걸음을 멈추었다. 어디 있는지를 묻자 주인은 그 손님이 잠시 기다리다 돌아갔다고 했다. 내일 오전 아홉 시 전에 다시 찾아오겠다는 전언을 남겼다고 한다.

"어떤 사람이었죠?"

"신전 관계자였어. 옷이 거기 거였거든."

"신관이란 말이에요?"

유지로가 의아해하는 목소리로 질문하자 주인은 고개를 저었다.

"신관이 아니야. 거기는 신을 섬기고 있는 게 아니니까. 예전에는 점술관이나 점집이라고 불렸다는 모양인데, 그럴싸한 건물이 세워진 이후부터 점술 신전이라고 부르기 시작한 거야."

"아, 그렇군요."

유지로와 세리에는 납득했고, 방으로 돌아갔다.

다음 날 아침, 두 사람은 함께 식사를 마쳤다. 그 후 유지로는 손님을 기다리기로 하고 세리에는 바인의 사이즈를 재기 위해 외출했다. 나가는 김에 괜찮은 코트가 있는지 보고 오겠다는 말에 유지로는 선물 기대하고 있겠다며 대답했다. 돈은 유지로가 내는 것이기 때문에 엄밀하게는 선물이 아니지만, 골라주는 것만으로도 기쁜 모양이다.

방에서 여유를 부리고 있는 사이, 문을 두드리는 소리가 들렸다. 문 앞에는 종업원이 있었고, 그는 손님이 왔다고 알려주고 돌아갔다.

입구로 가보니 숙소 주인이 그 자리에 나타난 유지로를 가리켰다.

점술 신청 접수를 받던 곳의 사람과 같은 복장을 한 스무 살 정도의 여자가 다가와 고개를 숙였다. 등까지 기른 금발이 동작에 맞춰 하늘하늘 흔들렸다.

"안녕하세요. 사와베 님이 맞으시죠?"

"네. 그렇습니다만."

"저는 신전에서 사무를 보고 있는 피나라고 합니다. 의뢰드리고 싶은 일이 있어 신전에 와주셨으면 합니다."

"어떤 용건이죠? 싫은 일은 거절할 생각이라."

또 독살당할 뻔하거나 하는 건 싫은지라, 그런 징후가 보이면 거절할 생각이었다.

"어떤 사람을 위한 약을 만들어주셨으면 합니다. 오늘은 이야기를 들어주시기만 하셔도 됩니다."

"어떤 사람이란 건 귀족인가요? 약을 제조하는 일을 방해 받는다거나?"

"귀족은 아닙니다. 그리고 방해도 없습니다. 단언할 수 있습니다. 단지……."

말끝을 흐리는 피나를 보며 유지로는 얼굴을 찌푸렸다. 그 모습에 피나는 살짝 당황하며 이야기를 계속했다.

"다른 건으로 사와베 님께 적의가 담긴 시선이 향하게 될 거라고 봅니다."

"다른 건?"

"그건 신전에 들어간 후에 이야기하겠습니다. 신전 사람 들에게는 미리 말해두었습니다."

가고 싶지 않다는 마음이 들었지만, 어차피 점을 볼 때 가 야만 하는지라 이 상황을 피할 수는 없다고 생각하고 참기로 했다.

피나와 함께 유지로는 신전 앞 문을 아무런 제지 없이 통 과하고, 다리를 건넜다. 그대로 정면으로 들어가는 건가 했 지만, 프라이빗 에어리어에 들어가는 것이라 뒷길로 돌아 들었다. 그곳에서는 또 다른 섬이 보였고, 그 섬에는 건물 이 세워져 있었다.

경비 초소에 있는 뒷문을 통해 신전에 들어간 순간 유지로는 적의를 포착했다. 인간이 마물을 적대하고 있을 때의 살기 정도는 아니지만, 꺼림칙한 느낌이었다. 달리 호기심도 섞여 있었지만, 적의 속에 숨겨져서 유지로는 눈치채지 못했다.

얼른 돌아가고 싶다고 생각하기 시작한 유지로가 복도를 걷던 도중, 몸의 움직임이 멈췄다.

'움직이지 않아?! 어째서?!'

자신의 의지로 멈춘 것이 아니다. 외부의 압력으로 멈춰진 것이다. 피나는 유지로의 상황을 눈치채지 못한 채 걸어가고 있었다.

'힘으로 어떻게든 되려나?'

초조함을 살짝 느끼며 몸에 힘을 줘보니 아주 조금 되밀어낸 느낌이 들었다. 가능하겠다고 느낀 유지로는 그대로 힘을 주어 오른쪽 다리를 힘껏 앞으로 내밀었다. 그것이 계기가 되어 압력은 사라지고 몸의 자유가 돌아왔다.

어느샌가 멈췄던 호흡을 다시 시작하고 잠시 심호흡을 하며 숨을 가다듬었다. 그러는 사이에 적의가 조금 옅어졌고, 대신 놀란 기척이 감돌았다.

그제야 겨우 유지로가 따라오지 않는다는 것을 안 피나가 7미터 앞에서 뒤를 돌아보았다.

"왜 그러시죠? 뭔가 신경 쓰이는 일이라도 있으신가요?"

"아뇨, 어쩐지 몸이 움직이지 않게 돼서."

"네?"

약간 걱정스런 표정이 된 피나는 주변을 살펴보았다. 그녀는 무언가를 발견했는지 살짝 곤란한 듯한 표정이 되었다. 피나도 이능자로 투시를 할 수 있었다.

"죄송합니다. 아이가 염동력을 쓴 모양입니다."

면목 없는 얼굴로 몇 번이고 머리를 숙였다.

"어째서?"

"이유는 나중에 들려드리겠습니다. 정말로 죄송합니다. 다시는 이런 일이 없도록 말해두겠으니, 이번 일은 용서해 주시기 바랍니다."

"이번엔 그걸로 넘어가겠지만, 이런 일이 반복된다면 의뢰를 듣지 않고 돌아갈 겁니다."

"네."

피나는 다시 한 번 죄송하다며 고개를 숙인 다음 계속해서 길을 안내했다.

적의는 변함이 없었지만, 또다시 손을 대거나 하는 일 없이 응접실에 도착했다. 복도에도 몇 개 있었는데, 이 방에도 풍경화가 걸려 있었다.

응접실로 오는 도중에 피나는 복도를 지나가던 자에게 말을 걸어서 유지로가 도착했다는 소식을 전했다. 원래는 응접실로 안내한 다음에 방을 한 번 나설 생각이었지만, 조금 전 사건으로 피나는 유지로와 떨어지지 않는 편이 좋겠다고 판단했던 것이다.

그 판단은 틀리지 않았다.

잠시 후 무언가를 알아챈 피나가 문에 접근하기 위해 움직이려 했을 때, 걷어찬 듯한 기세로 문이 열렸다. 들어온 것은 아홉 살 정도의, 장난꾸러기 같아 보이는 파란 머리카락의 남자아이였다.

"히사!"

피나가 야단을 치듯 소년의 이름을 불렀다. 그러자 아주 조금 겁먹은 모습을 보였지만, 아이는 마음을 진정시키고 적의를 가득 담은 눈으로 유지로를 바라보았다.

"어이, 너! 아까는 잘도 그랬겠다! 이번에는 완벽하게 움직이지 못하게 해주겠다!"

그 말과 함께 소년은 손을 유지로 쪽으로 내밀었다.

다시 몸이 움직이지 않게 되었지만, 힘을 주면 움직일 수 있다는 사실을 알기에 유지로는 침착하게 오른팔에 힘을 담아 움직였다.

히사를 말리려던 피나는 자신이 행동에 나설 것도 없이 자력으로 이능을 해제한 유지로를 향해 놀란 표정을 지었다.

"또야?! 왜 움직일 수 있는 거야!"

"이 정도는 힘만으로 어떻게든 돼."

"힘이 얼마나 센 건가요? 경비병도 움직일 수 없게 되는데."

놀라움과 어이없음이 반씩 담긴 느낌으로 피나가 말했다.

몇 번인가 히사가 장난으로 병사에게 염동력을 사용한 일이 있었다. 그때마다 피나를 비롯한 신전 사람들이 사과를 하는 상황이다.

그렇다면 이건 어떠냐며 이번에는 컵과 꽃병 등을 공중에 띄웠다.

그만하라고 말하기 위해 피나가 입을 열었을 때, 문 쪽에서 다른 목소리가 들려와 히사를 멈추게 했다.

모습을 드러낸 것은 나무 상자를 들고 흰 로브를 걸친 여자로, 피나와 비슷한 연령으로 보였다. 어깨 아래로 기른 하늘색 머리카락에, 코발트블루 눈동자를 가진 미녀였다. 평소에는 상냥한 분위기를 띠고 있지만, 지금은 엄한 시선으로 히사를 보고 있다.

"루나 누나!"

"카트루나."

히사가 긴장을 늦추자 떠 있던 것들이 바닥으로 떨어졌고, 물건 몇 개는 깨졌다. 유지로는 떨어지기 전에 자신의 앞에 있던 컵을 잡았기 때문에 안에 담긴 것이 쏟아지는 일은 면했다.

물건들이 깨지자 카트루나의 시선은 더욱 엄해졌고, 히사는 피하려는 듯 고개를 돌렸다.

그러자 카트루나는 유지로에게로 시선을 돌렸다. 그때 그녀는 미안함이 담긴 눈빛이 되어 있었다.

"히사가 폐를 끼쳤습니다. 죄송합니다."

"루나 누나, 왜 사과하는 거야?! 저 놈들 때문에 피해를 입었으면서!"

"그건 사와베 님 일행의 존재 자체가 민폐라는 의미니?

직접 뭔가를 하지도 않았는데?"

유지로에게서 히사에게로 다시 옮겨진 시선에는 분노의
감정이 실려 있었다. 히사는 겁먹은 듯 뒷걸음질 쳤다.

점술 덕분에 사람들은 카트루나를 비롯한 신전의 관계자
들에게 감사의 마음을 갖고 있다. 하지만 그들이 이능자라
는 사실을 알고 기분 나쁘다고 생각하는 사람도 있는 것이
다. 그 사실에 상처 입는 일도 있었기에, 그것과 비슷한 생
각을 한 히사에게 야단치는 의미도 담아서 노기를 보냈다.

"하지만!"

미숙한 정의감으로 반론하려 했지만, 카트루나가 그 말을
막아버리듯 입을 열었다.

"하지만, 이 아니야. 손님으로서 초대된 분에게 몇 번이
고 시비를 거는 아이로 키우지는 않았을 텐데? 신전 사람들
중에서도 능력이 센 탓에 고집도 세진 거니?"

곤혹스럽다는 듯 한숨을 내쉬었다.

"지금부터 이야기를 나누어야 하니 모두가 있는 곳으로
돌아가. 나중에 함부로 힘을 사용한 것과 나쁘지 않은 사람
에게 힘을 사용한 것과 물건을 망가뜨린 것에 대해 설교를
할 테니."

히사는 질린 표정을 짓더니 유지로를 노려보고 방을 뛰쳐
나갔다.

카트루나와 피나는 얼굴을 마주 보고 한숨을 내뱉더니 깨
진 물건들을 한곳에 모았다.

방관자가 된 유지로는 소파에 앉아 차를 마셨다.

정리를 일단 마친 카트루나와 피나는 유지로의 맞은편 자리에 앉았다. 들고 있던 나무 상자는 테이블 위에 놓아두었다.

"오래 기다리셨습니다. 이쪽은 카트루나라고 합니다. 신전에서 미래시(未来視)를 제일 능숙하게 사용하죠."

"사와베 님을 여기로 오시게 한 건 바로 저입니다. 그런데 이렇게 폐를 끼쳤군요."

죄송하다며 고개를 숙였다. 그런 카트루나를 보며 유지로는 얼른 돌아가고 싶다는 표정을 숨기지 않고 이야기를 재촉했다.

"그건 괜찮으니까, 의뢰 내용부터."

네, 하고 고개를 끄덕인 카트루나는 이야기를 계속했다.

"약사인 당신께 부탁드리고 싶은 것은 당연히 약 제조입니다. 기존에 존재하던 약이 아니라, 이쪽이 말하는 조건에 맞는 약을 만들어주셨으면 합니다."

"그건 괜찮지만, 재료 모으기부터 할 마음은 없어. 모으기 귀찮은 거라든가, 번거로운 걸 채취하러 갔다가 위험한 꼴을 당하긴 싫으니까."

"재료 자체는 저희 쪽에서 이미 준비했습니다. 이 나무 상자 안에 들어 있습니다. 미래시를 통해서 봤던 약초를 그림으로 다시 그려서 조사하도록 했었지요."

어떤 약인지까지는 알 수 없었지만, 재료는 알아냈던 것이다. 재료만 있으면 약을 만들 수 있을지도 모른다고 생각해서 이것들을 이 마을의 약사에게 보여주었지만, 그 재료들로 만들 수 있는 약이 무엇인지 모르겠다는 대답이 돌아왔다.

미래시로 본 인물의 오리지널이리라고 카트루나와 신전 사람들은 판단했고, 그 인물에 관한 것을 모두의 힘을 빌려 조사했다. 그렇게 이름 등을 밝혀내면서 수개월 전에 일어났던 이변의 원인도 알 수 있었다.

수개월 전에 점을 볼 수 없게 되었던 것은 카트루나 일행이 병으로 쓰러지거나 했기 때문이 아니다. 미래시 등으로 보이는 영상이 흐트러져서 안정되지 않았던 것이다. 그 상태가 진정되는 데는 열흘이라는 시간이 필요했다.

카트루나 말고도 미래가 보이는 자들은 그 영향을 받아서 기분이 나빠지는 상태가 되었다. 히사처럼 유지로에게 적의를 가진 자가 있는 것은, 그 때문이었다.

유지로 일행이 어째서 미래를 흐트러뜨리는지는 알 수 없었지만, 그들이 원인이라는 사실만은 이해하고 있다는 것이 신전 사람들의 현재 상태였다.

미래가 흐트러진 것은 이분자라고도 할 수 있는 유지로의 난입이 원인이리라. 다시 말해 처음부터 존재하지 않았던 인물이 갑작스레 나타난 것이다. 그 영향은 수면에 나타난 파문처럼 세계에 퍼져갔다. 지금도 유지로 일행에 관한 미래는 보기 힘들었다.

본래 흐름에서 바뀐 것은, 지금까지 유지로가 약을 주었던 사람들의 미래다. 바르가 빅앤트에게 공격당한 것은 유지로가 파크를 구했기 때문이었다. 마즐 일행의 악행이 들통 난 것은 마즐의 눈이 완치된 기쁨에 술을 너무 마셨기 때문이었다. 유지로가 아니었다면 투아도 쭉 마을에 은거 상태로 있었을 테고, 센도 당주가 되지 못했을 것이다.

세리에도 다른 인간에게 도움을 받고, 그 인간에게 매료되어갈 터였다. 참고로 카트루나는 세리에의 일에 관해서는 유지로에게 감사하고 있기도 했다.

"모아둔 재료의 일람 같은 게 있습니까?"

조금 전까지의 돌아가고 싶은 마음이 가득해 보였던 표정을 지우고 유지로는 호기심이 동하여 일람을 보고 싶어 했다. 유지로의 표정이 변한 것을 보고 거절의 가능성이 줄어들었다고 판단한 카트루나와 피나는 마음속으로 안도의 한숨을 내쉬었다.

"네, 여기에."

안쪽 주머니에 들어 있던 종이를 펼쳐서 테이블에 내려놓았다.

유지로는 그것을 들고 살펴보았다. 실려 있는 재료 전부를 쓴 약은, 지식 안에서 해당하는 것을 찾을 수 없었다. 흠 하고 중얼거리며 시선을 카트루나에게로 돌렸다.

"뭘 만들라는 거죠?"

"용사님이 마왕을 퇴치하기 위해 나선 것은 알고 계신가요?"

무슨 관계가 있는 건가 생각하면서 유지로를 고개를 끄덕였다.

"여행 도중에 듣기는 했습니다."

"그 마왕이 쓰는 힘 중에, 다가온 상대의 몸 상태를 망가뜨리는 게 있습니다. 다가가면 다가갈수록 그 효과는 커지고, 호흡은 거칠어지고 현기증이 나며 기분이 나빠지고 제대로 싸울 수 없게 된다고 합니다."

"그 대책이 되는 약을, 이것들을 써서 만들어내라는 게 의뢰인가요? 분명히 몸 상태를 좋게 하는 게 대부분이군요."

다시 한 번 일람을 보고, 주어진 힌트를 바탕으로 제조법을 생각하기 시작했다. 방해가 되지 않도록, 두 사람은 그 모습을 조용히 지켜보았다.

늘어놓은 재료를 통해 완성품이 마법약일 거라는 사실은 바로 알았다. 기존의 약들을 참고하여, 대략적인 흐름을 짜나갔다. 10분을 조금 넘겨서, 이것이리라 생각되는 것이 머릿속에서 완성되었다. 제로에서 출발한 것이 아닌 덕분에 복수 능력 상승약처럼 많이 고생하지는 않았다. 남은 것은 실제로 만들어보고, 조정을 하는 것뿐이다.

"일단 만들 수 있을 것 같기는 한데, 보수는 어떻게 할 셈이죠?"

"30만 정도의 현금으로 지불할 예정입니다."

피나가 대답했다. 오리지널 약 제조 의뢰의 시세를 모르는지라, 이 정도면 될까 하고 생각하여 제안한 것이다.

유지로는 그 보수에 불만은 없었지만, 돈은 충분했기 때문에 돈 이외의 보수를 받는 게 좋겠다고 생각했다.

"그 돈은 필요 없으니까, 돈과 예약 없이 점을 봐달라고 한다면?"

"가능합니다만, 그쪽이 더 좋으시겠습니까?"

"가능하다면 그쪽이 좋아요."

"그렇다면 보수 대신에 점을 봐드리겠습니다. 약 제조를 잘 부탁드립니다."

카트루나와 피나가 고개를 숙였다.

"알겠습니다. 아, 맞다. 약을 실험하고 싶은데, 근처에 독가스가 나오는 늪이나, 다가가는 것만으로도 기분이 안 좋아지는 장소를 혹시 아시나요?"

잠시 생각하는 모습을 보인 카트루나가 고개를 저었다.

"저는 모르겠습니다. 피나는 알아?"

"그러네요…… 북쪽 황무지에 있는 절벽에 기분을 나쁘게 만드는 숨을 뿜는 마물이 있다고 들은 적 있습니다. 자세한 건 마을에서 물어보는 편이 빠를 거라고 생각합니다."

"북쪽이라. 고맙습니다. 약이 완성되면 어떻게 할까요? 신전에 가져오려고 해도 문을 통과할 수 없으니까."

그렇다면, 하고 피나가 목에 건 펜던트를 풀었다. 3센티미터 정도의 팔각형 메달이 달린 것으로 중앙에는 자그맣고 투명한 구슬이 박혀 있었고, 한 송이 꽃 모양이 새겨져 있었다.

"제 이름을 대고 이걸 문지기에게 보여주면 문을 통과할 수 있을 겁니다. 정면으로 들어오지 말고, 뒷문으로 돌아서 제 이름을 경비에게 말씀하시면 불러줄 겁니다."

건네받은 펜던트를 잃어버리지 않도록 바로 목에 걸었다. 체인에 피나의 체온이 남아 있었다. 세리에의 체온이었다면 흥분했을 것이다.

"약은 길어도 15일이면 완성될 겁니다."

"그럼 보수는 그때. 무얼 점치고 싶은지 정해두셨나요? 정하셨다면 틈이 날 때 미리 점을 봐두겠습니다."

카트루나의 말에 고개를 끄덕였다.

"무리 짓는 영견이라는 조직에 관해서 점쳐주세요. 어디를 본거지로 삼고 있는지, 어느 정도의 규모인지, 뭔가 구별해낼 수 있는 특징은 있는지 하는 걸."

점의 내용은 이것과 복수 능력 상승약의 힌트 중 어느 것으로 할까 망설였지만, 자력으로 어떻게도 할 수 없는 쪽을 부탁했다.

정보를 안다고 해서 달려들 생각은 없다. 다만 다시 피해를 입는 일이 없도록 들어두고 싶었다. 여행을 하다 실수로 본거지에 접근한다거나 하는 건 싫다.

"어떤 조직인가요?"

"자세한 건 아무것도 모릅니다. 독자적인 독을 가졌다거나, 높으신 분에게 협력한다거나, 밖으로 이름이 알려지지 않은 위험한 조직이라는 정도."

"그런가요. 조사해두겠습니다. 혹시 너무 위험한 곳이라면 나라에 보고할지도 모르는데, 괜찮으시겠습니까?"

"그건 괜찮은데, 그때 내 정보를 노출하지 않았으면 좋겠어요. 보복이라도 당하면 귀찮으니까."

"알겠습니다. 그럼 전 일이 있어서 이만 실례하겠습니다."

자리에서 일어나 인사를 한 카트루나는 방을 나갔다.

"그럼 나도 그만 가볼게요."

"바래다 드리겠습니다."

유지로를 따라 피나도 자리에서 일어났다.

두 사람은 경비 초소까지 잡담을 하며 함께 걸었다. 도시 밖의 일을 피나가 묻기에 지금까지 여행해 온 곳을 간단하게 이야기해주었다. 그러자 피나는 눈을 반짝이며 귀를 기울였다.

왕과 한 약속 때문에 도시를 나갈 수 없는지라 바깥 세계에 대한 동경을 약간 갖고 있다. 피나 일행의 세계는 이 마을 안이 전부이며, 바깥은 상상할 수밖에 없다. 풍경화가 여럿 장식되어 있던 것은 그런 마음에 위안을 주기 위해서이리라.

신전을 나와 나무 상자를 두기 위해 다른 곳에 들르지 않고 곧장 숙소로 향했다.

세리에는 아직 돌아오지 않았다. 재료 가공이라도 하며 기다려야겠다고 생각하며 도구를 꺼내 펼쳐두었다. 점심에

한 번 휴식하고, 점심을 먹은 후에도 작업을 계속했다. 오후 두 시를 지났을 때 세리에가 돌아왔다.

유지로는 손을 멈추고 세리에를 맞아주었다.

"어서 와."

"다녀왔어. 의뢰받은 약을 만드는 거야?"

세리에가 바닥에 펼쳐놓은 재료를 보며 물었다.

"응, 마왕 퇴치에 쓸 거래."

"마왕?"

세리에가 깜짝 놀란 표정을 지었다. 갑자기 그런 거물의 이름이 나올 줄은 생각도 못 했다. 세리에를 포함한 많은 인간은 마왕의 존재를 알고는 있지만, 관계될 일은 평생 없다고 여기는 것이다.

피나 일행에게서 들은 정보를 이야기하고, 어떤 약을 필요로 하는지 설명했다.

"약을 실험하기 위해서 북쪽에 다녀오려고 하는데, 같이 갈래?"

"갈래. 가는 김에, 그쪽 방면 일이 있는지 알아볼게. 약은 언제쯤 완성될 것 같아?"

"일단 완성은 이틀 후 정도? 그럼 마물에 관한 것도 조사해줘."

"알았어. 아, 괜찮아 보이는 코트가 있었어. 출발하기 전에 보러 가. 가격은 38만이니까, 예산 내야."

"알았어, 고마워. 저녁 먹기 전에 일단 마무리할 테니까,

163

밖에서 식사하고 그때 보러 가면 어떨까?”

“좋아.”

밖에서 검을 휘두르고 오겠다고 말하고, 세리에는 검을 들고 나갔다.

유지로는 작업으로 돌아가 집중하기 시작했다.

해가 기울기 시작할 무렵, 작업을 한 번 멈춘 유지로는 세리에와 함께 숙소를 나왔다. 우선 세리에의 안내를 따라 코트를 봐두었다는 무구점으로 향했다.

세리에가 발견한 것은 카키그린색 밀리터리 코트였다. 무릎까지 오는 길이로, 후드도 달려 있어 머리도 지킬 수 있다. 전투용이니만큼 튼튼함은 보증되어 있다. 소재는 세룸웝이라는 마물의 실로, 충격 흡수 마법이 걸려 있다. 그 마법은 상시 발동 상태인 것이 아니라, 마력을 주입해야 발동된다. 필요 마력은 불꽃의 화살보다 약간 낮다. 평범한 평원의 민족이라면 그렇게까지 연발할 수 없지만, 유지로라면 문제는 없다. 방어 마술과 잘 병용하면 큰 효과를 기대할 수 있을 것 같다.

유지로가 보기에도 좋은 물건이라는 걸 알 수 있었기에 바로 구입하기로 했다.

“세리에가 준 선물, 소중히 할게.”

“선물은 아니라고 보는데.”

찾기만 했을 뿐, 돈은 내지 않았기 때문에 세리에로서는 선물은 아니라고 생각했다. 그러나 유지로에게는 자신을 위해 찾아주었다는 것만으로도 충분한 선물이었다.

밸런타인데이에 여자아이에게 돈을 주고 초콜릿을 사다 달라고 부탁하고 초콜릿을 받는다. 그것과 같은 일이라고 지적하는 사람이 있다면, 유지로의 흥이 사그라들지도 모른다. 세리에는 유지로를 조금은 걱정하여 골라주었으니, 셀프 연출인 상황은 아니지만.

무구점을 나온 두 사람은 눈에 띈 음식점에 들어가 저녁 식사를 마쳤다. 그 후엔 목욕을 하거나 하며 평소와 다름없이 지냈다.

이틀 후, 시작품을 완성한 유지로는 세리에, 바인과 함께 마을을 나섰다.

이 이틀 동안 세리에는 바인의 방어구를 구입하고, 마물의 정보를 모아두었다. 피나가 말한 대로 몸 상태를 나쁘게 만드는 마물은 있었다. 너구리 마물로, 있는 그대로 악취 너구리라고 불린다. 늘 세 마리에서 다섯 마리 정도로 집단행동을 하며, 일제히 냄새나는 숨을 토해내고 도망친다. 크기는 너구리의 두 배에서 세 배. 힘은 그리 세지 않은 모양으로, 내뿜는 숨이 번거로울 뿐이다.

바인의 방어구는 앞을 가죽 끈으로 여미는 조끼형 동체 방어구와 머리와 목을 지키는 모자로 나뉘어 있다. 금속제는 싫어했지만, 가죽은 괜찮은 듯했기에 마물의 가죽을 사용한 것을 샀다. 맨 처음 몸에 걸쳤을 때는 위화감을 느끼는 것 같았지만, 몇 번 몸에 걸치는 사이 익숙해졌는지 불만은 없어 보인다.

소개소에서는 악취 너구리 매입이라고 하는 딱 떨어지는 의뢰가 있었다. 체내에 있는, 악취의 원인이 되는 액체가 들어 있는 기관을 잘 제거하면, 나름 맛있는 고기라고 한다. 늘 나와 있는 의뢰 같았으므로, 몇 마리 잡아서 가져오기로 했다.

"약 효과나 범위가 어느 정도인지는 알아?"

이동하며 시험 삼아 활을 쏘아보는 것을 마친 세리에가 물었다.

"완성됐을 때 하나 써봤어."

약은 재료의 배합을 바꿔서 몇 개 만들어두었다. 그중에 중복해서 만든 것을 사용했다.

효과는 알 수 없었지만, 범위와 지속 시간은 파악했다. 범위는 사용자를 중심으로 3미터, 시간은 15분이었다. 배합 차이에 따른 오차는 있을 터다. 년 단위로 보존할 수는 없겠지만, 열흘 정도로 사용 기한이 다하는 일도 없으리라고 여겨졌다. 얼리거나 보존 처리라도 하면 기한은 훨씬 늘어날지도 모른다. 거기에 보존 마법을 사용하면 장기간 사용 기한이 보증될 것이다.

"너무 떨어지면 안 된다는 거네."

"바인도 옆에 붙어 있게 해야지."

북쪽 절벽에는 반나절 정도면 도착한다. 파괴지진으로 융기한 지면이 좌우로 퍼져 있었다. 높이는 약 10미터 정도 되었다.

악취 너구리는 절벽 아래에 구멍을 파고, 그곳을 둥지로 삼는다고 한다. 먹이로 가져온 채소를 들고 근처를 걸어 다니거나, 둥지를 발견해 연기라도 피워 넣으면 구멍에서 나올 터였다.

도착했을 무렵에는 해가 진 상태였기 때문에, 오늘은 탐색하지 않고 야영 준비를 하며 이야기를 나누었다.

"활은 사용하기 어때?"

"지금까지 쓰던 것보다는 힘이 필요하지만, 그만큼 기세 같은 건 완전 달라. 이거라면 혀 치기 도마뱀도 제대로 꿰뚫을 거야."

매일 단련한 덕분에 활을 당기지 못하는 일은 없었고, 충분히 잘 쓸 수 있었다. 힘의 능력 상승약을 먹으면 최대한의 위력을 낼 수 있으리라.

기뻐 보이는 세리에의 목소리에 유지로도 잘됐다며 웃음 지었다.

그대로 두 사람은 느긋하게 이야기하며 밤 시간을 보냈다.

다음 날 아침, 아침 식사 등을 마치고 절벽을 따라 이동해 갔다. 20분 정도 찾아도 악취 너구리의 모습은 보이지 않았다. 경계하고 있는 것일지도 모르겠다고 판단했다.

그래서 구멍 앞에 먹이를 두어 유인해내기로 하고, 그럴듯해 보이는 구멍 앞에 드문드문 채소를 놓아두었다. 참새를 잡는 덫 같은 느낌이다.

바인은 숨의 영향을 받지 않도록, 20미터 이상 떨어진 장소에 마차와 함께 대기시켰다.

숨을 죽이고, 기척을 억누르며 바위 그림자에 숨어 기다리기를 5분. 구멍 안쪽으로 그림자가 보이더니, 커다란 너구리 세 마리가 그 모습을 드러냈다. 냄새를 확인하고 한 마리가 채소를 입에 물다가 더욱 앞쪽에도 채소가 있다는 사실을 눈치챘다. 세 마리가 함께 이동해 왔다. 어쩐지 마음이 온화해지는 풍경이다.

"구멍에서 충분히 떨어졌으니까 슬슬 약을 쓰고 모습을 드러낼까?"

유지로가 작은 목소리로 묻자 세리에는 동의한다는 듯 고개를 끄덕였다.

주머니에 들어 있던 약을 자신들의 몸에 뿌렸다. 그러자 허브 계열의 상쾌한 향이 몸을 감쌌다.

이걸로 됐다며, 두 사람은 악취 너구리를 위협하기 위해 일부러 커다란 소리를 내며 너구리들이 구멍 안으로 도망갈 수 없는 위치로 이동해 모습을 드러냈다.

악취 너구리는 꼬리를 세우며 놀란 모습을 보였다.

더욱 크게 발소리를 내며 다가가자, 물고 있던 채소를 땅에 떨어뜨리고 숨을 들이마셨다. 그리고 바로 거무스름한 숨을 토해냈다.

"윽, 냄새?!"

"이건 참기 힘드네."

두 사람은 얼굴을 찌푸리며 손으로 입과 코를 막았다. 그 모습을 보고 악취 너구리는 떨어뜨렸던 채소를 물고 바로 둥지로 돌아갔다.

두 사람은 그 자리에서 이동하여 신선한 공기를 가슴 가득 들이쉬었다.

"냄새까지는 차단하지 못했나 보네."

"하지만 몸 상태는 나빠지지 않았어."

"일단 성공이라고 봐도 되겠지만, 마왕의 힘은 이 정도가 아닐 테니까 더 효과가 강하고 냄새도 완벽하게 차단할 수 있는 약을 만들어야겠어."

"약 효과가 다하면 재도전?"

"그래야겠지. 이번엔 바인과 함께 있도록 해. 세리에한테 냄새가 배면 큰일이니까."

"……그렇게 할게."

몇 번이고 그 냄새를 맡고 싶은 마음은 들지 않았기에 세리에는 그 제안을 받아들였다.

유지로가 몇 번인가 재도전하는 동안에 세리에는 절벽을 향해 활을 쏘는 훈련을 했다. 싼 나무 화살을 연습용으로 사 두었기 때문에, 충분히 연습을 할 수 있었다. 그러는 도중에 놀아달라며 바인이 코끝으로 엉덩이를 밀었고, 그 바람에 세리에는 "꺄아악" 하고 귀여운 비명을 질렀지만, 떨어져 있던 유지로는 그 소리를 듣지 못했다. 집중하던 중에 갑자기 밀린 탓에 깜짝 놀란 가슴을 진정시키며 세리에는 바인을 야단쳤다. 고개를 숙이고 귀를 축 늘어뜨린 바인의 모습을 보고 반성한 것이리라 판단한 세리에는 바인을 브러싱해주었다.

유지로의 도전은 점심 전에는 끝이 났다. 만들어둔 약 중에서, 이거다 싶은 것이 두 개 있었고, 그것을 그 자리에서 제조법을 봐가며 재조정했고 다시 실험을 시작했다.

그것을 반복하며, 그 자리에서 5일 체재하고 완전히 냄새가 차단되는 약을 완성했다. 비교적 잔뜩 받아두었던 재료는 거의 바닥을 드러냈다.

마지막 실험은 후각이 마비되었을 가능성도 생각하여, 세리에에게도 도움을 받았다. 그런 상황에서도 냄새는 전혀 나지 않았다.

"드디어 끝났네. 다음은 완성판을 만들어서 제조법을 건네면 의뢰 완료."

약간 기운 없이 완성을 기뻐했다. 몇 번이고 악취를 맡고 있다 보면 기분이 다운되는 것도 당연하리라.

"고생했어. 유지로는 좀 쉬고 있어. 나는 악취 너구리를 세 마리 정도 사냥해 올게."

유지로를 위로하듯 말을 걸었다.

"알았어."

유지로는 지면에 엎드려 있는 바인에게 기대며 대답했다.

세리에는 구멍 앞에서 모닥불을 피워 연기를 안으로 들여보내고, 그 자리에서 떨어져서 속도의 능력 상승약을 삼켰다. 곧이어 악취 너구리들이 모습을 드러냈고, 그곳을 향해 세리에는 화살을 날렸다. 공격을 가해 온 세리에에게 되갚아 주겠다는 듯 다가오는 너구리와 일정 거리를 유지하며 활을 계속해서 쏘았고, 도망친 한 마리를 제외한 세 마리의 악취 너구리를 잡았다.

칼로 목덜미를 베고, 어느 정도 피를 빼내 보존 마법을 사용한 후, 유지로와 바인을 불렀다. 입과 코를 통해 냄새가 새지 않도록 목을 줄로 꽉 묶고, 악취 너구리를 마차에 실었다. 이곳에서의 용건을 모두 마친 두 사람은 마을로 돌아갔다.

악취 너구리를 수레에 실어 나르고, 소개소에 팔았다. 한 마리 당 4천 밀레였다.

숙소에서 제조법에 재료와 만드는 법과 주의 사항을 써넣고, 약을 완성했다.

"이걸 가져다주러 갈 건데, 함께 갈래?"

"앞으로 5일도 안 돼서 또 가게 될 테니까, 오늘은 됐어."

"그래, 그럼 다녀올게."

세리에의 배웅을 받으며 유지로는 점술 신전으로 향했다.

오늘도 예약 손님들이 줄을 만들고 있었다. 그 모습을 곁눈질하며 문지기에게 다가갔다.

"실례합니다."

"무슨 용건이지? 점을 볼 순서가 돌아온 건가?"

"아뇨, 하지만 이게 있으면 통과할 수 있는 거죠?"

펜던트를 옷 아래서 꺼내 내밀었다.

신전 관계자라는 사실을 나타내는 펜던트를 본 문지기는 그것을 건네받아 진짜인지 꼼꼼하게 확인했다.

"진짜인 것 같군. 지나가게."

"그럼 실례하겠습니다."

돌려받은 펜던트를 주머니 속에 넣고, 유지로는 다리를 건넜다.

뒷문으로 들어가 다시 펜던트를 보여주고 피나의 이름을 말한 후 잠시 기다리자 피나가 나타났다.

"안녕하세요. 어서 안으로 들어오세요."

피나와 경비의 허가를 받고 유지로는 신전으로 들어갔다. 여전히 적의 같은 것이 느껴졌다. 전보다 약간 줄어든 것은 피나 일행의 설교 덕분인 걸까?

"약이 완성된 건가요?"

"북쪽 마물에게는 완벽하게 대응할 수 있는 약이 완성됐어요. 마왕에게도 효과가 있을지는 모르겠지만."

"사용 전보다 조금이라도 나아진다면, 용사님에게 있어서는 감사한 일이라고 생각합니다. 북쪽 마물이란 건 어떤 거였죠?"

"너구리였어요. 악취를 뿜어서 몸 상태를 나쁘게 만드는. 약을 실험하느라 그 냄새를 몇 번이나 맡아야 했죠. 정말 지독한 냄새였습니다."

"고생하셨어요."

질렸다는 표정을 짓는 유지로를 보며 피나는 진심을 담아 위로의 말을 건넸다.

안내된 곳은 이전과 같은 응접실이었고, 그곳에서 카트루나를 기다렸다.

5분을 조금 넘겼을 무렵에 카트루나는 서류를 들고 나타났다.

"안녕하세요."

유지로의 얼굴을 보고 그녀는 고개를 숙였다. 그 모습을 보며 유지로도 마주 고개를 숙였다.

카트루나가 피나의 옆에 앉자, 유지로는 두 사람 앞에 약과 제조법을 놓았다.

"이게 의뢰한 약과 그 조제법입니다. 마을 약사에게 보여주면, 그 사람도 만들 수 있을지 몰라요. 실험은 해뒀습니다."

"고맙습니다. 이게 있으면 론타 님께도 도움이 될 겁니다. 응⋯⋯."

론타라는 것은 용사의 이름이다. 론타 바벨이라는 이름으로, 나이는 21세. 나라에서 주최하는 대회에서 우승하고, 그 후에도 탁월한 검술과 뛰어난 능력으로 마물을 쓰러뜨려 이름을 알렸다. 출신국의 국경 근처에 진을 치고 있던 강한 마물을 쓰러뜨리고, 나라의 영토를 조금 넓힌 것이 론타를 용사로서 인정하게 한 일이었다.

그런 론타의 이름을 불렀을 때 그 목소리에 약간의 열기가 담겼다. 기쁜 듯 약을 손에 든 카트루나가 그대로 손으로 눈을 가렸다.

무슨 일인가 싶어 유지로는 피나를 바라보았지만, 당황한 모습을 보이지 않았기에 유지로도 침착하게 카트루나를 지켜보았다.

"실례했습니다. 미래가 보였습니다. 이 약을 써서 론타 님이 마왕과 싸우고 계셨습니다. 약은 무사히 효과를 발휘하는 것 같습니다."

카트루나에게 보인 미래는 1년 앞이 한계이니, 마왕과의 싸움은 1년 안에 일어날 것이다.

보인 미래는 그 결말까지는 알 수 없었고, 론타와 동료들이 싸우는 모습이 전부였다. 하지만 마왕이 놀라는 모습을 보였고, 론타는 웃음을 띠고 있었다. 싸움은 유리하게 진행되는 것이리라 추측할 수 있었다.

"그거 다행이네요. 그럼 보수 말인데……."

"그건 여기 준비해두었습니다."

카트루나는 들고 온 서류를 내밀었다.

"조사하는 동안에, 신전에도 그 멤버가 잠입해 있다는 걸 알았습니다. 모두의 협력을 얻어 체포했습니다."

"뭘 위해서 잠입했던 거죠?"

"어린아이들에게 부탁해서 점을 보게 하거나, 손님의 점술 결과를 조직에게 알리거나 했답니다."

"마음을 읽는 능력자 같은 건 없나요? 금방 들킬 것 같은데."

텔레파시는 초능력의 대표 격이다. 이 세계에도 있으리라 생각했다.

"이능에 관한 지식을 어느 정도 갖고 계시군요. 그런 자들은 마음을 보는 일이 없도록 이곳과는 다른 장소에서 조용하게 살고 있습니다. 마음이 보인다는 건 좋은 일이기만 한 건 아니니까요."

보여지는 쪽은 싫어할 테고, 보는 쪽도 보고 싶지 않은 걸 보게 되는 일도 있는 것이다. 그래서 또 하나의 섬에 있는 건물에서 동물들과 함께 살고 있다. 동물이라면 악의를 품는 일도 없어, 평화롭게 살 수 있다. 이능을 억제하는 연습을 하면 늘 마음을 꿰뚫어 보는 일은 없게 되지만, 그래도 조금 전 카트루나가 의식하지 않은 채 미래를 본 것처럼 갑작스레 이능이 발동해버리는 일이 있다. 그러니 떨어져서 사는 편이 그들에게는 마음 편한 것이다.

무리 짓는 영견의 스파이도 마음을 읽히는 것을 경계했는지, 그쪽에 숨어드는 일은 없었던 모양이다. 깊은 신뢰를 받으며, 마음 깨끗하다고 여겨지는 자가 아니면 텔레파시를 가진 사람들 옆에 있을 수 없기에 숨어들려고 해도 힘들었을 테지만.

"그렇다면 들키지 않는 것도 당연, 한가? 체포되었다는 그 사람들은 어떻게 됐나요?"

"도시와 국가의 중추에도 동료가 숨어들어 있지 않은지, 취조 중입니다."

카트루나는 모르고 있었는지 피나가 대답했다.

"보수인 정보 중에도, 그 심문을 통해 얻은 내용이 포함되어 있습니다."

"호오."

"그 나름대로 커다란 조직인 모양이라, 국가 차원에서 움직여 없앨 가능성도 있다고 경비 분들께서 말씀하셨습니다."

"나라가 없앤다면 이 정보는 쓸모없어질 가능성도 있겠네요. 뭐, 상관없지만."

경계하지 않아도 괜찮은 상황이 된다면, 그것은 보수로서 충분하고도 남을 만큼의 대가다. 부디 이 나라가 힘내서 그 조직을 없애주었으면 좋겠다고 생각하며, 유지로는 작게 고개를 끄덕였다.

"펜던트 돌려줄게요."

"그건 그대로 가지고 계셔주세요."

받아두었던 펜던트를 주머니에서 꺼내, 테이블에 내려놓으려던 유지로를 카트루나가 제지했다.

"카트루나?"

피나는 사전에 아무런 말도 듣지 못했는지, 의아해하며 옆을 보았다.

"며칠 전에 미래를 봤습니다. 다시 이곳을 찾는 사와베 님의 모습을."

"분명히 다시 한 번 올 거지만, 그건 며칠 후에 손님으로서 오는 겁니다. 프라이빗 에어리어에 들어올 일은 없을 테죠.”

“그 후에도 오시게 되는 것 같습니다. 복장이 가을겨울용이 아니었으니까요. 그러니 그때를 위해 가지고 계십시오.”

“또 온다는 건, 뭔가를 점치러 온다는 뜻이겠죠? 어떤 걸 점치러 오는 건지 전혀 예상이 안 되는데.”

“저도 이야기를 나누는 장면밖에 보이지 않았기 때문에, 내용까지는 알 수 없었습니다.”

“언제쯤인지는 알겠어?”

피나의 말에 카트루나는 고개를 가로저었다.

“자세히는. 하지만 1개월이나, 그 정도의 미래는 아닌 것 같아.”

헤프시밍까지는 왕복 두 달 이상 걸린다. 라이트루티에서 체재하는 시간이 길어지는 것이 아니라면, 1개월 후라는 건 일정상으로도 무리일 것이다. 겨울을 이쪽에서 난다면 있을 수 있는 일이지만.

유지로는 펜던트를 주머니에 넣고 자리에서 일어났다.

“오늘은 이만 돌아가겠습니다.”

“약은 정말 감사드립니다.”

카트루나가 다시 머리를 숙였다. 그야 일이니까, 라고 답하고 피나에게 경비 초소까지 배웅을 받았다.

“그럼 다음에 또 뵙겠습니다.”

“또, 만나게 되는 걸까요? 다음에는 뭔가 선물이라도 가져올게요. 펜던트를 오랫동안 갖고 있는 대신에.”

갑작스레 떠오른 생각에 그렇게 제안했다.

"무슨! 그렇게 신경 쓰지 않으셔도 됩니다."

"뭐, 기대하지 말고 기다려줘요."

그렇게 말하고 유지로는 초소를 통과해 나갔다.

이성에게 처음으로 받게 될 선물이라는 사실에 얼굴을 붉히며 피나도 신전으로 돌아갔다. 두근두근하고 평소보다 크게 울리는 고동에 가슴을 누르며, 기대하고 있는 자신을 깨달았다. 호감도를 살짝 높인 유지로였지만, 피나의 마음을 끌려는 의도는 전혀 없었다.

숙소에 돌아온 유지로는 받은 서류를 살펴보았다. 바인을 돌봐주러 간다는 세리에의 메모가 남겨져 있었다.

"본거지는 라이트루티 남서쪽의 무관리지대…… 그쪽으로 가지만 않으면 맞닥뜨릴 일은 없는 건가. 구성원은 주로 평원의 민족, 그 외에 약으로 세뇌한 타 종족도 있고. 수는 800명 정도, 의외로 크네?"

멤버임을 나타내는 것은 펜던트다. 개와 늑대 같은 마물의 송곳니를 검게 칠한 것으로, 지위와 관할에 따라 모양이 다르다. 송곳니 안을 뚫어서 특제 독을 넣어두며, 자결하거나 누군가를 확실하게 죽여야 할 때 사용한다.

점술 신전에 있던 자들은 신원을 들키지 않도록 펜던트를 짐 안에 숨겨두었기 때문에, 자결은 하지 못했다. 숨어들었던 것은 지위가 낮은 자들이라, 자결한다는 선택을 했을지는 알 수 없다. 가볍게 고문을 한 후, 조직을 향한 충성과 자신의 목숨 중 어느 쪽을 고르겠느냐고 묻자 그들은 자신의 목숨을 선택하고 조직에 관한 정보를 불었던 것이다.

혀 치기 도마뱀과 배드오도로 소동을 일으켰던 남자들도 그 펜던트를 갖고 있었다. 모르는 사이에 유지로는 그들과 엮였던 것이다

"검은 송곳니 펜던트를 가진 자는 요주의로군."

조심하자고 마음에 새긴다.

"활동 내용은 도둑질부터 살인까지. 유라스테 백작가처럼, 대단한 사람들에게 접근하는 일도 있음."

백작가처럼 후계자 다툼에 관여하는 일도 있는가 하면, 보기 드문 물건을 의뢰받아 모으는 일도 있다. 다루는 물건은 다양하며, 위험한 조직이라는 사실을 알면서 가깝게 지내는 자도 있었다.

제거한다면 치안은 좋아지겠지만, 필요한 물건을 손에 넣는 데 곤란을 겪는 자도 나오리라.

"나하고는 관계없는 일이지만."

지금까지 벌인 커다란 활동이 쓰인 부분을 읽고, 서류를 정리해서 침대 위에 두었다.

그 활동 중에는 어딘가의 귀족의 가보를 훔친 일, 마을을 쇠하게 하는 원인을 만든 일과, 마물이 많기로 유명한 숲의 주인의 아이를 납치한 일 등이 있었다.

돌아온 세리에게도 점의 결과를 보여주고 주의하도록 말해두었다.

피해를 입은 적 있는 세리에도 진지한 표정을 지으며 잊지 않도록 확실하게 기억해두었다.

이것을 읽고 앙갚음을 하겠노라 생각하는 일은 없었다. 그만한 수를 가진 조직에 도전하는 것은 무모하다는 점을 이해하고 있었고, 그보다도 어머니를 찾는 쪽이 우선이라 여겼기 때문이다.

5장

어머니를 찾아가는 방랑길

chear kusushi no
isekai tabi

Tona Akayuki
illustration / kona

18 단서

　며칠이 지나, 예약을 한 날이 되었다. 그사이 티크에게 줄 선물을 찾아다녔고, 자그마한 보석이 장식된 머리핀을 발견했다. 금전 감각이 약간 잘못되어 있는 유지로는 3만 밀레 하는 그것을 사서 소개소에 가져갔고, 무관리지대를 지나가기 때문에 운송료가 5만이라는 말을 들었다. 이전과는 전혀 다른 요금에, 아무래도 그 요금을 내면서까지 보낼 수는 없다고 생각한 유지로는 헤프시밍에 돌아가서 의뢰하기로 마음먹었다.

　문지기에게 카드를 보여주고, 오늘은 둘이서 다리를 건너 정면으로 들어갔다. 프라이빗 에어리어와는 달리 풍경화는 없었고, 조각 등 엄숙한 분위기를 자아내는 것들이 놓여 있었다. 모두가 진지한 표정을 하고 조용하게 이동했다. 그런 속에서 유지로만은 태평해 보였다.

　"이쪽은 이렇게 되어 있었구나."

　"두 번이나 왔었으면서, 무슨 소리 하는 거야?"

　"두 번 다 뒷문으로 들어갔었어. 그쪽은 분위기가 달라."

　적의가 옅은 것도 차이점 가운데 하나였다.

　두 사람은 놓여 있는 안내판의 지시에 따라 건물 안으로 이동했고, 점술사가 있는 방에 도착했다.

　닫힌 문 앞에는 여자 경비병이 서 있었다.

"손님이신가요?"

"네. 안내판을 따라서 왔어요."

"이름은?"

"세리에."

들고 있던 종이를 확인하고 고개를 끄덕였다.

"지금은 점술사가 휴식을 하고 있으니, 20분 정도 기다려 주십시오. 저기 소파에 앉아서 기다리셔도 되고, 건물 안을 산책하셔도 됩니다. 출입이 금지된 장소에는 경비병이 서 있으니, 구분하기 쉬울 겁니다."

"어떡할래?"

"기다릴래."

세리에는 유지로의 물음에 즉답하고 소파에 앉았다. 유지로도 구경할 기분은 들지 않아서 세리에 옆에 앉았다.

세리에는 휴식이 끝나기를 이제나저제나 안절부절못하며 기다렸다. 유지로는 그 모습을 보는 것만으로도 즐거웠다. 경비병은 비슷한 모습의 사람들을 몇 명이나 봐왔기 때문에 특별하게 여기지 않았다.

세리에에게 있어서는 긴 20분이 흐르고, 경비경이 문을 열었다.

"자, 안으로 들어가십시오."

세리에는 재빨리 일어나 방으로 들어갔다.

방은 세 평 정도의 넓이로, 테이블 하나와 의자 두 개가 놓여 있었다. 테이블에는 대륙의 지도가 있었다. 지도는 자세히 그려진 것이 아니라, 해안선 등이 대략적으로 그려진 느낌이다. 지형은 각국의 왕도나 커다란 도시, 큰 호수와 산과 강 정도가 그려져 있을 뿐이었다.

의자 하나에 피나와 같은 복장을 한, 30세를 넘긴 듯한 남자가 앉아 있었다. 남자의 손에는 하드커버 책이 들려 있었다. 지구의 점술사처럼 수정이나 타로 카드를 들고 있지는 않았다.

남자는 아무 말 없이 의자를 가리켰다. 세리에가 그 자리에 앉자 남자는 입을 열었다.

"카드와 점의 내용을."

받았던 카드를 테이블 위에 놓고 대답했다.

"어머니가 계신 곳을 알고 싶어."

남자는 어머니의 이름과 나이를 묻고, 가만히 세리에의 눈을 본 다음에 그 시선을 책으로 옮겼다.

책을 펼치자, 백지인 페이지가 나왔다. 한 글자도 한 단어도 쓰여 있지 않은 그런 페이지를 우연히 펼친 것인가, 세리에는 그렇게 생각했지만, 다른 페이지도 마찬가지였다.

그것은 남자가 집중하기 위한 도구였다. 다른 점술사도 각기 집중하기 위한 도구를 갖고 있다. 그중에는 유지로가 상상했던 것 같은 수정 등을 가진 자도 있다.

5분 정도 백지 페이지를 바라보던 남자는 탁 소리를 내며 책을 덮고 지도에 손가락을 댔다. 그곳은 티크가 사는 세겐트에서 남남서 방향으로 사흘 정도 마차로 이동한 거리에 있는 산골짜기의 시냇물이 흐르는 곳이었다. 지도상으로는 세겐트의 위치를 알지 못하기 때문에, 왕도에서 남동쪽 방향으로 8일 정도 걸어가면 되는 거리이리라고 유지로와 세리에는 추측했다.

"나무들이 자란 계류, 그곳에 사는 사람들. 그것이 보였습니다. 여기에 어머니가 계시거나, 혹은 계신 장소에 관한 힌트가 있을 겁니다."

"계류라는 것만으로는 힌트가 적어요. 뭔가 좀 더 알 수 없을까요? 사람이 어느 정도 있다든가, 특징적인 장식품을 하고 있다든가."

유지로의 말에 남자는 잠시 생각하더니 입을 열었다.

"계류 안쪽에 커다란 폭포가 보였습니다. 그곳에 사는 사람들은 비슷한 복장을 하고 있었고요. 옷의 색은 여러 톤의 녹색. 눈에 띄는 장식은 없었습니다. 사람 수는 그다지 많이 않아 보였습니다. 작은 마을 정도가 아닐까 싶은데요? 알아낸 것은 이 정도입니다."

"폭포와 위장복이라는 건가. 훨씬 알기 쉬워졌네."

유지로는 감사하다며 고개를 숙였다.

정보를 잊지 않도록 머릿속에 새기고, 세리에는 자리에서 일어났다. 남자에게 감사 인사를 하고 나니, 더는 여기에 있을 이유가 없어 바로 방을 나왔다.

유지로는 빠른 걸음으로 세리에를 따라가 옆에서 나란히 걸었다.

건물을 나와 다리를 건널 때 두 사람은 한 무리의 사람들과 스쳐 지나갔다. 그중에서 가장 눈에 띈 것은 붉은 단풍잎 같은 머리카락을 가진 남자였다.

하지만 유지로의 관심을 끈 것은 류트를 짊어진 흰색이 도는 푸른 머리카락의 남자였다. 상대도 유지로의 존재를 눈치채고, 두 사람의 시선이 마주쳤다. 두 사람 모두 신기하다는 감정을 담은 눈동자로 서로를 보고 있었다.

그 무리를 곁눈질하던 세리에가 발을 멈추었다. 시선은 붉은 머리카락의 남자에게 못 박혀 있었다.

"왜 그래?"

푸른 머리카락의 남자에게서 시선을 뗀 유지로는 걸음을 멈춘 세리에를 보았다.

"뭔가, 저 붉은 머리카락의 남자가 신경 쓰여서."

"바람?!"

충격을 받은 듯한 유지로가 뒷걸음질 쳤다.

그 모습을 세리에는 차가운 눈으로 바라보았다. 이런 시선은 오랜만이다.

"바람이라니, 애초에 사귀지도 않았거든. 그리고 저 남자에게도 그런 감정은 없어. 그저 뭔가 신경이 쓰였을 뿐."

"뭐가 신경 쓰인 걸까? 그걸 알면 나도 세리에의 관심을 끌 수 있을 텐데."

말에 힘이 담겼다. 세리에는 그런 유지로에게 그만 가자고 말하며 걷기 시작했다.

문을 나섰을 때, 사람들의 말소리로 남자가 용사라는 것을 알았다. 그리고 동료도 함께였다고 한다.

세리에가 그 사람에게 신경이 쓰였던 이유, 그것은 유지로가 개입하지 않았다면 만났을 터인 인물이었기 때문이다. 빅앤트에게 져서 쓰러졌을 때, 그 상처가 원인이 되어 마물에게 죽임을 당할 뻔한 것을 그가 도와주어 함께 여행을 하게 되고, 이끌리게 되었을 터였다. 그 영향이 지금의 위화감이다. 흐름에서 벗어난 것은 카트루나 같은 이능자밖에 모르기 때문에, 세리에는 별일 아닐 거라 생각하고 바로 머릿속에서 지워버리고 걸음을 옮겼다.

카트루나가 유지로에게 품었던 감사의 마음은, 사랑의 라이벌을 줄여주었다는 데 있었다. 유지로가 개입한 후, 론타의 미래에서 세리에가 사라지게 되었던 것이다.

"목적지는 알았는데, 지금 바로 돌아갈래? 곧 겨울이 시작될 텐데."

지금은 보라색 달을 절반 정도 지났다. 일본으로 말하자면 11월 8일 정도다. 이른 아침이면 숨결이 하얗게 되고, 반팔을 입고는 지낼 수 없게 되었다.

"갈래."

"그래. 그럼 겨울 준비를 하고 가자. 그리고 눈이 쌓이기 전에 헤프시밍에 도착하기를 하늘에 빌어야겠네. 목장 사람에게 눈길에서 조심해야 할 것도 물어봐야겠다."

추위 대책 약도 있었던 것 같으니 만들어야겠다는 등의

여러 가지를 생각하는 유지로.

세리에는 억지를 부려도 늘 따라주는 유지로가 고마웠다. 대등하고 싶다고 말하면서도 그것을 뒤집는 자신이 한심하기도 했지만, 어머니를 찾은 다음 은혜를 갚기로 마음먹었다.

준비에는 이틀이 걸렸고, 두 사람은 솔비나를 떠났다. 라이트루티의 국경에 도착할 때까지 세리에가 마부 역할을 맡았고, 유지로는 약을 만드는 데 집중했다. 국경을 넘을 무렵에는 눈발이 흩날리기 시작했다. 국경 근처의 마을에서 이야기를 들어보니, 앞으로 보름 동안은 쌓일 만한 눈이 오거나 눈보라가 치는 일이 없을 거라고 했다. 그래서 두 사람은 그대로 길을 나아가기로 했다.

아스모라이가 날뛰었던 장소는 그대로 구멍투성이였다. 아스모라이는 깨끗하게 먹어치워져서 그 뼈만 나뒹굴고 있었다. 유지로는 잠시 그 자리에 멈춰서 뼈를 회수했다. 이것도 마법 약의 재료가 된다. 운이 좋으면 배드오도로처럼 땅의 진주를 얻을 수 있을지도 모른다고 생각했지만, 역시 그렇게까지 일이 잘 풀리지는 않았다. 마물이 먹어버렸거나, 누군가가 가져갔는지 뼈밖에 없었다.

돌아가는 길에도 마물의 습격을 받았고, 한 번은 거대종과 싸우기도 했다.

전투기 정도 크기의 박쥐로, 어둠을 틈타서 공격해 왔지만, 바인이 하늘을 보며 짖어준 덕분에 기습을 당하는 일은 없었다. 두 사람은 힘의 능력 상승약을 복용한 다음 투석과 활 마술로 대응했고, 피해 없이 해치울 수 있었다. 질이 그리 좋지 않은 바람의 진주와 송곳니와 피막을 입수하고 남은 것은 마물의 먹이로 두었다.

마을 사람의 말대로 보름 동안은 눈이 흩날리는 정도였지만, 헤프시밍 국경까지 닷새 정도 남았을 무렵부터는 본격적으로 내리기 시작했다. 눈은 순식간에 쌓여 두 사람의 가는 길을 방해했다.

시야가 나빠진 탓에 속도를 늦춰 나아갈 수밖에 없었다. 1미터씩 쌓이는 일은 없었지만, 나아가기 어렵다는 점은 달라지지 않았다. 때때로 불 보강약을 사용한 불 화살로 눈을 녹여가며 길을 갔다. 눈이 그쳐도 길을 알 수 없어, 제대로 가고 있는 것인지 판단이 되지 않았다. 눈의 영향을 받은 것은 유지로 일행만이 아니었다. 마물도 영향을 받은 덕분에 습격이 줄어든 것은 그리 많지 않은 좋은 일이었다.

닷새 거리를 조금 동쪽으로 치우치고 길에서 벗어나기도 하며 8일 만에 답파하고, 두 사람은 헤프시밍에 들어섰다. 국경 마을을 보고서야 국경을 넘었다는 것을 깨달았다.

"드디어 도착했네."

하얀 숨을 토하며, 유지로는 눈앞에 나타난 외벽을 기쁜 마음으로 바라보았다.

"오늘은 저기서 묵자."

"응."

세리에도 안심한 듯한 모습으로 고개를 끄덕였다.

마음이 급하기는 하지만, 아무리 그래도 무관리지대를 지나온 피로를 풀 기회를 놓칠 생각은 없었다.

바인과 마차를 맡기고, 바인을 격려해줄 겸 정성스레 브러싱을 해준 다음 마을로 들어갔다. 바로 숙소로 간 두 사람은 따뜻한 공기에 얼었던 몸이 풀리는 것을 느꼈다. 뜨끈한 물에 몸을 담그면 더욱 풀릴 것이다.

포근한 공기에 제대로 된 따뜻한 요리, 그리고 뜨끈한 목욕물. 피로 회복제로는 얻을 수 없는, 기분 좋은 느낌으로 피로가 풀리는 풀코스를 맛본 두 사람은 쓰러지듯 침대로 들어갔다. 바인도 침상에서 두 사람과 마찬가지로 깊은 잠에 빠져들었다. 오늘은 누가 접근해도, 그 기척에 깨는 일은 없을 것이다.

그리고 다음 날, 유지로는 상쾌한 기분으로 눈을 떴다.

몸단장을 마친 유지로는 세리에가 자고 있는 방문을 노크했다. 대답이 없었다. 하지만 방 안에서 그녀의 기척이 느껴졌다.

"아직 자나? 뭐, 자게 둘까. 한동안 푹 잘 일이 없으니까."

혼자 식당에 가서 먼저 식사를 했다. 그리고 나서야 밖에 눈보라가 치고 있다는 것을 깨닫고, 오늘은 출발할 수 없을 것 같으니 느긋하게 지내기로 마음먹었다.

방으로 돌아가, 슬슬 일어났을까 싶어 다시 한 번 문을 노크해보았다. 여전히 대답은 없었다.

"꽤 오래 자네."

시간은 오전 여덟 시를 지났다. 유지로도 평소보다 조금 늦게까지 잤던 것이다.

다시 한 시간 더 기다려보고 그때도 일어나지 않았으면 깨워야겠다고 생각하며 방으로 돌아갔다. 한 시간 사이에 세리에가 움직이는 기척은 없었다. 무슨 일이 생긴 건가 싶어 숙소 주인에게 여벌 열쇠를 빌려서 방에 들어가 보았다.

빨간 얼굴을 한 세리에가 침대에서 자고 있었다. 문이 열리는 소리를 듣고 눈을 뜬 것을 보면 큰 병은 아닌 모양이었다.

침대에 다가간 유지로는 양해를 구하고 세리에의 이마에 손을 얹었다.

"감기?"

"아마도."

거칠어진 목소리로 대답한 세리에는 목이 아픈지 얼굴을 약간 찌푸렸다.

"말하지 말고 고개를 끄덕여서 대답해도 돼."

감기와 지식 속에 있는 병의 증상을 바탕으로 질문해갔고, 세리에는 반응을 보여 답했다.

간단한 진찰을 통해 유지로도 감기일 거라 판단했다.

"원래 감기 기운이 있긴 했는데, 긴장해서 마음을 놓지 못하고 있느라 증상이 안 나타났던 건가? 그러다 마을에 도착해서 마음이 풀어져서 순식간에 상태가 나빠졌나? 만약을 위해 의사를 데려올게."

그 말에 세리에는 고개를 가로저었다.

"하지만 빨리 나아야 하잖아? 그러지 않으면 어머니와의 재회가 늦어질 테고, 상태가 악화되지 말라는 법도 없어. 어쩌면 감기와 비슷한 다른 병인지도 모르고."

그리 말하자 세리에는 내키지 않는다는 느낌으로 고개를 끄덕였다.

물에 적셔 짠 천으로 얼굴과 목과 팔의 땀을 닦고, 원래대로 돌아간 귀에 약을 칠한 다음, 유지로는 숙소를 나섰다. 땀을 닦을 때는 딴마음이 없어 보였기 때문에, 세리에는 만지는 것을 거부하지는 않았다.

의사에게 가서 열과 목이 부었다는 등의 증세를 설명하고, 함께 숙소로 향했다.

방에 들어간 의사는 재빠르게 진찰을 하고, 피로와 추위로 인한 감기라고 판단했다. 이 시기에 무관리지대를 뚫고 왔는데 이 정도라는 사실에 오히려 놀라기까지 했다.

"약을 드릴까요?"

"아뇨, 제가 약사니까 직접 만들겠습니다."

제대로 진찰을 받은 다음이라면, 이후의 일은 유지로가 대응할 수 있다.

"그렇습니까. 심한 것은 아니니, 약을 복용하지 않아도 내일모레쯤엔 완치될 거라고 생각합니다. 물론 무리를 하지 않는다면요."

"그럼 수분 보충과 몸을 따듯하게 하는 것, 땀을 잘 닦아 주는 정도면 될까요?"

"네. 그거면 됩니다. 그럼 몸조리 잘하십시오."

세리에에게 가볍게 인사를 한 의사와 함께 유지로는 방을 나와서 진찰비를 지불했다.

의사를 배웅한 유지로는 숙소 사람에게 오렌지를 얻어서 즙을 내고, 거기에 물을 조금 섞어서 신맛을 옅게 만들어 세리에에게 가져갔다.

"주스 가져왔는데, 마실래?"

"응."

거칠어진 목소리로 대답하고, 세리에는 덮고 있던 이불 밖으로 손을 내밀었다. 쏟지 않도록 세리에의 입가에 닿을 때까지 유지로는 컵을 잡은 손을 놓지 않았다.

절반 정도 마시고, 남은 것은 책상에 올려두었다.

"식욕은 있어?"

없다고 세리에는 고개를 저었다.

자는 데 방해가 될지도 모르기 때문에, 한 시간 정도 후에 상태를 보러 오겠다고 말하고 유지로는 방을 나갔다.

눈을 감은 세리에는 조심스레 닫히는 문 소리를 들으며, 잠 속으로 빠져들었다.

"점심쯤에, 간 사과라도 준비해서 가져올까. 세리에는 과일 좋아하기도 하고."

방으로 돌아온 유지로는 그렇게 하자고 중얼거리며, 복수 능력 상승약에 관해 생각하기 시작했다. 섞으면 효과가 반발하여 사라진다는 등의 문제가 조금씩 정리되어, 드디어 형태가 잡혀가기 시작했다. 완성까지는 앞으로 반년도 걸리지 않으리라. 처음 생각을 시작했을 때는 이렇게까지 시간이 걸리리라고 예상하지 못했다.

한 시간이 지나고, 세리에의 방 안을 슬쩍 들여다보니 세리에는 숙면을 하고 있었다. 잠든 얼굴을 지켜보고 싶다는 욕망을 떨쳐내고, 혹시라도 깨우는 일이 없도록 방에는 들어가지 않기로 했다.

그렇게 점심이 되었고, 건물 밖에 두어 차가워진 사과를 갈아 세리에의 방으로 갔다.

그것을 일단 책상 위에 두고, 흘린 땀을 닦아주었다. 그 자극에 세리에는 눈을 떴다. 목이 마르다고 하기에 오렌지 주스를 마시게 하고, 간 사과를 먹을 것인지 물었다.

"응."

자그맣게 고개를 끄덕이는 세리에. 유지로는 침대 옆에 의자를 가져와 앉고, 사과를 숟가락으로 조금 떠서 입가로 가져갔다.

"아."

움직이는 것이 귀찮은지, 순순히 입을 작게 벌려서 눈앞에 있는 숟가락을 입에 넣었다. 입에서 뺀 숟가락에 아무것도 남아 있지 않은 것을 보고 유지로는 제대로 먹었다는 것을 확인한 다음 다시 사과를 입에 넣어주었다.

그것을 몇 번인가 반복하며 반쯤 먹었을 때, 세리에가 더
는 됐다며 고개를 저었다.

남은 것을 단숨에 입안에 밀어 넣던 유지로는 순간 간접
키스라는 사실을 깨달았다. 굳어버린 유지로를 이상하다는
얼굴로 바라보며 세리에가 입을 열었다.

"옷 갈아입을 거니까, 나가줘."

"으, 응. 알았어."

약간 얼굴을 붉힌 상태로 유지로는 방을 나갔다. 순진한
면도 있었던 모양이다.

평소라면 여기서 옷 갈아입는 걸 도와주겠다고 말할 법한
유지로가 순순히 그런 반응을 보이자 세리에는 또다시 이상
하다고 여겼지만, 멍하고 둔해진 머리로는 그 이상 생각하고
픈 마음이 들지 않았고, 느릿느릿 옷을 갈아입기 시작했다.

땀으로 푹 젖은 옷을 벗고, 편한 옷으로 갈아입은 세리에는
다시 침대로 들어가 곧바로 잠든 숨소리를 내기 시작했다.

방을 나온 유지로는 기쁘면서도 부끄러운 느낌에 복도에
서 몸부림을 치고 있었다. 누군가가 봤다면, 수상쩍어하며
뒷걸음질 치리라.

몇 분을 버둥거리다 겨우 진정한 유지로는 식기를 돌려주
고, 샌드위치를 잽싸게 먹은 다음 방으로 돌아갔다. 시끌벅
적한 목소리가 자신의 이야기를 하는 것처럼 들리는, 그런
피해망상에 사로잡혔던 것이다.

평소 이런저런 말을 하고 있으면서, 이제 와서 부끄러워

하는 것도 이상하다. 말뿐이었던 것이냐고 한다면, 그렇지 않다. 진심으로 세리에와 함께이고 싶다고 생각한다. 하지만 실제 접촉은 또 별개라는 것이리라. 손을 잡거나 무릎베개를 하는 건 괜찮으면서 간접 키스를 부끄러워하는 것을 보면, 유지로도 아직 어린 모양이다.

해가 질 때까지 몇 번이나 세리에의 모습을 살피러 갔고, 그때마다 그 생각이 떠올라 얼굴을 붉혔다. 쭉 그대로였다면 아무래도 의심을 샀을 테지만, 날이 저물 무렵에는 익숙해져서 평소의 유지로로 돌아왔다.

세리에도 해가 질 무렵에는 꽤 편안해졌는지, 식당까지 이동해서 가볍게 식사를 했다.

"출발은 내일모레 할까? 다시 나빠지면 큰일이니까."

"어쩔 수 없지. 서두르고 싶은 내가 스스로의 발목을 잡다니."

"큰일이 되기 전에 쉴 수 있어서 다행이었다고 생각해. 준비는 내가 할 테니까, 내일은 푹 쉬고 있어."

준비를 하는 김에 피나에게 줄 선물이라도 찾아보자고 생각했다.

"부탁할게. 그리고 간호해줘서 고마워. 유지로가 감기에 걸리거나 하면 이 빚은 갚을게."

무심코 간접 키스로 충분하고도 남을 만큼 갚았다고 말할 뻔했지만, 입 밖으로는 내지 않고 고개를 끄덕였다.

다음 날에는 열도 내리고, 목의 통증도 거의 사라졌다. 밤에는 목도 다 나아서 출발하는 날에는 완치되었다.

　두 사람은 마차에 올라 세겐트를 향해 갔다. 거기서 계류에 관해 묻고, 그 김에 선물을 전해야겠다고 생각했던 것이다.

　눈이 아니었다면 20일이면 도착할 거리를 25일 정도 걸려서, 새해가 되어서야 두 사람은 세겐트에 도착했다. 그것으로 헤프시밍을 거의 일주한 형태가 되었다.

　여기를 출발했던 것이 작년 5월이었으니, 반년 이상이 지났다. 눈 내린 경치가 되었다는 것 이외에는 변함없는 풍경이었다.

　정답게 느껴지는 길을 걸어, 두 마리 여우에 들어갔다.

　"어서 오세요! 어머, 유지로잖아!"

　카운터에 있던 린드는 바로 유지로를 알아채고 웃음을 지었다.

　"안녕하세요, 오랜만이네요."

　"정말, 반년만인가? 선물 고마워. 바르와 티크도 기뻐했어."

　"제대로 도착했었군요. 다행이네요."

　"응, 잘 도착했어."

　거기서 세리에가 지루한 듯 서 있다는 사실을 깨닫고, 언제까지고 이야기를 하고 있을 수는 없다며 접객을 하는 얼굴로 돌아왔다.

"묵고 갈 거지? 몇 박으로 할래?"

"1박이려나? 그거면 돼?"

세리에를 돌아보며 묻자, 세리에는 고개를 끄덕여 답했다.

"꽤 서둘러 가는구나. 길에 눈이 쌓여 힘들 텐데."

"가야 할 곳이 있어서요."

"그렇군, 아쉽네. 방은 어떻게 할래?"

방 두 개를 부탁하고, 열쇠를 받았다.

짐을 방에 넣어두고, 유지로는 선물을 들고 세리에의 방으로 갔다.

"나는 지인들한테 계류에 관해서 물어보고 올게. 세리에한테는 식량 보충 같은 걸 부탁할게."

"알았어. 여기서 정보를 구하지 못하면 왕도로 가는 거였던가?"

"왕도에서 남동쪽인 것 같으니까. 그쪽에서 나아가며 정보를 모으는 편이 찾기 쉬울 거야."

왕도는 여기에서 서쪽으로 도보 열흘 거리다. 두 사람이 위치 관계를 알았다면 일부러 왕도까지 가지는 않을 테지만, 지도 같은 것을 갖고 있지 않기 때문에 알기 쉬운 표시가 되어줄 곳에서 나아갈 생각이었다.

앞으로의 예정을 확인하고, 두 사람은 방을 나왔다. 세리에는 그대로 숙소를 나섰고, 유지로는 티크네를 찾았다.

바르는 늘 있는 조리실에 있었기 때문에 간단히 발견할 수 있었다.

"어, 유지로잖아?!"

"오랜만이에요."

"선물은 고마웠어. 지금까지 어디를 여행했던 거야?"

"헤프시밍을 일주하고, 라이트루티에도 다녀왔어요."

"생각보다 여기저기를 다녔군."

방문했던 곳들에 관해 이야기하고 있을 때, 파크를 산책시키고 돌아온 티크가 뒷문으로 들어왔다. 전보다 키가 조금 큰 건가? 하고 유지로는 마음속으로 고개를 갸우뚱했다.

"티크, 어서 와."

"아, 오빠?! 오빠가 왔어!"

티크는 기뻐하는 웃음을 띠며 달려왔다. 린드와 바르도 반겨주었지만, 이렇게나 환영해주면 기쁘기 마련이다.

"선물 있어. 이번엔 이거야."

주머니에 넣어두었던 머리핀을 티크에게 내밀었다.

"예쁘다."

티크는 두 손으로 받아 든 머리핀을 머리 위로 치켜들고, 반짝반짝하는 눈으로 보고 있다.

"훌륭한 물건인데, 비싼 거 아냐?"

"3만 정도였는데요?"

"뭐?"

잘못 들은 것인가 싶어 다시 한 번 물어보니, 역시 3만이라는 대답이 돌아왔다. 유지로의 감각으로는 조금 비싼가? 하는 느낌이었지만, 바르가 보기에는 열한 살 소녀에게 선물할 만한 것이 아니었다.

"너무 비싸잖아!"

"어, 그래요?"

"여기 한 달 가까이 묵을 수 있는 금액이라고!"

"그 말을 듣고 보니, 비싼 건가 싶기도 하고."

"린드도 그 가격의 장신구는 하나 갖고 있는 게 전부라고."

일반인에게는 간단히 쓸 수 없는 금액이다. 린드는 1년 동안 조금씩 저축해서 샀다.

"티크에게는 좀 이른가? 하지만 몇 년 지나면 어울리게 되지 않을까? 그때를 기대하자, 나도 기대할게."

"너는 티크를 꼬시고 있는 거냐?"

바지런히 선물을 보내는 것도 그렇고, 지금 대사도 그렇고, 의심하는 것도 무리는 아니다. 하지만 세리에밖에 모르는 유지로에게 그런 마음은 전혀 없었다.

"아니 아니 아니, 그런 마음은 전혀 없어요! 잘 따라주는 아이가 기뻐하는 얼굴을 보고 싶었던 것뿐이고, 게다가 애인이 되어주었으면 하는 사람은 따로 있다고요. 지금도 함께 여행하고 있고."

"그러냐. 잘 생각해보니, 너한테 시집보내는 것도 괜찮겠다 싶었는데."

숙소 일은 언제든 가르칠 수 있다. 거친 일에도 대응할 수 있고, 상처 입거나 병에 걸렸을 때에는 대활약할 것이다. 티크도 잘 따른다. 어쩌면 우수한 조건일지도 모르겠다 싶었다.

"아무리 그래도 열한 살 애를 그런 대상으로는 안 봐요."

"5년만 지나면 아무 문제 없어지는데."

"그때는 티크도 애인 한둘쯤은 생기지 않을까요?"

"그럴지도 모르지만, 두 사람까지는 필요 없어."

확실히 그렇다며 고개를 끄덕이고, 티크 가족과 한 시간 정도 이야기를 했다. 그러다 평소에 비싼 물건을 몸에 지니고 있으면 강도가 눈독을 들일 가능성도 있으니, 머리핀은 특별한 날에만 하라는 말을 듣고 티크는 아쉬워하는 표정을 지었다.

이야기를 마친 유지로는 숙소를 나섰다. 향한 곳은 보어트 도구점과 베세르세의 집이다.

보어트 도구점에서는 수확이 없었고, 약 재료를 몇 가지 구입했을 뿐이다.

베세르세의 집 현관에 노크를 하자, 바로 비아나가 나왔다.

"……아, 사와베 군!"

잊고 있었지만, 얼굴을 보고 갑자기 생각이 났는지 놀란 표정을 지었다.

"베세르세 씨를 만나러 왔는데, 지금 괜찮을까?"

"네, 안으로 들어오세요."

공부 중이었는지 책과 종이가 테이블 위에 늘어놓아진 상태였다.

"이런, 사와베 씨 아닙니까? 오랜만입니다."

"네, 베세르세 씨. 건강해 보이시네요."

두 사람은 마주 고개를 숙였다.

"오늘은 인사차 오신 겁니까? 아니면 뭔가 다른 용건이라도?"

"인사도 있지만, 여쭙고 싶은 게 있어서요."

폭포가 있는 계류와 그곳에 사는 사람들에 관해 이야기했다.

"왕도에서 남동쪽이라는 건, 여기서 남서쪽이로군요."

"이 마을이 그런 위치였던 거군요."

"왕도는 여기서 서쪽으로 도보 열흘 정도 거리에 있습니다. 그건 그렇고, 녹색의 같은 옷차림을 한 사람들이라. 있다고 들어보기는 했습니다."

"정말입니까?!"

유지로는 무심코 몸을 불쑥 내밀었다.

"어디서 들었더라…… 아, 도적 이야기를 하다가 들었던 것 같습니다. 그 사람들은 도적 같은 자들이라고. 행상인을 습격하거나, 비싼 돈을 받고 마물에게서 지켜주거나 한다더군요. 지형을 숙지하고 있어서 잡을 수가 없다고 병사가 불평하는 걸 들은 적이 있습니다."

"도적이라."

세리에의 어머니는 그들에게 잡혀서 부림을 당하고 있는 것일까 싶어 언짢은 표정이 되었다.

"규모는 어느 정도인지 들으셨나요?"

"글쎄요, 작은 집단이라면 마물에 대응하기 어려울 테고, 비전투원도 합하면 나름 숫자는 될지도 모르겠군요. 하지만 그리 큰 규모는 아닐 거라고 봅니다. 컸다면 소문이 훨씬 더 돌았을 겁니다."

"그렇군요. 정보를 주셔서 정말 감사합니다."

그다음은, 가루비누가 어떻게 되었는지를 이야기하고 집을 나왔다. 이때 도적에 대한 대책을 세우는 데 필요할지도 모른다고 생각되는 약의 재료가 있는 곳도 물었다.

숙소로 돌아오자, 린드가 너무 비싼 선물은 사주지 말라는 주의를 주었다. 유지로에게도 부담이 되고, 이미 이야기했던 대로 고가의 물건을 몸에 걸치고 있으면 강도가 눈독을 들일 위험이 있다는 말이었다. 그 말에 납득하고, 비싼걸 사지 않도록 주의하겠노라고 했다.

유지로는 자신의 방으로 가기 전에 세리에의 방문을 노크해 세리에가 돌아왔는지 확인했다. 움직이는 기척이 있어 돌아왔다는 것을 알 수 있었다.

"어서 와. 어땠어?"

"정보라고 여겨지는 건 입수했어."

"들려줘."

방으로 들어가 세리에는 침대에 앉고, 유지로는 의자에 앉았다.

"남서쪽에 그 비슷한 차림을 한 도적이 있대."

"도적?"

"그래, 맞아. 잡혀 계신 게 아닐까 싶기도 한데, 세리에 생각은 어때?"

"모르겠어. 하지만 협력하는 건 아닐 거라고 봐."

세리에는 안 좋은 예감이 들었다. 자신을 찾아 고향을 떠난 것이 벌써 20년 정도 전이다. 고향에서 왕도를 지나, 계류까지의 루트는 걸어서 간다고 해도 1년도 채 걸리지 않는다. 잡혔다고 한다면 최근의 일은 아닐 것이다. 몇 년이나 도적과 함께 있으면서 과연 무사할까 하는 생각이 들었다. 세리에는 그 생각을 떨치듯 고개를 저었다.

"괜찮아?"

"솔직히 아무렇지 않은 건 아니지만, 신경 쓰지 마."

"그건 무리지만, 이야기는 계속할게. 그런 장소에 가는 거니까, 대책도 없이 달려드는 건 아니라고 생각해서 좀 특이한 마비 독이라도 만들어 갈까 해. 대미지 독으로 동료가 죽는 바람에 상대가 이성을 잃기라도 하면 이야기가 안 되니까."

환혹의 독도 생각했지만, 동료끼리 싸움이 발생할 가능성도 있으니 쓰지 않기로 했다.

"그러네, 이견은 없어. 재료는 있고?"

"아는 약사에게 산 거랑, 마을을 나가서 채취하러 갈까 하는 것도 있어. 장소는 서쪽 숲."

"그러면 여기 머무는 기간이 길어지겠네."

"그렇게 되겠지. 미안해, 시간을 잡아먹게 돼서."

세리에는 신경 쓰지 말라고 고개를 저었다. 자신은 감기에 걸려 쓸데없이 시간을 낭비했다. 그에 비하면 이번 일은 필요한 준비 기간이니 사과할 필요 없었고, 탓할 마음도 전혀 없었다.

"바로 나갈까?"

"여행의 피로도 있으니까, 오늘 하루는 푹 쉴래. 유지로도 가서 그 아이랑 더 이야기 하고 와도 돼."

"세리에 혼자 심심하지 않겠어?"

"낮잠을 자거나 하면서 시간을 보낼 테니까, 괜찮아."

"그럼, 그 배려는 받아들이도록 할게."

유지로가 나가자 세리에는 침대에 그대로 쓰러져 어머니가 무사하기를 기도했다. 드디어 만날 수 있으리라는 기대와 무사하실까 하는 불안과 어쩌면 혹시 하는 안 좋은 예감이 뒤섞여, 안색이 좋지 않았다.

저녁 식사 때까지도 기분이 나아지지 않아서, 함께 식사를 한 티크에게 걱정을 끼치기도 했다.

다음 날, 두 사람은 바인을 마을에 남겨두고 숲으로 향했다. 필요한 재료는 이끼와 나무껍질이기 때문에, 겨울이라도 채취할 수 있었다.

유지로는 방패를 들었고, 바구니에는 프라이팬도 넣었다.

"왜 프라이팬 같은 걸 가져가는 거야?"

"쇠사슬 참새라는 마물이 있는데, 그 녀석들은 소리에 약하거든. 방패를 써서 달려드는 걸 막아내거나 쳐낼 생각인

데, 그게 무리일 때는 프라이팬으로 커다란 소리를 내서 대
처하려고."

쇠사슬 참새는 겨울을 날 지역으로 이동하거나 둥지에 틀
어박혀 있거나 하는 일 없이, 지금 시기에도 공격해 온다.

쇠사슬 참새의 특징을 들은 세리에는 다른 대응 방법을
생각해냈다.

"회오리 마법을 써도 어떻게 될 것 같은데."

"아, 확실히 그럴 것 같네."

대책이 늘어서 마음이 편해졌다.

숲에 들어가 조금 안쪽으로 향해 가자, 시끄럽게 우는 새
소리가 들려왔다. 유지로는 라켓처럼 쓰기 위해 방패의 양
쪽 끝을 잡았다. 세리에도 검을 빼고, 언제라도 마법을 사
용할 수 있도록 준비했다.

바로 두 사람을 향해 쇠사슬 참새가 날아들었다. 유지로
는 코스를 예측하여 비스듬하게 내리치듯 방패를 휘둘렀
다. 방패에서 일어난 바람으로 지면과 풀 위에 쌓였던 눈이
흩날렸다.

"맞은 느낌이 왔어!"

타이밍이 적중해서 선두 근처에 있던 쇠사슬 참새가 맞아
숲 안쪽으로 튕겨져 날아갔다.

동시에 세리에가 마법을 사용했고, 다른 쇠사슬 참새 무
리가 회오리에 휩쓸려들었다. 빙글빙글, 자신의 의지와는
관계없이 휘둘려 이쪽저쪽으로 날려갔다. 세리에는 떨어진

쇠사슬 참새들을 찔러 죽였다.

이 짧은 시간이 지나고, 쇠사슬 참새들은 두 사람에게 접근하지 않는 게 좋다는 것을 학습했는지 모두 도망을 갔다. 그 후로는 두 사람이 사라질 때까지 새 우는 소리조차 들리지 않게 되었다.

"그럼 채취해보도록 할까."

"네엡. 뭐 찾기 어렵지 않은 거니까 바로 발견할 수 있을 거야."

재료를 찾을 때까지, 여우 마물과 늑대에게 습격을 받았지만 그것도 격퇴했다. 여우는 모피가 선명한 붉은색이라 팔릴 것 같았기 때문에 가지고 돌아가기로 했다.

발견한 나무껍질을 벗겨내고, 바위에 낀 이끼를 긁어내 회수를 마쳤다.

만들 것은 안개를 발생 시키는 마법약이다. 물가에서 사용하거나, 물을 대량으로 준비하여 거기에 약을 떨어뜨리면 안개가 발생한다. 안개에 몸을 숨기고 이동하기 위한 약으로, 유지로는 거기에 마비 독을 섞어서 계곡에 광범위하게 안개를 발생시키려고 생각하고 있다. 자신들은 미리 해독제을 복용해두면 영향을 받지 않고 자유롭게 움직일 수 있다. 이 방법이라면 상대가 지형을 숙지하고 있어도 도망칠 수는 없다.

"재료는 다 모았으니까, 다음은 약을 만들어서 실험해보는 거야."

"어느 정도면 될 것 같아?"

"시간은 그렇게 걸리지 않을 거야. 기존에 만들어둔 것에 효과를 추가하는 것뿐이니까. 몇 개 만들어서 그걸 실험하면 끝, 이라는 느낌. 제일 효과가 높은 걸 채용하면 완성."

실험은 해독제를 준비하여 직접 시험해볼 생각이다. 죽지는 않기 때문에 편안하게 실험할 수 있다.

"마을에 돌아가서 바로 만들면, 모레는 출발하게 되려나? 계류의 정보를 모으면서 실험해갈 예정이야."

"조금 더 여유롭게 진행하면 효과가 좋은 걸 만들 수 있는 거 아냐?"

체재하며 소비한 시간을 보충하기 위해, 이동하며 실험을 하는 단축 방법을 생각하는 것은 아닌가 싶었다.

"아니, 서두르는 거 아니야. 평범하게 이 예정이면 괜찮겠다고 생각한 거야."

"그렇다면 괜찮지만."

세리에가 그리 납득한 다음, 마을로 돌아가기 위해 걸음을 옮겼다.

여우는 세리에에게 맡기고, 유지로는 바로 약 만들기에 돌입했다. 우선은 안개 마법약을 만들고, 그다음에 마비약을 조합한 다음 방 안에서 살짝 안개를 발생시켜서 조합이 잘 되었는지 시험해보았다. 효과가 너무 약해서 유지로에게는 아무것도 느껴지지 않았다. 어쩔 수 없이 세리에에게 효과를 시험해달라고 부탁했고, 그녀가 찌릿찌릿한 감각이 느껴진다고 말했기에 조합은 성공이라고 판단했다. 남은 것은 효과의 강화다.

"그럼, 다음에 또 봐."

"오빠, 언니, 잘 가."

티크 가족의 배웅을 받으며 두 사람은 마을을 나섰다. 티크는 유지로가 신뢰하는 상대라는 것을 이유로 세리에도 어느 정도 따르기 시작했다. 분위기 면에서는 이상하다는 느낌을 받았지만, 그 이상으로 유지로를 믿었던 것이다.

그런 티크의 태도에 당혹스러워하면서도 세리에는 살짝 손을 마주 흔들어주었다. 다른 속셈 없이 지어주는 미소를 보며, 어머니에 관한 불안이 아주 조금 사라진 것 같기도 했다.

19 두 번째 단서

세겐트를 출발한 두 사람은 예정대로 정보를 모으거나 실험을 몇 번 반복하면서 열흘 정도 걸려 목적지인 계류에 도착했다.

이 근처 마을에는 계류에 사는 사람들에 관해 어느 정도 알려져 있어서 정보 수집은 쉬웠다. 이미 100년 이상 전부터 그곳에 있었고, 어째서 거기에 있는지 언제부터 있었는지는 알려지지 않았다. 파괴지진의 영향으로 비교적 살기 쉬운 주거지를 찾아 그곳으로 흘러들어 가 정착한 것은 아닐까 하고 말하는 자도 있었다.

약 쪽도, 유지로에게 어느 정도 효과가 있는 것이 완성되었다. 독을 버텨내기 위한 약도 준비되었고, 남은 것은 실행뿐이었다. 밤사이에 상류로 이동하여, 그곳에서 약을 흘려보내기로 했다.

바인과 마차를 근처 마을에 맡기고, 두 사람은 계류로 향했다. 아무리 세리에라고 해도 긴장으로 표정이 굳어진 것 같았다.

보초 같은 건 없는지 경계하며 불도 밝히지 못하고 나무들 사이를 나아가, 폭포를 지나 상류에 도착했다. 시각은 오전 세 시 전이었다. 하늘에는 엷은 구름이 펼쳐져 있어, 주변은 어두웠다.

"누가 숨어 있는 기척이 있어?"

유지로가 작은 목소리로 묻자 세리에는 고개를 저었다.

세리에는 청각을 상승시키는 약을 먹은 상태라 평범한 사람은 아무리 숨어 있다고 해도 들키고 만다.

"바로 약을 쓰도록 할까."

만들어 세 개로 나누어둔 것 중 두 개를 강에 마지막 한 방울까지 흘려보냈다. 두 사람에게서 5미터 정도 떨어진 수면에서 안개가 나타나, 하류로 이동해갔다.

안개가 다 퍼질 때까지 기다리기로 하고, 근처 바위에 앉았다. 멍하니 하류를 바라보는 사이에 안개는 더욱더 늘어갔고, 시야는 1미터 앞은 흐릿한 형체밖에 알 수 없는 상태가 되었다.

한 시간 하고도 30분이 지나고, 슬슬 됐겠다고 생각한 두 사람은 폭포를 내려가 하류로 걸어갔다. 서로 떨어지는 일이 없도록 두 사람 머리 위에 빛 마법을 써 빛나게 했다. 마비 독이 효과를 발휘했다면 들킨다고 해도 상대는 움직일 수 없을 터이기 때문에 빛을 밝혀도 괜찮으리라 판단한 것이다.

준비했던 마비 독 내성 약은 효과를 발휘하여, 안개 속을 걸어 다녀도 저릿한 느낌조차 없었다. 한 시간 정도에 걸쳐, 얻은 정보를 바탕으로 도적들의 아지트를 찾아다녔다. 아지트 그 자체에 대한 정보는 없었지만, 약초를 채취하러 갔던 모험가가 자신을 눈치채지 못한 채 길이 아닌 방향으로 나아가는 도적 집단을 본 일이 있었다고 했다.

"멈춰."

앞서 걷던 세리에가 작은 목소리로 말했다. 유지로는 세리에의 옆까지 이동하여 그녀의 옆얼굴을 보았다. 세리에는 집중하듯 눈을 감고 있었다.

"누가 있어."

"어느 쪽? 그리고 약은 효과가 있는 것 같아?"

저쪽이라며 세리에가 손가락으로 가리켰다. 그 방향은 두 사람이 향해가던 쪽의 우측이었다. 유지로로서는 느낄 수 없는 거리인지, 누가 있다는 느낌은 받을 수 없었다.

"기척은 몇 개인가 있었고, 모두 그 자리에서 움직이지 않아. 약이 효과가 있었는지 어떤지는 알 수 없고."

"기습하면 기절시키는 정도는 가능하려나."

"사람 수는 적어도 열 명 이상이고, 놓칠 수도 있다고 생각해."

"이쪽을 눈치채지 못했다면, 그냥 지나치는 것도 괜찮으려나. 이대로 계속 갈래?"

"가자. 약이 듣지 않아서 우리를 눈치챘다면, 한 명 정도는 정찰하기 위해 움직이겠지."

인원수가 적으면 반격할 수 있으리라고 판단한 두 사람은 다시 걸음을 옮겼다.

기척의 대부분은 움직임을 보이지 않았다. 경계하고 있는 것인지, 독이 효과가 있었던 것인지, 두 사람은 주위를 살피며 나아갔다.

결국 기척의 주인들과 만나는 일 없이, 잠시 후 두 사람은 앞쪽에서 커다란 형체를 발견했다. 그 형체의 근처에도 기척이 있었다. 기척 쪽을 살펴보자, 지면에 엎드린 작은 그림자가 보였다.

움직일 기색이 없어 보였기에 가까이로 다가갔다.

"아파하는 얼굴인데."

의식이 없는 마흔이 안 되어 보이는 남자가 진땀을 흘리며 쓰러져 있었다.

"혹시."

그리 말한 세리에가 머리 위를 올려다보았다. 사람이 올라가도 문제없을 법한 나뭇가지가 보였고, 거기에는 자루가 있었다. 마비 독이 섞인 안개를 마시고, 가지에서 떨어진 모양이다.

"죽는 건 곤란하니까."

유지로는 회복약을 남자의 입 안으로 충분히 흘려 넣었다. 기도로 들어가든 말든 상관없다는 태도였다.

남자에 대한 조치는 이것으로 충분하다며 두 사람은 커다란 형체 쪽으로 시선을 돌렸다. 지면에 약간의 융기가 있었고, 거기에 구멍이 파여 있었다. 나지막한 경사가 이어지고, 그 너머는 어두워서 보이지 않았다. 입구에는 빗물이 들어오는 것을 막기 위한 단차가 있었다.

"발자국이 있어."

웅크리고 앉아 지면을 조사하던 세리에가 몇 개의 발자국을 발견했다.

"그렇다면 이 사람은 문지기고, 도적들은 이 안에 있을 가능성이 높겠네."

"아마도."

"그럼 마지막 하나를 흘려보내도록 할까."

구멍 안까지 안개가 충분히 들어가 퍼졌는지 알 수 없었기 때문에 안개를 흘려보내기로 했다.

구멍 앞 흙을 경사진 길로 옮기고, 물을 막을 수 있는 둑을 만들었다. 거기에 마법으로 물을 채우고, 곧바로 무너지기 시작한 둑에 약을 넣은 다음 물을 더 추가하자 물은 경사를 따라 성대하게 흘러갔다. 그리고 동시에 바람 마법으로 안개를 안쪽까지 밀어 넣었다.

30분 정도 기다린 두 사람은 구멍으로 들어갔다. 사람 둘이 나란히 걸어도 여유가 있는 폭이었고, 높이는 2미터 정도다. 일정 거리를 나아가자 경사가 사라지고 십자로가 나타났다. 인기척은 유지로에게도 느껴질 정도로 이쪽저쪽에 있었고, 그 모든 기척에 움직임은 없었다.

"전원이 자고 있는 건 아닐 테니까, 약이 효과를 발휘한 것 같네."

"그렇게 봐도 될 것 같아."

"적당히 아무나 한 명 두들겨 깨울까?"

십자로를 똑바로 나아가자, 천으로 입구를 막아놓은 방

같은 구멍이 있었다. 그 안에는 열 명 정도의 아이와 아이를 돌보는 사람으로 보이는 여자들이 잠들어 있었다.

40대 중반 정도의 여자를 통로로 끌고 나와 해독제를 조금 삼키게 해서 깨웠다.

여자는 바로 깨어났고, 낯선 두 사람을 보고 놀라 입을 열었다.

"다시드른?! 모미 움지기지 아나?!"

"우와, 무슨 말인지 못 알아듣겠어."

말을 제대로 하지 못하는 것에는 아무런 반응도 보이지 않고, 세리에는 검을 뽑아 여자의 목덜미에 댔다. 그러자 여자가 작은 비명을 질렀다.

"거친 행동을 할 마음은 없어. 내 질문에 대답하도록 해."

냉정한 세리에의 시선과 말에 여자는 몇 번이고 고개를 끄덕였다. 그때마다 차가운 날이 목에 닿았다.

"벨리아라는 이름을 아나? 쉰 살이 좀 안 된 여자인데."

잠시 생각에 잠긴 모습을 보인 여자는 고개를 가로저었다. 정말로? 라는 세리에의 재확인에 다시 생각을 해내려는 모습을 보였지만, 역시 고개를 가로저었다.

"여기 오래 산 사람은 누구지? 그 사람은 지금 어디에 있지?"

"자앙로. 더 앙쪼게."

"안내해."

그리 말하며 검을 물리고, 여자를 자리에서 일어서게 했

다. 하지만 독 때문에 발걸음이 불안정해서 언제 넘어져도
이상하지 않았다.

유지로가 어깨를 빌려주었고, 세리에는 경계를 하면서 통
로를 나아갔다. 여자의 안내로 장로가 있다고 하는 방에 도
착했다. 세리에가 기척을 살피고 안으로 들어갔다. 거기에
도 안개는 도달해 있었고, 세 사람이 들어온 기척에 반응을
보이는 이는 없었다.

방 안에는 50세 정도의 남녀가 잠들어 있었다. 장로는 여
자 쪽인 모양이다.

유지로는 데려온 여자를 의자에 앉혔다. 그 사이에 세리
에가 또다시 목에 검을 들이대고 장로를 깨웠다.

"웨은 노미냐?"

많은 자들이 따르고 또 그들을 지탱하는 자다운 담력이라
고 할까, 두려움은 보이지 않았다. 발음이 잘되지 않는 탓
에 위엄은 사라지고 말았지만.

중요한 이야기를 물어야 하는데, 이건 좀 그렇다고 생각
한 세리에는 검을 댄 채 해독제를 더 마시게 했다. 그러자
장로는 몸이 살짝 저린 정도로까지는 회복이 되었다.

"묻고 싶은 게 있어 찾아왔다. 벨리아라는 쉰 살이 좀 안
된 여자를, 아나?"

"벨리아?"

들은 기억이 있는지 눈을 감고 기억을 더듬어갔다.

그 모습에 세리에는 안 좋은 예감이 더욱 강해지는 것을

느꼈다. 여기 있다면 바로 기억해낼 터다. 그런데 시간을 들여 생각해야만 한다는 것은 여기에 없을 가능성이 있다는 뜻이다. 잡아둔 자의 이름 따위는 신경 쓰지 않을 가능성도 있지만.

"생각났다. 분명 여기에 있었다."

"있었다? 지금은?"

"죽었다."

망설임 없이 고해진 부고에 세리에의 표정이 굳어졌다.

"거짓말, 거짓말이야!"

그리 소리치며 위협하듯 검을 장로의 살에 들이댔다. 조금이라도 피하거나 힘을 주면 순식간에 피가 흐를 것이다.

장로는 그 상황에 겁먹은 기색도 없이 세리에를 바라보며 입을 열었다.

"거짓말이 아니야. 나 말고도 아는 사람이 있다."

몸에서 힘이 빠진 듯 세리에는 그 자리에 주저앉았다. 목덜미에 댔던 검은 소리를 내며 바닥에 떨어졌다. 혹시 어쩌면 하고 생각하긴 했지만, 실제로 들으니 너무나도 큰 충격이 가슴을 내리쳤다.

유지로는 세리에에게 다가가 위로하듯 어깨를 안았다. 세리에는 누구에게도 들리지 않을 만큼 작은 목소리로 무언가를 계속해 중얼거렸고, 유지로가 하는 대로 내버려 두었다. 유지로의 목소리 같은 건 들리지 않을 정도로 자신의 안에 틀어박혔다.

세리에의 모습에 비통한 표정을 지은 채 유지로는 장로 쪽으로 고개를 돌렸다.

"돌아가신 게 확실한가?"

"그래, 20년 정도 전에. 나도 임종을 지킨 사람들 중 하나지. 혹시 이 아이가 찾고 있다던 그 딸인가?"

"그래, 오랫동안 찾아다니다 겨우 여기를 찾아낸 건데. 참고로 당신들이 죽인 건 아닌가?"

세리에는 그 말에도 반응하지 않고, 몸을 잔뜩 움츠리고 외부의 일들을 거부하는 것처럼 보였다.

"우리는 도적 같은 걸 하고 있지만, 목숨은 되도록 빼앗지 않는 주의다. 벨리아는 딸과 남편을 찾아 여행을 하던 도중에 병에 걸렸고, 이곳을 지나다 쓰러졌지. 치료해주면 돈을 받을 수 있지 않을까 하고 데려와서 약을 줬지만, 그때까지 무리했던 게 결국 화가 되어 죽고 말았다."

정신적인 피로와 강행으로 인한 여독과 여행 자금을 벌기 위해 일하며 무리를 한 것이 몸에 악영향을 끼치고 말았던 것이다.

"묘나 유품 같은 건?"

"묘는 우리 공동묘지에 머리카락을 묻어두었다. 시신은 화장했고. 유품은 죽고 5년 정도는 보관해두었지만, 처분했지. 이렇게 시간이 흘러 딸이 찾아오리라고는 생각하지 못했으니까."

유품을 처분한 것은 어쩔 수 없는 일이라고 생각되었다.

확실히 20년이나 지나 딸이 찾아오리라고는 생각하지 못할 것이다. 도적 같은 일을 하면서 5년이나 보관해두었다는 사실이 오히려 놀라웠다.

"묘는 어디에?"

"더 지하로 내려가야 한다. 출입구의 십자로를 오른쪽으로 쭉 나아가면, 더욱 지하로 가는 내리막길이 있다."

듣고 싶은 이야기는 전부 들었다. 유지로는 검을 검집에 넣고 세리에를 안아 일으켰다.

"돌아가는 건가."

"이제 용건은 없으니까."

"그 전에 이 현상을 설명해주지 않겠나? 어째서 이런 일이 일어났는지."

"안개를 발생시키는 마법약에 마비 독을 섞어서 계류와 이 거주지에 흘려보냈어. 그 영향으로 모두 움직일 수 없게 된 거지. 죽이지 않고 무력화하지 않는 한 이야기를 나눌 수 없을 거라고 생각했으니까."

"아무것도 하지 않고 정면으로 이야기를 들으러 온다는 선택지는 없었던 건가?"

"아무런 대비도 없이 도적을 만나러 간들, 제대로 대화할 수 있을지 알 수 없잖아? 말도 안 되는 돈을 요구할 게 틀림없지. 그럼 선수를 치자고 생각했을 뿐이야."

확실히 일리 있는 이야기라며 장로와 방관자였던 여자는 고개를 끄덕였다.

효과는 언제까지 이어지느냐는 말에 여섯 시간 정도일 거라고 알려주었다. 실험 삼아 효과를 낮춘 약을 세리에에게 써봤을 때도 세 시간은 지속되었던 것이다. 그것보다 강한 약의 효과가 같은 시간 안에 사라질 리 없다.

"계류 쪽은 앞으로 세 시간 정도, 여기는 다섯 시간 이상일까? 바깥은 마물도 마비되어 있으니, 잡아먹힐 걱정은 없어. 그렇지 않았다면, 열 명이 넘는 저항하지 못하는 인간은 좋은 먹잇감이었겠지."

"잠깐 기다려. 열 명이 넘는다고? 보초는 두고 있지만, 열 명이나 되지는 않는데?"

"세리에가 그 정도 인원이 있다고 했었는데? 열 명 정도가 함께 있고 움직이지 않는다고."

"그건…… 자네, 어서 독을 치료해주게. 그리고 그 놈들이 있는 곳으로 안내해줘!"

그 열 명의 사람이 누구인지 짐작 가는 바가 있는지, 장로는 서둘러 명령했다.

"뭐? 어째서? 자유로워지면 공격할 테니까 싫은데. 얼른 세리에를 제대로 된 곳에서 쉬게 해주고 싶기도 하고."

"공격하지 않겠어! 역대 장로들의 이름을 걸고 맹세하지!"

"도적 장로의 이름으로 맹세한다고 한들……."

배신하겠다는 증거인 거 아니야? 하고 생각했다. 믿어도 될 요소를 전혀 찾을 수 없었다.

"됐으니까, 어서 해독해!"

"일단 이유를 알려줘. 납득되면 해독제를 줄 테니까."

"간단하게 말하면 그 녀석들과는 적대하는 관계다. 그놈들은 우리를 한패로 삼기 위해 협박을 해 오고 있었다. 그걸 쭉 거절해왔는데, 더는 참을 수 없게 된 것일 테지. 기습을 하려다 너희들에게 무력화되었을 거야. 지금이라면 그녀석들을 잡아서 정보를 불게 하거나, 거래에 쓸 수 있어."

"도적들끼리 옥신각신하는 데 끼어들고 싶지 않지만, 세리에의 어머니를 돌봐주었던 은혜도 있으니 어쩔 수 없지. 하지만 전원이 쓸 양은 준비하지 않았어."

"힘쓰는 일을 할 수 있는 자들을 어느 정도 회복시켜주면 돼."

그 정도라면, 하고 장로의 안내를 따라 남자들이 있는 곳으로 가서 해독제와 내성약을 마시게 했다.

움직일 수 있게 된 남자들은 처음 보는 유지로와 세리에를 경계하는 시선을 보냈지만, 그럴 틈이 없다며 장로가 재촉하더니 다섯 명 정도를 데리고 거주지를 나갔다.

세리에가 가리킨 방향을 기억해내며 안개 속을 나아가자 쓰러진 상태인 남자와 여자가 있었다. 장로는 그중에서 협박을 해 왔었던 남자의 얼굴을 확인하고, 자신을 따라온 남자들에게 데려가라고 지시했다.

"아, 잠깐만 있어봐."

"왜 그러지? 이제 용건은 없을 텐데?"

"좀 신경 쓰이는 게 있어서."

붙들려 있는 남자에게 다가가, 붙들린 탓에 밖으로 나와 있던 펜던트를 살펴보았다. 검게 칠한 송곳니가 흔들리고 있었다. 세리에를 한쪽 팔로 다시 부축하고, 다른 자들의 가슴께와 주머니를 뒤져 같은 것을 찾아냈다.

"역시 그랬군. 이 녀석들을 무리 짓는 영견인가. 이상한 데서 인연이 있네."

"이 녀석들을 아는 건가?"

"여기저기서 움직이고 있어서, 한 번 피해를 당했지. 본거지가 알려졌으니 국가 차원에서 대응할 가능성도 있다고 들었어."

점술로 본거지 등이 밝혀진 것이 두 달 정도 전이었다. 빠르면 벌써 괴멸했을 시간이다. 시기적으로 생각하면 여기 있는 자들은 도망쳐 온 것이 아니라, 이 나라에서 활동하는 탓에 조직의 위기를 아직 알지 못했던 것이리라.

"나라에 찍힐 정도로 날뛰었던 건가. 지금까지 우리가 무사했던 건 운이 좋았던 거로군. 어설프게 거래를 하는 것보다 정보를 불게 하고 죽여버리는 편이 나을지도 모르겠군."

"그 부분은 좋을 대로 해. 나하고는 관계없으니까."

장로는 남자들에게 지시를 내리고, 그들을 거주지로 옮겼다. 펜던트에 독이 들어 있다는 사실을 유지로에게 들은 장로는 그것들을 회수하여 자신의 방에 넣어두었다.

유지로는 기력을 잃은 세리에를 데리고 묘를 찾았다. 커다란 비석이 있었고, 그 뒤로 깊은 굴이 있었다. 거기에 뼈의 일부나 머리카락을 던져 넣게 되어 있는 것 같다.

세리에는 묘를 앞에 두고도 반응하지 않았다. 유지로가 대신 세리에가 무사하다는 것을 보고하고, 도적들의 거처를 빠져나왔다.

두 사람은 바인을 맡긴 마을로 돌아와 숙소에 묵었다. 인형처럼 되어버린 세리에를 침대에 눕히고 옆에 있는 의자에 앉아 그녀가 그리 되어버린 원인을 생각했다.

'어렵게 생각할 일이 아니겠지. 그렇게 그리워하던 어머니가 죽었다는 사실에 기력이 바닥난 걸 거야. 어머니를 다시 만나는 것이 살아가는 목적이기도 했는데, 이제 이룰 수 없게 되어 쇼크를 받았고, 믿고 싶지 않은 상태인 거겠지.'

자신도 세리에가 죽으면 같은 모습이 될지도 모른다고, 세리에의 심경을 추측해보았다.

독으로 한 번 죽을 뻔했던 일이 있었던 만큼, 간단하게 추측이 되었고 상상한 것만으로도 마음이 얼어붙는 것 같았다.

"원인은 그렇다고 가정하고, 원래대로 돌아오게 하려면 ……시간이 해결해주려나? 그건 아니겠지. 내가 어머니만큼의 존재가 된다면? 그게 나한테는 제일 좋은 일이겠지만, 바로 이룰 수는 없는 문제고. 그렇다면 이야기에 나오지 않았던 아버지를 찾으러 갈까? 내가 아는 건 세리에와 함께 고향에서 끌려나왔다는 게 전부인데. 그런데 지금 함께 있지 않다는 건, 뭔가 이유가 있다는 건가? 혹시 사이가 나빠진 거라면 재회는 역효과일지도 몰라. 아버지도 돌아가셨을 가능성도 있고."

머리에 떠오른 것들을 중얼중얼하며 생각을 계속했다.

죽은 듯 빛이 사라진 눈을 보는 것은 괴롭고, 이대로는 식사도 제대로 할 수 없을 것이다. 마실 것은 입에 넣으면 마셔주니 영양제를 만들어 마시게 하면 한동안은 어떻게든 버틸 수 있을 것 같았다. 하지만 언제까지고 그렇게 버틸 수는 없다.

이 상태라면 자신을 돌보지도 않을 테고, 화장실 등도 되는 대로 해버릴 가능성도 있다.

"가장 좋은 건 어머니와 재회하는 거겠지만, 그건 무리란 말이지. 영매사라도 있으면…… 응? 혹시 있으려나? 마법이 있고 초능력자도 있으니까. 진짜 영매사도 있을 가능성이……."

광명을 발견한 듯 유지로의 표정이 밝아졌지만, 바로 난처한 표정으로 돌아왔다.

이 사실을 세리에게 전해야 할지 말아야 할지를 생각했다. 새로운 희망을 줘놓고, 그런 존재는 없었습니다 하는 상황이 되어버리면 농담으로 끝나지 않을 것이다. 또 충격을 받아 자살할 가능성도 생각할 수 있다.

하지만 쭉 인형 같은 상태로 있게 하는 것도 문제다.

"이런 데 말고 좀 더 큰 도시에서 조사해볼까? 그때까지는 이 상태로…… 있게 하는 것도 문제인 것 같은데."

간병을 하는 게 싫은 것이 아니라, 하는 대로 당해야만 하는 것은 세리에가 싫어하리라 생각한 것이다. 게다가 이런 상태의 세리에를 데리고 여행하는 것은 어려울지도 모른다. 누군가 한 사람이라도 더 있다면 이야기는 다르겠지만, 없는 사람을 두고 이러니저러니 해봐야 의미 없다. 간병이나 호위를 맡을 사람을 고용할 경우 하프라는 것을 들킬 가능성이 있으니, 실행은 어려울 것 같았다.

"그러고 싶지는 않지만, 기억을 일시적으로 봉인하거나 바꾸거나, 아니면 조종할까? 약으로 할 수 있는데……."

고민한 끝에 그렇게 하자고 정했다. 만드는 약은 사람과 마물을 조종하여 움직이는 약이다. 약 때문에 기억이 원래대로 돌아가지 않는 일이 생기면, 유지로는 세리에의 손에 죽어도 할 말이 없게 되는 것이다. 아니, 스스로 그러길 바랄 것이다.

조종하는 약을 써서 일상생활은 스스로 하게 한다. 전투와 식사와 경비 등은 유지로와 바인만으로 해낸다. 인형처럼 다루는 데 엄청난 죄악감이 일었다. 하지만 이대로는 해결할 방법을 찾을 수 없다.

"나중에 사과해야겠네."

무거워진 마음을 안고, 재료를 모으기 위해 숙소를 나섰다.

이곳에서는 재료를 다 모으지 못했고, 근처 마을까지 간호를 해가며 여행하게 되었다. 그때 몸을 닦아주거나 하다가 솔직히 자신도 모르게 순간 후끈 달아오르기도 했다. 하지만 이런 상태인 세리에에게 그런 마음을 갖고 만지다니

정말 최악이라고, 스스로 커다란 정신적 대미지를 입고 말았다.

재료를 모아 약을 만들어 그것을 사용한 후, 가까이에 있는 왕도로 향하기로 했다. 이 나라에서 가장 큰 도시다. 그곳의 서점에는 풍부한 정보가 있을 테고, 영매사와 관련된 것도 알아낼 수 있을 터였다.

약은 제대로 효과를 발휘하여, 움직임이 둔하기는 했지만 세리에는 자신의 일은 스스로 할 수 있게 되었다.

그런 약을 써버리고 말았다는 죄악감과, 아무리 애써도 생기고 마는 불순한 마음에서 해방되었다고 하는 복잡한 마음을 품고, 유지로는 왕도에 도착했다.

바인과 마차를 맡기고, 짐을 챙겨 들었다. 그리고 세리에의 손을 잡고 문을 빠져나갔다. 감정이 사라지고 차분하기만 한 세리에는 그 분위기가 위화감을 주기도 하여, 그 나름대로 시선을 끌었다. 하지만 그런 주목을 신경 쓸 여유가 지금의 두 사람에게는 없었다.

수상한 인물로 보였는지, 일단 사정을 듣기 위해 경비병이 다가왔다. 유지로의 표정도 가라앉아 있었기 때문에 범죄자라고는 여기지 않았고, 동료가 죽거나 한 것이리라 추측했다.

"우리 분위기가 어두운 이유 말인가요?"

"그래, 일단 들어둬야 할 것 같아서. 미안하지만 가르쳐 주지 않겠나?"

"이 사람은 찾고 있던 어머니가 돌아가셨다는 걸 알고, 그 때부터 쭉 감정이 사라진 상태예요. 저도 거기에 영향을 받아서 분위기가 가라앉았고."

"그런가."

전부 다 말하지는 않았지만, 거짓말도 하지 않았다. 납득할 수 있는 이야기였기에, 병사는 큰 위로가 되지 않으리라는 것을 알면서도 위로의 말을 전하고 두 사람에게서 멀어져갔다.

유지로는 우선 만들어둔 치유 촉진제부터 팔고 숙소로 향했다. 방을 빌린 유지로는 자신 이외에는 아무도 방에 들이지 않도록 세리에게 명령해두고 숙소를 나왔다.

서점으로 간 유지로는 이능자에 관해 쓰인 책이 어디 있는지를 묻고, 책을 읽어나갔다. 이능자에 관해 본격적으로 다룬 책은 없었다. 몇 개의 자잘한 정보가 있을 뿐, 상세한 것은 알 수 없었다.

"솔비나에 가면 알 수 있겠지만, 세리에가 저런 상태에서 무관리지대를 지나가고 싶지는 않은데. 사람이 되살아났다든가, 유령과 이야기했다는 정보라도 있으면 좋으련만."

점원에게 그런 내용이 쓰인 책이 있는지 물어보니, 하나의 전승을 들려주었다.

"영봉(靈峯) 루트마트필리아?"

"네. 거기에 가면 죽은 자와 이야기할 수 있다고 들은 적이 있습니다."

"거긴 어디 있는 건가요?!"

바라던 것 이상의 정보였다. 달려들 듯 묻는 유지로에게서 한 걸음 물러선 점원은 고개를 저었다.

"그런 이야기가 있다고 알고 있을 뿐, 자세한 건 전혀 모릅니다."

"여기 있는 책 중에 그 이야기에 관한 정보가 쓰인 게 있나요?"

"책 전부를 파악하고 있는 것이 아닌지라. 실려 있다고 한다면 유명한 곳에 관해 쓰인 지리책이나 전승 관련 책이라고 생각합니다."

유지로는 그런 책들이 어디 있는지 묻고 감사 인사를 한 다음, 서둘러 가게 안쪽으로 향했다.

그 자리에 서서 대략적으로 조사를 했고, 장소는 알 수 없지만 그런 이야기가 있다고 쓰인 책을 발견했다.

산 정상에 제단이 있으며, 공물을 바치자 하늘에서 빛이 쏟아져 내려와 돌아가신 할아버지와 만날 수 있었다는 이야기였다. 그 외에도 비슷한 이야기가 두 개 쓰여 있었다.

이 이야기는 파괴지진으로 무너진 건물에서 발견된 정보로, 장소 등의 자세한 내용은 알 수 없다는 모양이다.

"이건 가능성이 있겠어. 세리에를 원래대로 되돌리고, 이 이야기를 들려주면 기력을 찾을 거야."

한 줄기의 빛을 발견했다고, 유지로는 미소를 띠고 서둘러 책을 책장에 꽂아둔 다음 숙소로 돌아왔다. 조종하는 약을 해제하고, 유지로는 세리에의 어깨를 세게 움켜잡았다. 아팠는지, 세리에의 표정이 조금 일그러졌다.

"잘 들어! 죽은 사람과 이야기를 할 수 있는 방법을 발견했어! 영봉 루트마트필리아라는 산의 정상에 제단이 있는데, 거기서 죽은 자와 대화했다는 이야기가 몇 개 있었어! 거기에 가면 벨리아 씨와 이야기할 수 있어!"

닫혔던 마음에 닿기를 바라며, 커다란 목소리로 세리에에게 이야기했다.

잠시 사이를 두고, 멍하기만 했던 세리에의 눈에 조금씩 빛이 돌아왔다. 유지로의 말이 닿았다는 증거다.

"……정말? 정말로 그런 장소가 있어?"

"장소가 어디인지는 모르지만, 솔비나에 가서 점을 봐달라고 하면 알 수 있을 거야."

"다시 엄마를 만날 수 있어?"

어딘가 어린아이 같은 말투에 유지로는 고개를 끄덕였다.

"함께 살 수는 없지만, 이야기는 할 수 있어."

유지로의 말에 세리에는 울기 시작했다. 눈물이 뺨을 따라 흘러 뚝뚝 떨어져 내렸다.

세리에는 유지로를 부둥켜안고, 그대로 계속 울었다. 유지로는 주저주저하며 세리에의 등에 손을 두르고 토닥토닥 가볍게 두드려주었다. 계속해서 울던 세리에는 기쁨과 안도로 가슴이 충만해져 기분 좋게 잠에 빠져들었다.

세리에를 침대에 옮겨두고, 잠든 얼굴을 들여다보았다.

조금 전까지의 무표정은 사라지고, 편안한 표정으로 잠든 숨소리를 냈다.

그 표정을 보고 유지로는 하아, 깊은 한숨을 내쉰다.

"역시 표정이 있는 편이 좋네."

기분 좋게 그리 말하고, 세리에가 눈을 떴을 때를 대비해 간단하게 먹을 만한 것을 가지러 식당으로 갔다. 세리에가 일어난 것은 두 시간 후였고, 해는 이미 진 상태였다. 과일과 샌드위치 같은 것을 둘이서 먹으며, 도적들의 거처에서 여기에 오기까지 있었던 일들을 이야기했다.

"왕도? 그동안의 일은 어렴풋이 기억하기는 하는데, 여기가 왕도란 건 몰랐어."

"기억이 있구나."

"정말로 어렴풋하지만. 누군가에게, 유지로밖에 없지만…… 이끌려서……."

무엇을 떠올렸는지 세리에의 얼굴이 붉어졌다.

이건 몸을 닦아주거나 했을 때를 떠올린 거구나 하고 유지로는 간단하게 추측해냈다.

"아아, 응. 내가 움직이지 않았으니까, 응, 어쩔 수 없지. 신경 쓰지 않는 게 좋을 것 같아."

"그래주면 고맙겠어. 사과하지 않으면 안 되는 일은 다른 일이지만."

"뭔가 했어?"

모르는 사이에 무슨 짓이라도 당한 건가 싶어 몸에 긴장감이 내달렸다. 부끄럽기는 했지만, 불쾌함이나 거부감은 신기하게도 들지 않았다.

"사람이나 마물을 조종하는 약을 세리에에게 썼어. 세리에를 돌보면서 여행하는 건 좀 힘들 것 같아서."

"……그건 어쩔 수 없는 일이잖아. 날 내버리지 않은 것만으로도 다행이라고 생각해."

"세리에를 버리는 일은 없어."

너는 그러겠지, 세리에는 그리 생각하며 긴장이 풀린 미소를 자그맣게 지었다.

"성희롱 같은 건 안 했어?"

"순간 불끈하기는 했지만, 닦아주는 거 말고는 아무것도 안 했어!"

"정직하네."

아무 일도 없었다면 문제없다고, 이 화제를 마무리했다.

"앞으로 어떻게 움직일 생각이야? 아직 눈이 녹지 않아서 이동은 못 하잖아?"

"여기서 뭔가 일을 하면서 봄을 기다리거나, 국경 마을에서 일을 하면서 봄을 기다리거나. 둘 중 하나야. 나는 어느 쪽이든 좋아."

"어느 쪽이든 괜찮다고? 일에 곤란하지 않은 건 여기일 테고, 얼른 출발할 수 있는 건 국경 쪽. 서두를 필요는 없겠지만…… 여기서 조금 지내보고, 상황이 여의치 않으면 떠나는 게 어떨까?"

"그럼 그렇게 하자."

한동안 체재하기로 결정하고 두 사람은 소개소에 가보기로 했다.

사람이 많은 탓인지 일의 종류가 다양해서 적당한 일을 찾는 데 고생을 했다. 세겐트에서는 없었던 약 관련 일도 드문드문 있었다. 대신 토벌계가 적다. 병사들이 훈련 대신에 퇴치하며 다니기 때문이다. 약 관련 일에 연연할 필요도 없었기 때문에, 다른 것을 찾아 시선이 움직이고 만다.

"뭐 좋은 거 있어?"

"이건 어때?"

유지로의 물음에 세리에는 눈앞에 있는 종이를 가리켰다.

내용은 마차로 이틀 정도 남쪽으로 가면 있는 마을에 물건을 전달해달라는 것이었다. 이전 세리에가 하던 위험한 것이 아니라 평범한 물자 운송이라는 내용이었다. 나를 물건은 약을 포함한 일용품이다. 이동 중의 식비도 의뢰하는 쪽에서 지불하며, 보수는 3만. 마차를 소유하고 있으면 빌릴 필요가 없으므로, 보수는 5천 플러스된다.

"마차가 있는 데다 그다지 멀지도 않아. 적당하다고 보는데."

"응, 그걸로 하자."

약을 만들어 파는 것보다는 싸지만, 생활비에 곤란한 것도 아니다. 첫 시작으로 해보는 일로는 딱 적당하다고 생각하며 세리에는 그것을 골랐다.

그 의뢰 종이를 떼서 카운터로 가져갔다.

"이걸로 부탁드립니다."

"네. 짐 운반이로군요. 마차는 빌려 가실 건가요?"

"아뇨, 가지고 있습니다."

"알겠습니다."

직원은 서류에 보수 플러스 5천이라고 기입했다.

"두 분의 이름을 써주세요."

세리에가 자신과 유지로의 이름도 썼다.

"세리에 님과 유지로 님이시군요. 그럼 이쪽이 의뢰주의 가게입니다."

직원은 그렇게 말하면서 의뢰를 한 상점 주소가 쓰인 종이를 내밀었다.

직원이 유지로를 성이 아니라 이름으로 부른 것은 세리에가 이름을 기입했기 때문이다. 늘 이름으로 부르고 있고, 쓸 때도 이름으로만 썼기 때문에 습관이 되었다.

종이를 받아 든 두 사람은 소개소를 뒤로하고, 길을 가는 사람들에게 물어 상점에 도착했다.

의뢰지를 보여주자 점원이 점장을 데리고 왔다. 이야기는 순조롭게 진행되었고, 상품을 망가뜨리거나 분실한 경우에 관하여 이야기했다.

"너무 강한 마물이 국내에 나타나서 통행이 불가능해졌을 경우는 수행을 중단하셔도 문제는 없습니다. 조건은 이 정도일까요? 뭔가 질문하고 싶으신 게 있습니까?"

"상품이 망가진 경우 말인데. 포장이 잘못되어서 망가졌을 때는? 그땐 이쪽이 변상할 필요가 있는 건가?"

몇 번 이런 일을 했던 경험이 있는 세리에가 신경 쓰이는 점을 물었다.

"그런 경우는 저희 책임입니다. 그런 일이 생기지 않도록 물건을 실을 때 최종 점검을 하도록 되어 있습니다."

"알겠어."

"그 외에는?"

"물건 운반을 마쳐야 하는 기한은요?"

이번엔 유지로가 물었다.

"너무 늦는 건 문제가 되겠지만, 해프닝을 고려해서 엿새 안에 도착하면 문제는 없습니다."

질문은 이것으로 끝났고, 두 사람은 바로 출발하기로 했다. 유지로와 세리에는 숙소로 돌아가 준비를 마치고 다시 상점으로 갔다.

짐은 나무 상자에 담겨 수레에 실려 있었다. 그 모습을 보며 두 사람은 살짝 쓴웃음을 지었다.

"짐이 얼마나 되는지 묻는 걸 잊고 있었네."

"그러게. 깜박했어. 이 정도면 실을 수는 있겠지만, 잠을 잘 공간은 확보할 수 없겠어."

"오랜만에 텐트인가. 뭐 이틀 정도니까."

쭉 짐에 점령된 상태가 아니니 문제없다고 판단하고, 짐을 나를 점원을 데리고 마차를 맡겨둔 교외로 향했다.

235

점원이 짐을 점검하는 사이에 바인에게 힘의 능력 상승약을 먹였다.

"그러고 보니 머리가 좋아지는 약을 먹여보자고 생각했었지. 왕도라면 재료가 다 있으려나?"

돌아오면 찾아봐야겠다고 생각하며 바인을 쓰다듬었다.

쌓아서 로프로 고정한 짐은 마차의 대부분을 차지하고 있었다. 앉을 공간은 남아 있다는 사실에 두 사람은 안도했다.

용건을 끝낸 점원의 배웅을 받으며 두 사람은 출발했다. 짐이 망가지지 않도록 페이스는 약간 떨어뜨렸다.

마물과 만나기는 했지만, 눈보라가 발생하여 헤매거나, 오도 가도 못하게 되는 일은 없었다. 그리하여 사흘째 오전 아홉 시 전에는 목적한 마을에 도착했다. 아무런 특색 없는 농촌으로, 두 종류의 겨울 채소를 키우는 것 말고는 일이 없는 상황인 것 같았다.

마을의 보초에게 용건을 밝히고, 마차째 마을에 들어갈 허가를 얻은 두 사람은 짐을 전달할 가게까지 이동했다. 짐을 건네고 상품의 확인도 마친 다음에 일을 완수했다는 것을 증명하는 종이를 받았다.

특별한 해프닝 없이 의뢰를 마친 두 사람은 왕도로 돌아와, 아침은 느긋하게 보내고 점심부터 다음 의뢰를 찾으러 가기로 했다.

오전 동안 유지로는 몇 개의 가게를 돌았지만, 머리를 좋게 하는 약을 만드는 데 필요한 재료는 다 모으지 못했다.

결국 만드는 건 다음 기회로 미루게 되었다.

두 사람은 다른 사람과 협력하는 호위 관련 일이나 분실물 찾기 같은 일상계 의뢰는 피하면서, 단둘이서 할 수 있는 짐 나르기만 해나갔다.

두 사람이 일하는 모습에 고개를 갸우뚱하는 존재가 있었다. 바로 소개소다. 불만이라는 것이 아니라, 좀 더 잘 맞는 일이 있을 텐데 하고 생각했던 것이다.

유지로에 관한 이야기는, 남작가의 당주가 바뀌었다는 소식을 왕에게 전하기 위해 왕도에 왔던 카인츠를 통해 퍼졌다. 널리 알려진 것은 아니지만, 소개소의 상층부는 연줄이 있는 귀족에게 이야기를 들어 알고 있었던 것이다. 유지로의 이름은 드문지라 기억하고 있었고, 그 이름이 서류에 쓰인 것을 보고 본인일까 궁금해 하던 참이었다.

본인이라면 의뢰하고 싶은 약이 몇 개나 있다. 의뢰가 들어와 있는 것은 아니지만, 귀족과의 이야기 중에 특별한 약을 원한다는 말을 듣는 일이 있곤 하는 것이다. 그런 약을 입수하여 높은 분들의 호감을 얻고 싶은 상황이지만, 이름을 흉내 낸 자일지도 모른다는 의심도 있어 한동안 모습을 지켜보자는 판단이 내려졌다. 하지만 수락한 의뢰가 약과 전혀 관계가 없었기 때문에 판단할 수가 없었다.

치료 촉진약을 판 일이 하나의 판단 근거가 될 것 같았지만, 흰색을 만들 수 있는 사람이 유지로 한 사람인 것은 아니다. 흉내를 낼 정도라면, 그쯤은 할 수 있는 것이 당연하다고 생각되었다.

직접 본인인지 확인할까 하는 생각을 할 무렵에, 유지로 일행은 소개소에 판단을 내릴 근거를 주는 일 없이 왕도를 떠나버렸다. 국경의 마을에 도착할 무렵에는 눈이 녹기 시작하리라고 생각하고 여행을 다시 시작한 것이다.

20 벅스 노이드

이전에도 국경을 넘기 전에 들렀던 마을에서 눈이 녹기를 기다리고, 지면이 드러나기 시작할 무렵에 두 사람은 무관리지대로 나아갔다. 한 번 다녀와서 익숙해지기도 했고, 아스모라이 같은 초대형 마물과 만나는 일도 없었던 덕분에 이전보다도 짧은 기간에 라이트루티에 도착할 수 있었다.

초겨울에 떠나, 초봄인 3월 초에 두 사람은 솔비나로 돌아온 셈이다.

"우선 예약부터 해둬야지."

"아니, 안 해도 돼. 이게 있거든."

뭔데? 하고 고개를 갸웃하는 세리에에게 유지로는 맡아두었던 펜던트를 보여주었다.

"이게 있으면 자유롭게 들어갈 수 있어. 또 올 거라는 걸 예지로 알았는지 돌려주지 않아도 된다고 했었거든."

"오늘 일을 알았던 거구나."

숙소를 잡기 전에 신전으로 가서 문지기에게 펜던트를 보여주고 안으로 들어갔고, 경비 초소에서 피나를 불러달라고 부탁했다.

기다리는 사이에 피나에게 줄 선물을 준비해두었다. 산 것은 향수다. 괜히 비싼 걸 선물하면 오해를 살 수 있고, 그렇다고 싼 것도 안 된다고 고민한 끝에 이것을 골랐다. 향수의 재료는 이것을 산 지방에서만 자라는 나무의 꽃으로, 그 꽃향기와 가까운 것이다. 바깥세계를 동경하는 피나에 게는 이 지역에 없는 것을 느낄 수 있는 선물이 딱 좋으리라 생각했다.

"오랜만입니다."

호출을 받은 피나가 금방 나타났다.

유지로도 오랜만이라고 인사하며 선물을 건넸다.

"아, 정말로 주시는군요. 고맙습니다."

향수의 특징을 설명하고, 의도를 안 피나는 기뻐하며 고 개를 숙였다.

그런 두 사람의 모습을 보며 세리에의 마음에 작은 파도 가 일었지만 본인도 그 사실을 눈치채지는 못했다. 아주 약 간 기분이 안 좋은 정도는 처음 만났을 무렵과 비교하면 훨 씬 나은 상태인지라, 유지로도 세리에의 변화를 눈치채지 못했다.

두 사람은 피나와 함께 신전으로 들어갔다.

"뭐야, 이 분위기는?"

변함없는 적의에 세리에가 고개를 갸웃거렸다.

"죄송합니다. 타일러 두기는 했는데, 납득하지 못한 아이 도 있어서……."

"무슨 소리야?"

아무런 사정도 모르는 세리에에게 피나는 예지를 할 수 없었던 일 등을 이야기해주었다.

"예지에 영향을 줬다고? 평범한 한 사람에게 그런 일이 가능해?"

"예지를 바꿀 수 있는 사람은 있습니다. 하지만 그건 예지된 내용을 안 상태에서 행동했을 경우입니다. 아무것도 모르고 바꿀 수 있는 사람은 10년에 하나 있으면 많은 편입니다. 그런데 사와베 씨는 여러 개의 미래에 영향을 주었답니다."

"유지로는 그 이유를 알아?"

"이게 아닐까 싶은 건 있어."

"있는 겁니까?"

피나는 놀란 듯 유지로의 얼굴을 보았다. 이유를 알고 있으리라고는 피나 일행도 예상하지 못했다.

"말해도 믿을 수 없을 테고, 이제 의미 없는 일이니까 그렇게 말할 마음은 들지 않지만."

"비밀인 일 중 하나?"

"그렇게 되겠네."

이해한다는 듯이 서로 고개를 끄덕이는 두 사람을 본 피나는 둘이 사이가 좋다고 생각하며 응접실까지 안내했다.

마침 카트루나는 점술 일을 하고 있어서 응접실에 오려면 시간이 조금 걸릴 것 같다는 연락이 왔다.

그때까지 기다리기로 하고 피나는 두 사람에게 바깥세상의 이야기를 들으며 상상의 나래를 펼쳤다. 그 모습을 본 세리에는 선물을 받고 기뻐한 이유를 깨달았다.

잡담을 하며 한 시간쯤 보냈을 때 카트루나가 들어왔다.

예지에는 없었던 세리에를 보고 놀랐지만, 유지로에 관해서는 미래가 불안정하다는 것을 알고 있기 때문에 바로 침착함을 되찾았다.

"사와베 씨, 오랜만입니다. 그리고 처음 뵙겠습니다. 세리에 씨."

"어떻게 내 이름을? 아, 손님으로 왔을 때……."

유지로와 함께 있는 것을 보고 장부를 찾아봤으리라 추측하는 세리에를 향해 카트루나는 고개를 저어 보였다.

"아뇨, 그렇지 않습니다. 사와베 씨가 바꾸기 전의 미래에서, 저와 인연이 있었습니다. 지금에 와서는 무의미한 이야기입니다만."

"그래?"

알지 못하는 일이기에 짧게 대꾸할 수밖에 없었고 흥미도 없었다.

흥미 없는 일에 담백한 모습은 미래시로 본 그대로였기에 카트루나는 쓴웃음을 지었다.

"그럼 오늘 오신 용건은 무엇인지요?"

"또 점을 봐줬으면 하는 일이 있어요. 영봉 루트마트필리아라는 장소에 대해서."

조금 놀란 듯 카트루나와 피나는 눈을 크게 떴다.

그 반응에 유지로와 세리에의 긴장감이 커졌다.

"그게 오늘 용건이었나요."

"저기, 혹시 그런 장소가 없다거나?"

"아뇨, 알고 있습니다만."

카트루나의 말에 유지로와 세리에는 진심으로 안도하며 소파에 등을 기댔다.

"옛날부터 죽은 사람을 한 번이라도 만나고 싶다는 사람은 많았습니다. 당신들도 그런 사람들 중 하나군요. 영봉은 여기 라이트루티의 서쪽 무관리지대에 있습니다. 자세한 걸 알려드릴 테니, 이쪽의 부탁도 들어주실 수 없겠는지요?"

"공짜로 정보를 얻을 수 있을 거라고는 생각하지 않았으니까, 부탁이라는 걸 가르쳐주세요."

너무 어려운 게 아니면 좋겠다고 생각하면서 유지로는 물었다.

"동쪽 마을에 이능을 가진 아이가 있습니다. 그 아이를 신전까지 호위해 와주셨으면 합니다."

"카트루나, 그 정도 일이라면 여기 있는 병사분들도 할 수 있잖아?"

피나가 고개를 갸웃거렸다.

"물론 그냥 데려오는 것뿐이라면. 하지만 데리러 갔을 때 뭔가 곤란한 일이 생기는 모양이고, 병사들은 해결하지 못할 것 같아."

"해결할 수 있는 사람이, 여기 이 두 사람?"

"아마도. 해결의 실마리가 될지는 모르겠지만, 마물의 모습을 봤습니다. 갑충에 사람의 상반신이 달린, 그런 마물을."

"확실히 마물이겠네, 그건. 퇴치하면 되는 건가요?"

하반신이 이형인 점은 바다의 민족과 비슷하지만, 지상에서 그런 모습을 하지 않는다는 것은 유지로도 알고 있었다.

"제가 본 미래에서는 경계를 하고는 있었지만, 이야기를 나누기도 했습니다. 그러니 바로 퇴치에 나선 것은 아니라고 봅니다."

"흠. 뭐 어쨌든 곤충 마물한테 듣는 독을 만들어둬야겠네요."

여차할 때를 대비해 준비는 해두는 편이 좋으리라고 생각했다.

자신의 예지에서 적대적인 모습은 아니었다고 해도, 몸의 안전을 꾀하는 것은 당연한 일이라며 카트루나도 고개를 끄덕였다.

마을의 위치와 아이의 나이와 특징 등을 묻고, 아이를 데려올 때 필요한 신전의 위임장을 받았다. 거기에는 아이를 데려올 때의 조건 등도 쓰여 있었다.

"이걸 촌장에게 보여주면 그 아이를 데려와도 문제가 없습니다."

"부모나 가족한테는 이야기가 되어 있는 건가요?"

"아뇨, 전혀. 하지만 가족에게 외면당하고 있으니 문제는 없을 겁니다."

그리 말한 카트루나와 피나는 슬픈 표정이 되었다.

세리에의 부모님처럼 자신의 아이가 하프가 된다는 사실

을 미리 아는 것과는 달리, 평범한 부모에게서 태어난 이능의 아이를 외면하는 부모는 적지 않다. 물론 받아들이는 부모도 있으며, 그런 사람들은 신전에서 제의가 왔을 때 아이와 함께 솔비나로 거주지를 옮긴다.

이번의 부모는 사전 조사를 통해 그렇지 않다는 것을 알았다. 일정 기간 세금을 면제해주겠다는 조건을 제시하면 보내주리라는 것을 지금까지의 경험으로 알고 있었다. 카트루나 일행은 돈으로 아이를 포기하는 부모에 대해 생각하는 바가 없는 것은 아니었으나, 그 점을 추궁하고 싶은 사적인 감정보다는 아이의 안전을 우선했기 때문에 부모들을 향한 감정은 덮어두었다.

아이도 이능을 쓰지 않고 있으면 평범한 아이로서 자랄 수 있을 테지만, 태어나면서부터 갖고 있는 것을 가볍게 써서는 안 된다는 의식이 없기 때문에 가족과 친구들에게 보여주다 따돌림을 당하고 마는 것이다.

공감이 되는지 세리에도 어두운 표정이 되었고, 무거워지기 시작한 분위기를 없애기 위해 유지로는 다른 이야기로 화제를 돌렸다.

"그러고 보니, 무리 짓는 영견은 어떻게 됐나요? 나라에서 움직일지도 모른다고 말했었잖아요."

"여러 가지 준비를 한 다음 움직였고, 열흘 정도 전에 일단락이 되었다고 합니다."

경비에게 이야기를 들은 피나가 대답했다.

"호오, 괴멸시켰나요?"

"간부는 체포했고, 구성원의 대부분은 처형된 듯합니다. 하지만 도망친 자도 있는 모양인지, 도망친 간부와 구성원이 몇 곳에 있는 은신처로 숨어들지 않았을까 추측하고 있다고 합니다. 재력과 보유 기술력은 크게 하락했을 테니 예전처럼 움직이기는 힘들 거라고 봅니다."

"폭주할 가능성도 있어."

세리에의 말에 그 가능성에 대해서도 들었다며 피나는 동의했다.

듣고 싶은 이야기를 들은 두 사람은 솔비나를 나왔다. 이번에도 여전히 펜던트는 맡아둔 상태다.

향하는 곳은 솔비나에서 닷새 거리의 산기슭에 있는 와쿠뭄트라는 이름의 마을이다. 임업을 중심으로 한 곳으로, 특산품이라고 할 만한 것은 없다.

산에 지나치게 위험한 마물이 없고, 정기적으로 용병 등을 고용하여 마물을 퇴치하고 있기 때문에 일반인도 들어갈 수 있을 정도다.

이동하는 동안에 솔비나에서 모아둔 재료로 살충제를 완성해서 둘이 세 개씩 지녔다. 시험 삼아 써보려고 야영할 때 뚜껑을 열어두었더니, 그것만으로도 주위에서 벌레 소리가 사라졌다. 뚜껑을 닫고 잠시 기다리자 다시 소리가 들려온 것으로 보아 겁을 먹고 경계하여 숨을 죽이고 있었으리라 짐작할 수 있었다.

"도착했는데, 분위기가 안 좋네. 벌써 문제가 일어난 걸까?"

주위를 살펴보는 유지로를 향해 세리에는 고개를 끄덕여 보였다.

지금까지도 작은 마을에 들른 일은 있었고, 타지인을 환영하지 않는 분위기를 가진 마을도 있었다. 하지만 이것은 그것들과는 또 다른 분위기였다.

"그런 것 같네. 일단 아이가 무사한지 확인하고, 촌장에게 위임장을 보여주자."

마차를 맡긴 두 사람은 마을에 들어가 촌장의 집과 이능을 가진 아이의 집을 물었다. 그때 세리에는 그들이 뭔가 사냥감을 보는 듯한 시선으로 자신들을 보는 것 같은 느낌을 받았다.

촌장의 집이 더 가까웠기 때문에 두 사람은 우선 그쪽에 가기로 했다.

현관을 노크하자 마흔 살이 넘어 보이는 남자가 나왔다. 안색이 좋다고는 말할 수 없었다.

"무슨 일이요?"

"당신이 촌장입니까?"

유지로의 물음에 남자는 고개를 끄덕였다. 유지로는 위임장을 숄더백에서 꺼내 내밀었다.

"점술 신전의 위임장입니다. 이 마을에 이능을 가진 아이가 있다고 들었는데요. 그 아이를 데려가겠습니다."

"그게 용건이오? 이건 아무런 의미도 없소."

촌장은 내용을 다 읽고 위임장을 유지로에게 돌려주었다.

가족에게는 외면당하고 있지만 마을 사람들에게는 사랑받고 있어서 넘겨주기를 거부하는 것인가, 두 사람은 그리생각했다. 하지만 그 예상은 빗나갔다.

"그 아이는 이제 마을에 없소."

"없다고요?"

"그렇소. 며칠 전 산에 나타난 마물의 산제물로 바쳤소."

"그런! 자세히 좀 들려주세요!"

촌장은 침통한 표정을 지으며 이야기를 계속했다.

나무의 상태를 살피러 갔던 마을 사람들은 갑자기 산에나타난 곤충 같은 마물과 마주쳤다. 열 명 정도 있던 마을사람의 절반 이상이 잡혔고, 그들은 마물에게서 전언을 받아 산을 내려왔다.

전언은 산은 자신들의 영역이니, 출입하고 싶다면 산제물을 바치라는 것이었다. 일정수의 산제물을 바친다면 사람을 공격하지는 않을 것이며, 다른 마물도 쫓아내주겠다는조건을 마을 사람들은 받아들일 수밖에 없었다. 마물에게는 필요 없는 광석을 넘겨주겠다는 조건도 있었고, 그 광석이 고가라는 것도 조건을 받아들인 이유 중 하나였다.

산은 자신들의 생명줄이고, 산제물은 약을 써서 자유를빼앗은 여행자를 바치면 된다고 생각했던 것이다.

유지로와 세리에도 산제물 후보였지만, 솔비나에서 보낸

사자가 갑자기 모습을 감추면 의심을 살 터였기에 촌장은
사정을 생략해가며 설명했다.

생략한 내용은 마물의 요구를 받아들인 것과 광석의 양도
였다. 촌장의 이야기는 협박을 받고 어쩔 수 없이 그리 했
다는 것이 되어 있었다. 잡혔던 마을 사람들 중 돌아온 것
은 한 명이라고 꾸며 말했다.

"마물은 어디 있죠?"

"설마 갈 셈이오?"

"아이를 구해야만 하는 사정이 있어서요."

촌장은 당황했다. 아무 말 없이 곧바로 싸움이 벌어진다
면 다행이지만, 조금이라도 말을 나누면 요구를 받아들였
다는 사실을 들킬지도 모른다.

어떻게든 하고 싶지만, 막을 방법은 생각나지 않았다. 촌
장이 필사적으로 생각하는 사이에, 유지로와 세리에는 자리
에서 일어나 집을 나섰다. 이상한 시선을 느꼈던 세리에는
마차를 마을에 두고 가는 건 좋지 않을 것 같다고 제안했고,
두 사람은 마을과 떨어진 기슭에 마차를 두고 주변에 마물
퇴치제를 뿌린 다음 바인의 식량과 능력 상승약을 두고 산으
로 들어갔다.

두 사람이 사라지자 촌장은 마을의 주요 인원을 모아서 대
책을 의논했다.

그러나 좋은 안은 나오지 않았고, 점차로 이능을 가진 아
이인 카르테의 험담만 하게 되었다. 내용은 카르테가 있어서

마물이 나타났다, 카르테 때문에 고민거리가 생겼다, 하는 것부터 관계없는 일상적인 일까지 카르테에게 덮어씌웠다.

　그렇게 그들은 밀려오는 불안을 풀려 애쓰며 쓸데없다고도 할 수 있는 시간을 보냈다.

　산에 들어간 유지로와 세리에는 사람이 오가며 밟아 만든 길을 나아갔다. 점의 내용대로라면 리더 격인 마물이 있는 곳까지 갈 수 있었을 터였기에 명확한 목적지는 정하지 않았다.

　벌레 계열 마물을 죽이면 제대로 이야기를 나눌 수 없을 것 같았기 때문에, 마물 퇴치제를 뿌려 싸움은 피하고 있었다.

　"어디 있는지 전혀 모르겠어."

　"산제물을 둔 장소라도 들어둘 걸 그랬네."

　"이대로 하루 종일 산속을 걸어 다녀야 하나."

　"아무리 그래도 접근하면 기척으로 알 수 있을 거야."

　일단 산꼭대기를 목표로 삼고 다리를 움직였다. 후지산 급의 산은 아니었기 때문에 세 시간 정도면 여유롭게 도착할 수 있다.

　"평범한 하이킹이라면 경치도 즐길 수 있었을 텐데."

　"그러게, 즐길 수 있도록 얼른 문제를 해결하자."

　이쪽저쪽을 보며, 뭔가 힌트라도 있지 않을까 살폈다.

　"아."

"왜 그래?"

"봐, 저기. 멧돼지 같은 걸 안은 풍이 마물이 있어."

유지로가 손가락으로 가리킨 방향에서 멧돼지만 한 풍이(딱정벌레목 꽃무지과의 곤충)가 붕붕 날고 있었다.

"저게 착지하는 지점이 둥지 입구가 아닐까?"

"그렇겠지."

두 사람은 풍이가 내려온 곳을 확인하고 그쪽을 향해 내려갔다. 지면에 약간 급경사 진 구멍이 뚫려 있었고, 구멍은 사람 한 명 정도는 여유롭게 지나갈 수 있을 크기였다. 보초로 보이는 마물도 있었지만, 살충제 뚜껑을 열자 다가올 수 없는지 일정 거리를 두고 움직이지 않았다.

뚜껑을 열어둔 채 두 사람은 구멍으로 들어갔다. 넘어지지 않도록 신중하게 아래로 내려가자, 바닥에 돌이 깔린 곳이 나왔다. 마법의 빛도 돌바닥과 돌벽을 비추었다. 앞쪽에는 모퉁이도 보였다.

"어떻게 된 걸까?"

"명백하게 인위적으로 만든 거네. 유적인 거겠지만. 마물들이 둥지를 틀면서 재이용한 건가?"

"그런 걸까?"

세리에의 말에 동의하듯 유지로는 고개를 끄덕였다.

길도 모른 채 나아가자 앞쪽에 마물이 나타났다. 사마귀의 하반신에 남자의 상반신이 붙어 있다.

살충제 탓에 다가오지는 못하는지, 떨어진 위치에서 손짓을 하고 있었다.

"따라오라는 거야?"

세리에의 말이 닿았는지, 고개를 끄덕이고 발길을 돌렸다.

함정인가 생각했지만, 언제든 살충제를 뿌릴 수 있도록 하며 따라갔다. 몇 번인가 모퉁이를 돌아, 넓게 펼쳐진 공간에 도착했다. 그 도중에 인기척이 몇 있는 방 앞을 지나기도 해서, 두 사람은 산제물들인가 하고 고개를 갸우뚱했다.

"어서 와라, 평원의 민족."

목소리가 들려온 방향에는 하늘소의 등에 여자 상반신이 달린 마물이 있었다. 피부는 투명할 정도로 하얗고, 물결치는 금발은 허리까지 길렀으며, 눈은 푸른 겹눈. 옷은 걸치지 않았고, 균형이 잡힌 몸을 부끄러워하지도 않고 드러내고 있었다. 하반신도 여자였다면, 세계 최고 수준의 미녀라고 해도 좋을 정도였다.

물속에 하반신을 숨기고 있으면 속는 남자들이 개미떼처럼 몰려들 것이다. 그리고 하늘소에게 잡아먹히리라.

"무슨 일로 불렀지?"

무덤덤한 두 사람의 모습에 마물 쪽이 조금 놀란 모습을 보였다.

"음? 놀라지 않는 게냐? 눈을 뜬 후 만난 자들은 모두 놀라더라만."

"놀라기는 했는데, 만날 거라는 걸 점으로 알고 있었거든."

세리에의 말에 마물은 이능자인가 하며 한 번 고개를 끄

덕였다.

"그래서 용건은 뭐지? 먹이가 되라든가 하면 이 살충제를 뿌리겠지만."

"뭐, 기다려라. 그 흉흉한 건 넣어두도록 하고. 뚜껑을 열지 않아도 우리를 죽일 수 있다는 걸 알겠으니. 먹잇감이 되라는 말은 하지 않는다. 너희의 모습은 곤충들에게 들어 알고 있었다. 싸움을 피하려고 한 모양이더라만, 어째서지? 그 이유를 알고 싶어서 부른 것이다."

"점술 결과에서, 서로 이야기를 나눈다고 들었으니까. 그 상황을 없애지 않도록 행동한 건데."

"이야기를 나눴다라. 과연. 너희가 여기에 온 건 어째서지?"

"여기에 이능을 가진 아이가 있다고 들었어. 그 아이를 구해내려고 왔다."

누구인지 바로 알았는지 그 아이인가 하고 중얼거렸다.

"설마 잡아먹은 건가?"

"아니, 그 아이도 먹지는 않는다. 곤충들이 탄원했다. 그 아이는 쓰지 말아달라고."

"곤충들이?"

어째서? 하고 세리에가 물었다.

"그 아이의 이능을 모르는 건가? 곤충을 대상으로 한 텔레파시다. 사람들은 싫어한 모양이지만, 곤충들은 좋아하는 것 같더군."

"여기서 데려가도 괜찮은 건가? 그건 그렇고, 먹지 말아달라는 게 아니라 쓰지 말아달라고?"

무슨 소리냐며 고개를 갸우뚱거렸다.

"우리는 인간을 먹이로 삼지는 않는다. 먹는 것은 주로 식물과 동물의 살이다. 전용 식사도 있지만, 현재는 없는 것 같은지라 그것들로 대용하고 있는 게다. 인간은 동족을 태어나게 하기 위해 사용한다."

산제물이라고 하기에 먹으려는 것이라고 두 사람은 생각했다.

이 마물은 사람에게 알을 낳아 동료를 늘린다. 그때 태어난 유충이 사람을 먹기는 하지만, 그것은 배를 채우기 위한 것이 아니라 유전자를 얻기 위한 것이다.

"쓰지 않을 거라면 데려가도 돼?"

"좋을 대로 해라. 하지만 사람들 사이로 돌아간들, 또 따돌림을 당할 뿐인 것이 아닌가?"

"같은 이능자들이 데려와 달라고 부탁했어. 동료와 함께라면 안심하고 살 수 있지 않을까?"

"그런가."

납득한 마물은 가까이로 날아온 벌에게 카르테를 데려오라고 지시했다.

"뭔가 원만한 느낌으로 이야기가 진행되는데, 산기슭의 사람들과 이야기했을 때 정말로 협박했어?"

세리에의 말에 이번에는 마물이 고개를 갸웃거렸다.

"협박이라고? 어떻게 말이지? 우리로서는 교섭을 했다고 생각한다만."

두 사람은 촌장에게서 들은 이야기를 마물에게 전했다.

"그 이야기에는 빠진 부분이 있구나. 우리에게 산제물을 바치는 대신에 영역에 들어오는 걸 허락하고, 광석도 건네주기로 했다. 산제물은 여행자로 하면 된다고 말했다."

"광석에 관한 부분은 못 들었는데."

"그 시선은, 우리를 산제물로 삼아야겠다고 생각했던 걸까?"

빠졌던 부분과 의도를 알게 된 두 사람은 그 마을은 제대로 된 곳이 아니라는 생각을 가졌다.

그렇다고 해서 그 사실을 누군가에게 알리려는 생각은 하지 않았지만. 카트루나 일행에게 보고의 일환으로 전하고, 다음은 방치다. 영산에 가는 쪽의 우선순위가 더 높다. 마을 일은 카트루나 일행이 문제라고 생각한다면 그 나름의 대응을 하리라.

거기까지 생각했던 유지로는 그 생각을 부정했다.

"문제 해결을 바란다고 했었지? 그렇다면 방치하는 건 안 되겠네."

"방치하고 싶은 마음은 잘 알겠지만."

세리에도 관여하고 싶은 마음은 없었는지 그렇게 동의했다.

"그러면 어떻게 해결할 생각이야?"

"어떻게 할까? 이런 경우 사람을 습격하지 않으면 괜찮은 건가?"

"……저기, 사람을 써서 동료를 늘린다고 했었지?"

세리에의 질문에 마물은 고개를 끄덕였다.

"사용되는 인간에 뭔가 조건이 있어? 여자가 아니면 안 된다든가 착한 사람이 아니면 안 된다든가 하는."

"없다. 사람이면 뭐든 괜찮다."

"그렇다면 사형에 처해질 죄인을 여기에 보내면, 산제물 문제는 해결되겠네. 광석을 건네줄 상대를 신전이나 귀족으로 하면, 죄인 운송 정도는 해줄지도 몰라."

그렇게 되면 마을 사람에게서 불만이 나올지도 모르지만, 그 부분은 여행자를 산제물로 하려 했던 사실을 공표하겠다고 위협하면 괜찮으리라 생각된다. 실제로 여행자를 이미 산제물로 바친 상태라면 위협은 효과가 있을 터다.

"산제물은 이미 몇 명 받은 거지?"

"그래, 마을 사람이 데려왔지."

"그게 마을 사람인지 여행자인지 구별할 수 있나?"

모르겠다고 마물은 고개를 저었다. 마을 사람들의 모습을 보면, 스스로 나서서 산제물이 되겠다는 자기희생은 없으리라고 예측할 수 있었다. 하지만 만약을 위해, 산제물로 바쳐진 자들에게 이야기를 들어보고 여행자라고 확정되면 나중에 이야기를 해달라고 부탁하기로 했다.

"그러고 보니, 먹이에 관해 이야기할 때 현재는 없다는 말을 했었는데, 그 말투로 보면 예전에는 있었다는 거지? 갑자기 나타났다는 것도 함께 생각해보면, 봉인이라도 당했었던 건가?"

그렇게 단정 짓기에는 판단 근거가 적었기 때문에 틀렸을지도 모르겠다고 생각하면서도 유지로는 물어보았다.

마물은 또 고개를 저었다. 그것을 보고 다른 곳에서 이동해 와서 갑자기 나타난 것으로 보였던 것인가 하고 유지로와 세리에는 생각했다. 하지만 그것도 아니었다.

"우리는 제작되어 움직이기 전에, 어떤 이유로 그대로 보관되어 있었다. 아마도 파괴지진이 원인이었을 것이다. 움직일 수 있는 자가 없어졌고, 지금껏 보존액 안에 방치되어 있었다고 해야겠지."

"마물을 만들었다는 뜻으로 받아들여도 돼?"

"그렇다. 정확하게는 마물이 아니라 인공 마수 벅스 노이드라고 한다. 제작했던 것은 숲의 민족의 연구자다."

"……상상 이상으로 이전 문명은 발전해 있었구나."

생물학 분야에서는 확실히 지구 문명보다도 발전해 있었다고, 유지로는 이 판타지 세계에 감탄했다.

"전 문명은 산의 민족이 주류였다고 들은 적이 있어. 그러니 아마도 전전 문명이 아닐까?"

"천년 이상 전인가. 그런 문명도 멸망시킨 파괴지진이란 건 얼마나 대단한 거야."

"글쎄, 나도 경험해본 적 없으니까."

셋 모두 대단하다는 정보밖에 갖고 있지 않았다.

언어로 표현하면 대단하다는 한마디로 끝이지만, 경험한 자들에게는 그런 정도가 아니었다. 네 종족의 인구수가 절반 이하로 줄었고 지형도 크게 변했다. 어제까지 있던 산과 계곡이 사라지고, 새로운 절벽과 섬이 생겨났다. 대륙 하나가 가라앉은 일도 있다.

지진에 관해서 생각하고 있자니, 개미형 벅스 노이드의 등에 탄 카르테가 나타났다. 연둣빛 셔츠에 진으로 된 오버올을 입었고, 잿빛 머리카락을 가진 남자아이였다.

유지로와 세리에는 자기소개를 하고, 신전으로 함께 가자고 말했다.

"가고 싶지 않아."

열 살 정도의 소년으로 보이는 벅스 노이드 등에 카르테는 매달렸다.

"어째서?"

가능한 한 상냥하게 묻는 유지로에게 아이는 여기가 좋아서라고 대답했다. 자신을 좋아해주는 존재가 있는 장소를 떠나고 싶지 않은 것이다. 겉모습이 사람과 다르다는 것은 신경 쓰지 않는다. 사람들에게 따돌림당하고, 곤충에게 호의를 받았으니 당연한 일일지도 모른다.

"곤란한데."

"여기 있고 싶다면 있게 해줘도 되지 않을까? 다만, 그 사실을 전하러 신전에 한 번 다녀오게 하면 될 것 같은데."

억지로 데려가는 것은, 실제로 그런 일을 경험한 세리에로서는 할 수 없었다.

"여기서 산다는 것에 나도 이론은 없지만 말이지. 그쪽 사정은 어떻지?"

"인간 아이 하나쯤은 문제없다."

"음식 같은 건 어떻게 하고 있지? 편식을 시키면 병에 걸릴지도 모르는데."

"지금은 나무 열매와 과일과 꿀을 주고 있다."

"거기에 채소와 고기도 추가해줬으면 해. 그리고 생으로는 먹을 수 없으니까, 요리하지 않으면 안 돼."

"요리는 할 수 있다. 도구가 없어서 하지 못하는 것뿐."

할 수 없을 거라고 생각했는데, 리더는 간단한 일이라고 단박에 대답했다.

"할 수 있어?"

"우리는 그런 일을 할 수 있도록 지식을 부여받았다."

"뭘 목적으로 만들어낸 걸까? 잡무 담당이라든가?"

"우리는 이곳의 경비를 위해 만들어졌다. 요리 기능은 추가적으로 받은 것에 지나지 않는다."

이곳을 사용하던 자들이 죽은 지금, 지켜야 할 의미가 있는지는 모른다. 하지만 그것을 목적으로 부여받았기 때문에 그녀들은 이곳을 지키고 있는 것이리라.

수를 늘려 세계 정복을 꾀하는 것은 아닌지 유지로가 물었다. 그 질문에 다른 장소에 묻혀 있는 시설에는 흥미가 있지만, 새로운 국가를 일으키는 일에는 관심이 없다는 대답이 돌아왔다.

관심을 갖지 않도록 조정되어 있기 때문에, 예상치 못한 변이가 발생하지 않는 한은 괜찮을 것이다.

"지금까지의 이야기를 정리해볼까?"

"그래."

세리에의 제안에 고개를 끄덕였다.

"카르테는 신전에 한 번 데려간다. 그것은 허가를 받았다. 벅스 노이드의 목적은 경비. 인간을 공격하지 않으면 모험가들과 적대할 일은 없다. 광석 같은 귀중품을 대가로 죄인을 받는다는 교섭. 산기슭 마을 사람들이 폭주하지 않도록 못을 박아둔다."

이 정도면 된 건가? 하고 종이에 적으며 말했다.

"이 시설을 연구자들에게 개방한다는 조건을 제시하면 인상이 좋아질지도 몰라. 그 점은 어때? 들여보내고 싶지 않은가?"

"매일 많은 인간들이 찾아오는 건 곤란하지만, 적은 인원이 잠시 체재하는 정도라면 상관없다. 시설을 망가뜨리면 난처하겠지만."

"죄인을 데려올 때, 시설을 개방하는 것으로 하면 되겠네."

그런 방향으로 진행해보자고 이야기가 되었다. 정한 것이 달성되거나 결렬될 때까지 일단 사람을 공격하는 건 멈추기로 약속한 다음, 두 사람은 카르테를 데리고 산을 내려갔다. 이야기를 나눈 결과로는 새로운 종족으로서 인정받을 가능성도 있다.

바인을 데리고 마을 근처까지 간 유지로는 혼자 마차에서 내려 촌장의 집으로 갔다. 촌장 일행이 바보 같은 짓을 할 때를 대비해 마비 독도 만들어두었다.

현관을 열고 촌장을 불렀다. 상처 하나 없는 유지로의 모습에 촌장은 안 좋은 예감만 들었다.

"여러 가지로 이야기하고 왔어. 그 과정에서 정한 걸 이야기하지. 광석의 거래는 없음. 마물과 적대하지 않는다면 산에 들어와도 문제없음. 여행자를 산제물로 바친 것을 들키고 싶지 않다면 이쪽 의견에 따르라는 거다."

"여행자는 어차피 잡아먹혀서 없어졌을 터. 증인이 없는 상태에서는, 산제물 건은 들킬 리 없다고 보오만."

난처해진 모습으로 대꾸했다.

"그런데 아직 무사한 여행자가 있단 말이지. 교섭을 해서 아직 무사히 살아 있어. 그 사람에게 증언해달라고 하면 바로 들킬 테지. 발버둥 치지 마. 전처럼 그대로 살겠다면 묻어두도록 할 테니까."

"……알았소."

잠시 무언가를 고민하더니 고개를 끄덕였다.

그 모습이 의심스러워, 유지로는 만약을 위해 조금 더 쐐기를 박아두기로 했다.

"산의 마물은 곤충 계통이라는 걸 알고 있겠지?"

"그렇소. 내 눈으로 봤으니까."

"그들은 평범한 곤충과도 의사소통을 할 수 있는 모양이라서 말이지. 당신들이 이상한 짓을 하면 바로 움직이도록 곤충들에게 감시를 부탁해뒀어. 봐, 거기 있는 벌레도 감시역이야."

유지로가 손끝으로 가리킨 곳에는 나방이 있었다.

"벌레는 작은 것들도 있으니까, 감시는 어디에든 숨어들 수 있어. 결과가 나올 때까지 감시를 받는다고 생각해둬."

"이상한 행동을 보이면 어떻게 되는 거요?"

"산에 들어갈 수 없게 되는 정도에서 끝나면 운이 좋은 거라고 생각하는 편이 좋아."

"습격을 할 수도 있다는 뜻이오?"

"있을 수도 있지."

얌전히 있으라고 조언 같은 말을 남기고 유지로는 자리에서 일어났다.

"그러고 보니, 카르테는 어떻게 됐소?"

"살아 있어. 이능 덕분인지 마물들이 좋아하더군."

"거기서 데리고 나와 신전으로 보내는 것이오?"

자세한 것은 이야기하지 않는 편이 좋으리라 판단하고 유지로는 고개를 끄덕였다.

"그렇다면 그 위임장의 조건은 유효한 게요?"

"아니, 무효지. 당신들은 그 아이를 버렸어. 지금 그 아이의 보호자는 마물들이야. 마물에게 위임장의 조건이 적용되는 일은 있어도, 아이를 버린 당신들에게 적용되는 일은 없을 거야. 그런고로, 산에서 그 아이를 발견하고 상처를 입히기라도 하면 마물만이 아니라 벌레들에게도 보복을 당할 가능성도 있어."

더는 할 이야기가 없다며 유지로는 마차로 돌아갔다.

남겨진 촌장은 이 일을 마을 사람들에게 이야기하고, 섣부른 행동을 하지 말라고 말해두었다. 이야기를 들은 마을 사람들은 한동안 벌레들에게 겁을 먹은 듯 조용히 살게 되었다.

솔비나로 가는 여행길 동안 카르테는 얌전히 있었다. 시끄럽게 굴면 야단을 맞으리라 생각했기 때문이다. 두 사람은 놀이 상대가 되어주어야겠다고 생각했지만, 경치를 보거나 다가온 벌레와 놀거나 하면서 혼자 지내는 모습을 보고 지나친 접촉은 하지 않기로 했다. 하지만 바인은 흥미진진해하며 다가갔고, 카르테는 흠칫거리면서도 접근해 온 바인을 만지거나 하며 거절하는 모습은 보이지 않았다. 그래서 두 사람은 그대로 바인에게 심심할 때 놀아주는 역할을 맡겼다.

그렇게 지내는 동안, 카르테도 두 사람이 자신에게 해를 끼치지 않는다는 것을 이해했고, 특별한 문제없이 솔비나에 도착한 유지로 일행은 곧바로 신전으로 들어갔다.

"이 아이가 마을에 있던 이능자인가요?"

마중을 나온 피나가 카르테와 시선을 맞추려고 몸을 굽혔다.

"이름은 뭐라고 하니? 누나는 피나라고 해."

"카르테."

"그렇구나. 카르테라고 하는구나. 앞으로 잘 부탁해."

미소를 지으며 카르테의 머리를 쓰다듬었다.

"그게 말이죠, 좀 사정이 있어서 원래 있던 곳으로 돌아가고 싶다는 게 카르테의 바람이에요."

"네? 하지만 따돌림을 당하지 않았나요?"

피나는 그렇게까지 고향을 좋아하는 것인가 생각했다.

"사정은 카트루나 씨까지 왔을 때 함께 얘기할게요. 마물에 관한 것도 이야기해야 하니까."

"그렇군요. 그럼 안으로 들어오세요."

초소에서 할 이야기도 아니라며 피나는 세 사람을 이끌고 신전 안을 나아갔다.

신전에 들어가자 적의가 밀려들었고, 카르테는 몸을 움츠렸다. 그러자 적의가 사라졌다.

"카르테가 있으니까, 그 아이들도 오늘은 자중하는 것 같네요."

"그건 다행이네. 가끔은 차분하게 보내고 싶으니까."

"잘 타일러서 손은 대지 않게 되었지만, 마음을 억누르는 건 무리인 모양입니다."

죄송해하며 피나는 고개를 숙였다. 그 모습을 보며 어린애가 하는 짓이니 특별히 해가 될 일을 하지 않는다면 신경 쓰지 않는다고 대답했다.

세 사람이 응접실에 들어간 후, 피나는 오늘은 괜찮겠지 생각하며 한 번 방을 나갔다. 그리고 차와 과자를 들고 돌아왔다.

과자를 먹어도 되는지 카르테는 세 어른의 눈치를 살폈고, 고개를 끄덕여주자 블루베리잼을 얹은 쿠키를 향해 손을 뻗었다.

유지로와 세리에도 함께 차와 과자를 먹었고, 15분 정도가 지났을 때 카트루나가 나타났다.

"안녕하십니까. 의뢰를 무사히 완수해주신 것 같군요. 감사드립니다."

"인사는 아직 이른데요? 해결을 위한 이야기를 가져왔을 뿐이니까."

"그렇습니까?"

카트루나는 카르테의 모습을 보고 해결되었다고 생각했던 것이다.

그런 카트루나와 피나에게 벅스 노이드와의 만남을 이야기해주었다. 미래시로 본 것만으로는 알 수 없었던 사실에 두 사람은 놀란 표정을 지었다.

"유적이 있고 그곳을 지키고 있으며, 산제물로서 죄인을 보낸다. 그 대가는 광석과 연구인가요. 카르테는 그들과 함께 있고 싶어 한다. 이 부분은 반대하지 않습니다. 하지만 교섭 쪽은 제가 판단을 내릴 수 없습니다. 피나, 로코 씨를 불러줄래?"

"알았어."

고개를 끄덕이고 방을 나간 피나는 10분 정도 후에 30대 남자를 데리고 돌아왔다. 안경을 쓴, 운동을 잘할 것 같지는 않은 흑발의 남자였다.

"이쪽은 폐하에게 신전 감시 임무를 받아 파견된 로코 씨입니다. 조금 전 이야기는 제 재량을 넘어선 일이라 모셔왔습니다. 죄송하지만, 벅스 노이드에 관해 다시 한 번 이야기해주시겠습니까?"

소개를 받고 고개를 숙인 로코에게 유지로는 다시 한 번 이야기를 처음부터 들려주었다.

그런 마물 같은 존재가 있었다는 것에 로코도 놀랐지만 바로 침착해졌다.

"그렇군요…… 한번 만나서 이야기를 하고 싶습니다. 제 눈으로 사람 됨됨이를 판단하고 싶군요."

그리 말한 후, 마물에게 사람 됨됨이라고 해도 되나 싶어 내심 의문을 품었다.

"카르테를 바래다주기 위해서도 다시 가야하니까, 함께 가실래요?"

"부탁드립니다. 그런데 병사를 몇 명 데려갈까 합니다만, 상대에게 불신감을 줄 우려가 있을까요?"

유지로는 대답하지 못하고 세리에를 보았다. 세리에도 명확한 대답은 갖고 있지 않았다.

"갑자기 공격을 하거나 하는 짓을 저지르지만 않으면, 괜찮을 거라고 봐요. 그 사람들은 겉보기엔 마물 같지만, 성격은 부드러운 것 같으니까."

유지로가 아무렇지 않게 한 그 말에 카트루나 일행은 놀랐다. 마물을 사람이라고 말한 것이다. 그렇게까지 믿을 수 있는 마물인가 싶었다. 유지로로서는 사람이라고 말한 데 큰 의미는 없었고, 겉보기에 사람 같은 부분이 있었고 대화할 수 있었기에 사람이라고 말한 것이었다. 함께 대화를 나누었던 세리에는 사람이라고까지는 생각하지 않았다. 이 차이는 평화로웠던 일본 출신과 이 세계 출신이라는 점에서 온 것이리라.

"병사에게 확실하게 말해둘 필요가 있어 보이는군요."

주의 사항으로서 로코는 수첩에 그 내용을 메모해두었다.

출발은 내일로 정해졌고, 로코는 준비를 위해 방을 나갔다.

"우리는 숙소로 돌아가면 되겠지만, 카르테는 어쩌지? 여기 맡길까? 아니면 우리와 함께?"

"저희가 맡겠습니다. 그쪽에서 산다고 해도, 일용품은 필요하겠죠. 물려주는 물건이기는 하지만, 그런 것들을 준비해주고 싶습니다. 그리고 여기 아이들과도 한 번 정도는 만나게 하려고 합니다."

카르테에게 그래도 되겠는지 묻자 당황하면서도 고개를 끄덕였다.

내일 아침에 피나와 카르테가 유지로와 세리에가 묵는 숙소로 오기로 하고, 두 사람은 신전을 나왔다. 숙소는 전에도 묵었던 외뿔 사슴이다.

다음 날 아침 아홉 시에 짐 보따리를 든 피나와 카르테가 찾아왔다.

"문에서 병사들이 기다리고 있다고 합니다. 그리고 이건 카르테의 짐이고요. 카르테에게는 무거우니 가져가 주세요."

"알았어요. 그럼 다녀오면 영봉에 관해 물으러 갈게요."

"네, 기다리겠습니다."

피나의 배웅을 받으며 세 사람은 로코 일행이 기다리는 문을 향해 걸어갔다.

바인을 데리고, 로코를 만나러 갔다. 마차 두 대가 있었고, 그 마차를 끄는 것은 바인과 같은 래그스머그였다.

인사를 나누고 바로 출발했고, 유지로와 세리에의 마차를 사이에 두고 일행은 와쿠뭄트로 향했다.

마을에 도착했을 때, 마을 사람들은 자신들을 잡으러 온 것인가 하고 소란스러워졌지만, 병사들이 그런 기색을 보이지 않는 것을 보고 안심했다.

유지로 일행 옆에 있는 카르테를 보는 시선은 험악했지만, 시비를 걸어오지는 않은 채 노려보기만 했다.

병사들은 어째서 그런 눈으로 어린아이를 바라보는지 고개를 갸우뚱했지만, 로코가 이능을 가졌기 때문이라고 간단하게 설명하자 일단 납득했다.

거기서부터는 유지로 일행의 안내를 받아 산을 올랐다.

곤충 마물들은 많은 사람 수에 경계를 하며 주위를 날아다녔지만, 특별히 다가오거나 하는 일은 없었다. 병사들도 로코에게 충고를 받았기에 손을 대거나 하지 않고 경계를 하는 데 그쳤다.

그렇게 적극적인 전투 의사가 없었다는 점이 대화에 좋은 영향을 미쳤고, 교섭이 결렬되거나 하는 일은 없었다.

"이 자리에서 이야기할 수 있는 건 이 정도군요. 다음은 폐하와 고관들과 의논하여 마무리해 오겠습니다. 하지만 그쪽이 바라는 것이 크지 않아 아마도 여기서 이야기한 것이 그대로 통과되리라고 봅니다."

"그런가. 우리는 여기를 지킬 수만 있다면 그걸로 족하다. 적대할 일이 없도록 부탁한다."

"네. 저도 적대하는 것보다는 우호 관계를 맺는 쪽이 득이라고 생각하니, 노력하겠습니다."

로코가 손을 뻗었고, 악수라고 눈치챈 벅스 노이드의 리더도 손을 내밀었다.

일단 이야기가 마무리되고, 로코가 세간의 이야기를 하는 느낌으로 궁금했던 것을 물었다.

"당신들은 잠들어 있었다고 했습니다만, 어째서 갑자기 눈을 뜬 것입니까?"

유지로와 세리에도 관심이 가는 화제에 귀를 기울였다.

"정기적으로 깨어나거나 했던 겁니까?"

"아니, 그렇지 않다. 우리를 눈뜨게 한 자가 있었다. 동포를 늘리기 위해 사용했다만."

"그들에게는 재난이었겠군요. 발굴되지 않은 유적을 발견했지만 죽고 말았다고 생각하면 조금 동정이 갑니다. 그 사람들의 짐과 옷은 가지고 계십니까?"

어디의 누구인지 알 수 있는 힌트 정도는 될지도 모른다고 생각해 유류품이 있는지 물었다.

"있다. 가져오게 하지."

몇 분이 지나고 사마귀 마물이 찢어지고 피에 더럽혀진 옷과 짐을 가져왔다.

그중에는 검은 송곳니 펜던트도 있었다. 로코도 그 물건을 본 적이 있는지, 살짝 눈을 크게 떴다.

"이건, 무리 짓는 영견이었군요."

큰 타격을 받은 그들은 조직 재건을 위해 예전에 손에 넣었던 오래된 지도를 바탕으로 유적 발굴을 실시했던 것이다. 훌륭하게 유적을 발견한 그들은 탐색을 개시했고, 그 탐색 때 벅스 노이드를 깨우고 말았다. 그 결과, 귀중한 살아남은 자들을 잃게 되었다.

참고로 벅스 노이드를 실수로 깨우고 혼자서 도망쳐버린 인간은 펜제라고 했다.

"조금 전엔 동정한다고 말했지만, 그 말은 취소해야겠군요. 이곳이 그들의 것이 되지 않아 다행입니다."

잡담은 계속되었고, 벅스 노이드에게 설명을 받으며 간단한 조사를 할 수 있게 되었다. 로코 일행은 한동안 여기에 체재하기로 했다. 거기에 어울려줄 필요가 없는 유지로와 세리에는 먼저 돌아가기로 했다. 그렇다면 돌아가서 보고서를 전달해주지 않겠느냐고 로코가 부탁했고, 그러겠다고 대답한 두 사람은 전해 받은 보고서를 들고 와쿠뭄트를 떠났다.

남겨진 병사들에게 조리 도구를 받은 벅스 노이드들은 카르테를 위해 요리를 만들었다. 현재의 것과는 다른 오랜 옛날 메뉴들뿐이었지만 꽤 맛있었고, 카르테만이 아니라 시식해본 병사들에게서도 호평을 받았다. 마물 같은 겉모습만 신경 쓰지 않는다면, 요리사로도 살아갈 수 있을 것 같다고 로코는 생각했다.

21 전사 탄생, 그 이름은

시기는 노란 달로, 눈은 녹아 완전히 만물이 생동하는 봄
이 되었다. 따뜻한 바람에 야생화가 흔들렸고, 새의 노랫소
리가 어딘가에서 들려왔다.

그런 풍경을, 유지로는 마부 역할을 하며 감개무량하게
바라보았다.

"1년이구나."

이쪽 세계에 온 지 1년이 된 것이다. 농밀한 1년인지라 무
척 길게 느껴졌다.

중얼거리듯 나온 목소리는 봄 날씨에 이끌린 듯 깜빡깜빡
졸고 있던 세리에의 귀에는 닿지 않았다. 그 모습에서는, 처
음 만났을 무렵의 긴장감은 느껴지지 않았다.

뒤를 돌아보며 그 부드러운 표정을 만끽한 유지로는 저
멀리 보이는 솔비나로 시선을 돌리고 미소를 지었다.

지난 1년, 약간의 후회는 있지만 대부분은 즐거운 기억이
되었다. 앞으로도 세리에와 함께 즐겁게 지낼 수 있기를 바
랐다.

이 세상에 운명과 신이 있다면, 그 운명과 신은 행복한 유
지로를 질투했음이 틀림없다. 앞으로의 시간에 지난 1년을
크게 웃도는 파란이 기다리고 있다는 사실을 유지로는 예상
조차 하지 못했다.

솔비나에 도착한 두 사람은 신전으로 향해 피나를 불러 냈다.

그리고 늘 안내받았던 응접실로 들어가 카트루나가 오는 것을 기다리며 피나와 잡담을 즐겼다. 그 흐름에는 이미 익숙해져 있었다.

"오래 기다리셨습니다."

응접실로 들어온 카트루나는 서류와 작은 상자를 들고 있었다.

서로 인사를 나누고, 유지로는 맡아두었던 보고서를 테이블에 내려놓았다.

"이건 로코 씨에게 받은 보고서예요. 두 사람에게 보여준 다음, 문관에게 전달해달라고 부탁받았어요."

"감사합니다."

인사를 하고 카트루나와 피나는 손에 든 보고서를 읽어보았다.

보고서를 다 읽은 카트루나는 시선을 유지로와 세리에 쪽으로 돌렸다.

"의뢰를 수행하느라 고생 많으셨습니다. 이쪽이 보수인, 영봉 루트마트필리아의 정보와 정상에 들어가기 위한 열쇠 겸 공물입니다."

서류를 세리에에게 건네고, 유지로는 작은 상자를 보았다. 엷은 붉은색의 투명한 구슬이 두 개 들어 있었다. 크기는 2센티미터 정도. 겉보기에는 유리구슬 같았다.

"보석인가요?"

"네. 하지만 보석으로서의 가치는 그리 높지 않습니다. 거기에는 어떤 마술이 걸려 있습니다. 그게 없으면 영봉에는 들어갈 수 없습니다."

가지지 않은 자가 제단에 들어가려고 해도, 일정 범위에 이르면 보이지 않는 벽에 막히고 만다.

이 구슬은 때때로 유적에서 나오는데, 가치를 모르는 자가 상인에게 파는 일도 있어서 고물상이나 보석점을 살피다 보면 발견할 수 있기도 하다. 이것의 가치를 아는 자가 재현하려고 노력한 덕분에 현재는 제작법도 판명되어 있어, 비싼 구슬이라고는 말할 수 없다.

"이걸 찾아야 하는 수고를 덜게 돼서 다행이네. 이제 남은 건 거기에 가는 것뿐이야."

"그렇게 간단히 풀리지는 않는 모양이야."

서류에서 눈을 뗀 세리에가 입을 열었다. 가는 것 자체는 간단하다. 길이 있고, 받은 구슬을 가지고 그 길을 따라가면 제단에 도착한다.

"무관리지대라서 마물이 많은가?"

"그것도 있지만, 여기엔 이렇게 쓰여 있어. 영봉을 두고 산의 민족과 숲의 민족이 대립하고 있다. 제단에 도착하려면 그 두 종족이 서로를 노려보고 있는 그 사이를 돌파해야만 한다."

"……귀찮네."

마음속에 생겨난 감정을 쓴웃음과 함께 중얼거렸다.

어째서 그 두 종족이 다투고 있는 것인가 하면, 영봉이 현재 위치한 장소에 문제가 있기 때문이다.

영봉은 산이지만, 그것은 과거의 일이다. 파괴지진으로도 영봉 그 자체는 손상되지 않았지만, 주위는 그렇지 못했다. 주변의 변화에 따라 지반이 내려가고 영봉은 묻혀서, 완만한 언덕에 생긴 균열 안쪽에 제단이 위치하게 되었다. 그 언덕 주변을 숲이 감싸고 있다.

두 종족은 각기 삼림지에 있으니 이곳은 숲의 민족의 땅이라는 주장과, 원래 산이었으니 산의 민족의 땅이라는 주장을 펼치고 있는 것이다.

평원의 민족이 이 산의 현재 위치를 파악하지 못한 것은 산이라는 기록을 바탕으로 찾고 있기 때문이었다. 그래서 카트루나 같은 이능자의 능력을 빌리지 않으면 찾는 것은 불가능하다.

"그런 장소에 있으면 무사히 제단에 도착할 수 있을지 알 수 없습니다. 불완전한 정보를 전달한 것에 대한 사죄가 그 구슬입니다."

영봉의 정보를 대가로 의뢰를 한 것인데, 완전한 정보를 제공할 수 없다는 사실을 처음부터 알고 있었으면서 이용하는 형태가 되어버린 데 대한 사죄였다.

"이 사죄는 감사한데요. 영봉이 분명히 있다는 걸 알고, 장소도 안다. 그것만으로도 충분했으니까요. 무슨 일이 있든 그곳에 간다는 데 변함은 없어요. 오히려 대립하고 있다는 걸 미리 알게 되어 정말 다행이에요. 양쪽을 혼란하게 만들어 그 틈에 돌파한다는 대책도 세울 수 있을지 모르고요."

지금 유지로의 머릿속에는 도적에게 사용했던 마비 독이 들어간 가루를 뿌리는 방법과 환혹의 독을 뿌리는 방법과 마차를 강화하여 돌파하는 세 개의 수단이 떠오른 상태다.

제단 근처까지 가고 나면, 그곳을 성지라고 생각하는 두 종족은 간단히는 발을 들이지 못한다. 세리에를 선행시키고, 유지로가 그들을 붙잡아둔다는 방법을 쓸 수 있을 것이다.

"그렇게 말씀해주시니 마음이 편해집니다."

표정을 푼 카트루나는 작게 웃음 지었다.

그것으로 용건을 마친 두 사람은 신전을 나왔다. 펜던트를 돌려주려고 하자 또 올 일이 생길지도 모른다며, 카트루나와 피나는 펜던트를 그대로 갖고 있으라고 했고 돌려받기를 거부했다. 또 예언인가 싶었지만, 유지로의 약사로서의 실력을 놓치기 아깝다는 이유였다. 펜던트를 가졌다고 해서 신전에 편입되는 것도 아니기에, 그대로 가지고 있기로 하고 유지로는 펜던트를 주머니에 넣었다.

신전을 나선 두 사람은 그대로 약의 재료를 모으고 식량을 보충하고, 또 마차를 꼼꼼하게 점검하는 데 사흘을 쓰고 솔비나를 출발했다.

서쪽 국경까지는 바인에게 힘의 능력 상승약을 먹여 페이스를 올렸고, 그렇게 12일이 지났다. 국경 마을에서 휴식하고 다시 출발할 때는 페이스를 원래대로 되돌렸다. 영봉이 있는 언덕까지는 열흘 정도 남았다. 라이트루티와 헤프시밍 사이에 있는 무관리지대와는 또 다른 마물이 나타나서 두 사람은 그것들과 싸우며 경험을 쌓아갔다.

전신이 털에 뒤덮인 늑대인간의 속도에 이쪽도 속도의 능력 상승약으로 대응했다. 육상을 이동하는 대형 가재는, 그동안은 방어력이 높은 상대는 어렵다고 말했던 세리에가 힘의 능력 상승약을 복용하고 사두었던 금속제 플레일을 휘둘러 쓰러뜨렸다. 가장 큰 거물이었던 하위 용에 속하며 날개가 없고 굵은 두 다리를 가진 팻돈은, 역시 그 굵은 다리로 이쪽을 밟으려 들었다. 아스모라이보다는 낫다고 여기며 두 사람과 한 마리는 팻돈을 상대했고, 독약과 회복약을 소비해가며 협력하여 쓰러뜨렸다. 싸울 필요는 없었지만, 상대의 다리가 느리기도 하니, 시험 삼아 싸워보고 불리해지면 도망치면 된다고 생각하여 도전해보았던 것이다.

하위라고는 하지만 용을 쓰러뜨리면 어엿한 한 사람의 모험가라고 말할 수 있다. 이빨이나 뿔을 소개소에 제시하면, 나름 어려운 의뢰도 받을 수 있게 된다.

그러한 목적 이외에도 약의 재료가 되기 때문에 유지로는 희희낙락하며 전신의 부위를 채취했다. 가죽은 약을 만드는 데 쓰지 않지만, 방어구의 재료가 되므로 겸사겸사 회수해두었다. 후에 이것은 세리에의 부츠와 망토로 가공된다. 유지로가 입고 있는 코트와 부츠보다는 질이 낮으므로 유지로에게는 필요 없었다.

그런 싸움을 지나 자신감을 가진 두 사람의 시야 끝에 언덕을 둘러싼 숲이 보였다. 오른쪽으로는 길 같은 것이 있었다. 두 사람은 높은 위치에 있었기 때문에 숲의 대부분을 볼 수 있었는데, 넓이는 야구장 서른 개 정도였고 중심부에는 나무가 없어 균열의 위치를 알 수 있었다. 물론 그곳에 있는 자들까지는 파악할 수 없었지만.

"입구를 향해서 고!"

유지로가 마부석에 앉고, 일단 주변을 경계하면서 입구로 향했다. 그대로 들어가면 횡재라고 생각하며.

숲에 다가갈수록 적의가 날아들었다. 기척을 살피는 데 둔한 유지로도 알 정도로 분명한 적의였다.

"이건 안 되겠네."

"아마도."

적의를 무시하고 숲으로 조금 들어갔을 때, 숲의 민족이 나타났다. 세리에를 보고 멸시하는 빛을 띤 시선을 보냈다. 요 며칠 유지로와 바인 하고만 있었기 때문에 귀를 변화시키지 않았던 것이다.

"이 앞은 우리의 영지다! 여기를 지나가는 건 허락하지 않겠다! 그대로 물러나겠다면 손을 대지는 않을 테니 돌아가라. 이곳이 성지가 아니었다면 혼혈 따위 괴롭게 죽여버렸을 것을! 우리의 자비에 감사하거라!"

세리에를 경멸한 말에 유지로는 발끈했지만, 세리에가 어깨에 손을 얹어 제지했기에 감정을 억눌렀다.

"제단에서 용건을 끝내면 바로 돌아갈 건데, 그래도 안 됩니까?"

"안 된다!"

교섭의 여지가 없다고 판단하고 왔던 길을 되돌아 적의가 사라지는 곳까지 이동했다.

"역시 약으로 공략해야 하려나. 숲의 민족이나 산의 민족은 암시 능력을 갖고 있지 않지?"

유지로는 실수한 척하고 일부러 대미지 독을 뿌려버릴까 하는 생각을 하며 그렇게 물었다.

"그런 마법이 없다고는 단언할 수 없어."

"없기를 바라야겠네."

밤을 기다리며 구덩이를 파고, 그곳에 물을 모아 발생시킨 안개를 바람의 마법으로 숲 쪽으로 흘러가게 한다. 기본적으로는 이 방법을 쓸 예정이다. 다만 비가 오거나 바람이 역풍으로 불어올 경우에는 다음 날까지 기다리게 된다.

더욱 숲에서 떨어져 약의 재료를 모으거나, 잠을 자며 밤을 대비했다. 이 주변은 숲의 민족과 산의 민족이 마물을 멀리 쫓아냈는지, 강해 보이는 마물이 없었다.

그렇게 밤이 찾아왔다. 바람은 없었고, 하늘에는 구름이 많아 달빛을 가로막고 있었다.

"다시 출발~."

작은 목소리로 말한 유지로는 천천히 마차를 움직였다. 높은 곳으로 올라 숲을 살펴보니, 숲의 여기저기에 마법의 불빛이 흐릿하게 보였다.

"불빛이 있다는 건 암시는 없다고 봐도 되려나?"

세리에를 보며 묻자 고개를 끄덕여 답해주었다.

그대로 조용히 이동하여 낮에 적의를 느꼈던 근처에서 마차를 멈추고 힘의 능력 상승약을 마신 다음 구덩이를 파기 시작했다.

구름이 끊어져 달빛이 비칠 때마다 긴장에 몸이 굳어졌지만, 숲에서 아무런 기척도 느껴지지 않았기에 안도의 한숨을 내쉬었다.

가로로 긴 구덩이를 파고 물을 모았다. 찰랑찰랑한 물이 달빛을 받아 반사했다. 거기에 마비 독을 넣고 안개 발생 약을 풀었다. 바로 뭉게뭉게 안개가 피어오르기 시작했고, 유지로가 바람의 마법으로 그 안개를 숲을 향해 보냈다. 세리에는 줄어든 물을 보충했다.

안개 발생을 의심스럽게 여기고 두 종족이 움직임을 보일까 했지만 반응은 없었다. 조용한 상황에 오히려 고개를 갸우뚱했다.

이것은 긴 대립을 통해 충돌은 날이 밝을 때만 한다고 정해두었기 때문이다. 주변의 마물은 이미 퇴치해두기도 해서, 밤은 일단 보초를 세워둘 뿐이고 대부분의 사람들은 잠들어 버린다. 그 보초도 기합은 들어가 있지 않아서, 그곳에 안개가 나타나도 별일 다 있다고 생각하고 흘려 넘겼다. 그리고 몸이 저려 오기 시작했을 무렵에는 이변을 알리는 것도 불가능해졌다.

높은 위치로 돌아온 두 사람은 안개가 C 자 형태로 숲을 감싼 것을 보고 전력이 사라졌으리라 판단을 내렸다. 그리고 그대로 그곳을 지나가기로 했다. 길 역시 안개에 휩싸여 있으므로 몸을 숨기며 나아가는 데는 지금이 적기라고 본 것이다.

바인에게 힘의 능력 상승약과 마비 독 내성 약을 먹이고 길의 연장선상까지 이동한 다음, 그 이후로는 전속력으로 달렸다.

점심에 저지당했던 위치에는 아무도 없었기에 그대로 돌파할 수 있었다.

완만한 언덕길을 올라 더욱 나아갔을 무렵, 유지로 일행은 전방에서 강한 기척을 느꼈다. 안개 때문에 보이지 않지만, 저 너머에 분명히 몇 명의 강자가 있었다. 그중에 한 사람은 투아와 동등하거나 그 이상일 정도였다.

그들은 마비를 푸는 약을 갖고 있었거나 마법으로 치료할 수 있었고, 이런 짓을 한 자들이 이곳으로 오리라고 생각하고 서둘러 이동해 온 것이었다. 전원이 이곳으로 온 것은 아니고, 다른 사람들을 치료하기 위해 남은 자도 있었다.

유지로는 마차를 일단 멈췄다.

"내가 저자들을 잡고 있을 테니까 세리에는 제단까지 마차로 뚫고 가."

"이런 기운을 가진 사람들을 혼자서 상대하는 건 무리야!"

평범하지 않은 능력을 갖고 있다는 건 알지만 기술적인 면에서는 자신과 크게 다르지 않다는 것도 안다. 투아처럼 기술을 겸비한 상대라면, 꼼짝도 못 하리라고 간단히 상상할 수 있었다.

"이기는 게 목적이 아니라, 상대를 붙잡아 둘 수 있기만 하면 돼. 어떻게든 될 거야. 약도 만들어서 준비해뒀으니까."

걱정해주었다는 사실에 기쁜 표정을 지으며 유지로는 말했다.

"하지만."

"여기서 기다리고 있는 상대면 제단에 들어갈 수 있는 열쇠를 가지고 있을지도 모르잖아? 그런 상대가 제단까지 쫓아오면 재회를 기뻐할 여유도 없을 거야. 게다가 비장의 수가 있다는 거 알잖아?"

"그건 아직 시작품 단계라고 말했었잖아!"

"일단은 완성했어. 바라는 효과는 발휘해줄 거야."

자신만만한 유지로였지만, 그래도 세리에는 걱정스런 표정을 지우지 못했다.

"괜찮아. 나도 벨리아 씨와 만나고 싶어. 그러니까 무리는 안 할 거야."

"어느 정도 붙잡고 있다가 쫓아오는 거지?"

"응, 약속할게."

인원수의 차이에 실력 역시 아마도 저쪽이 위. 하지만 세리에를 위해서라면 해내지 못할 일은 없다고 기합을 넣었다.

마부를 교대하고, 유지로는 속도 능력 상승약을 삼킨 다음 마법에 강한 약을 방패에 발라 서둘러 준비를 마쳤다. 약이 담긴 숄더백을 들고, 코트 안주머니에도 약을 넣어 세리에 옆으로 이동했다.

천천히 바인을 걷게 하고 있던 세리에는 전속력으로 달리도록 신호를 보냈다.

금세 안개를 빠져나갔고, 여러 사람의 모습이 보였다. 그 훨씬 너머에 균열이 보였다. 사람이 서 있는 곳이 경계선인 것이리라.

왼손에 물 보강약을 들고 얼음 덩어리를 만드는 마법을 준비했다. 여기라고 생각한 장소에서 유지로는 방패를 공중으로 던지고 마차에서 뛰어 내렸다. 높게 뛰어오른 유지로는 달빛을 등지고 보강약을 뿌렸고, 바로 얼음 덩어리를 사람들을 향해 날렸다. 투아 이상이라면, 이것으로 대미지를 입는 일은 없겠지만 신경을 끌 수는 있을 것이다.

세리에는 바인을 재촉해 달려 나가기 시작했고, 쏟아지는 얼음 덩어리 아래 있는 사람들 사이를 빠져나갔다.

기다리고 있던 자들의 앞에 착지한 유지로는 바로 달렸다. 목표는 이 자리에서 가장 강해 보이는 산의 민족이 아니라 숲의 민족이다.

마법이 성가실 거라고 생각하기도 했지만, 세리에를 경멸했던 개인적 원한도 있었다.

"우선 한 명!"

먼저 떨어진 방패를 주워 들고, 숲의 민족의 배를 향해 옆차기를 때려 넣었다. 부드러운 근육의 감각과 뼈가 부러지는 감촉이 전해져 왔다.

제때 방어하지 못하고 날려간 숲의 민족은 보이지 않는 벽에 부딪혀 쓰러졌다.

"불꽃 창!", "잡아라, 흙의 손!", "사로잡아라, 풀뿌리!"

동료의 희생에 격앙한 숲의 민족들이 마법을 사용했다.

유지로의 발이 가라앉았고, 풀뿌리가 얽혀들었다. 거기에 불꽃 화살과는 비교되지 않는 위력의 불꽃 덩어리가 날아들었다.

순식간에 펼쳐진 연계 공격에 추격하듯 산의 민족도 움직이기 시작했다.

"이런 것쯤!"

방패를 지면에 내리 꽂고, 다리를 힘껏 빼냈다. 얽혀든 풀뿌리를 그대로 두고, 발라둔 약의 효과를 믿으며 방패를 앞으로 내밀고 불꽃을 향해 돌진했다.

방패에 닿아 튕겨진 불꽃의 여파가 주위로 퍼져나갔다.

한순간 고온에 얼굴을 찡그리고, 그대로 다가온 산의 민족에게 달려들었다. 서로 부딪혀 이긴 것은 유지로였다. 밀려서 구른 산의 민족을 힘껏 밟아 넘고, 숲의 민족에게로 돌진하여 부딪쳤다. 옆에 있던 숲의 민족에게도 방패를 휘둘러 때려눕혔다.

'남은 건 산의 민족 셋에, 숲의 민족 둘인가.'

멈춰 선 유지로는 남은 수를 확인하며 회복약을 먹어 화상을 치료했다.

"여기가 숲의 민족의 땅이란 걸 알고 이 행패인가?!"

겉보기에 서른 정도로 보이는 미형의 숲의 민족이 유지로에게 호통을 쳤다. 빛나는 푸른 머리카락을 흩뜨리며 화내는 얼굴도 그럴듯해서 연극 무대에 서면 엄청난 인기일 것이 틀림없었다.

"어이 어이, 멋대로 정하지 마. 산의 민족의 영토이기도 하다고?"

격앙한 숲의 민족을 나무라듯 말하면서도 도발한 산의 민족이 지금 이 자리에서 제일 강한 자였다.

키는 165센티미터가 되지 않았고, 짧게 친 황토색 머리카락을 가졌으며 몸을 꽤 단련하여 다부진 느낌을 주었다. 중후한 분위기도 감돌아 바위 덩어리 같은 인상을 주기도 했다. 지금은 뭐가 그리 즐거운지, 동료가 당했는데도 웃음을 띠고 있다.

"너는 뭘 그리 좋아하고 있는 거냐!"

"좋아하지 않고 있을 수 있겠냐? 싸움이 적은 심심한 임무를 맡은 데다, 강한 자도 없는 그런 곳에 나타난 바보 하나. 보아 하니 나름 상대가 되어줄 것 같단 말이지. 여기서 스트레스를 발산할 수 있다고 생각하면, 좋아하지 않을 수 없지!"

이제부터 벌어질 싸움을 상상하고 더욱 짙은 미소를 지었다. 그런 산의 민족에게 푸른 머리카락을 가진 숲의 민족은 비난과 분노의 시선을 보냈다.

"너는 수호 임무를 뭐라고 생각하는 거냐?!"

"강해지는 것 이외에는 아무것도 흥미가 없어서."

그리 잘라 말하는 산의 민족을, 숲의 민족은 무슨 말을 하고픈지 입을 달싹이며 노려보았다.

유지로와 비슷한 자인 것이리라. 유지로가 세리에를 최우선으로 여기는 것처럼, 이 산의 민족은 강해지는 것을 최우선으로 하고 있다.

유지로는 살짝 동족 의식이 일었다.

"너희들 훈련 상대로는 딱 적당할 거다. 둔해진 감각을 다시 찾아와!"

"오오!"

그리 이야기한 산의 민족의 말에, 다른 두 명의 산의 민족이 고개를 끄덕이고 유지로를 향해 돌진해 왔다.

유지로는 그것을 보며 두 사람의 숲의 민족이 마법을 쓰려 하는 것도 확인했다. 접근전을 벌이고 있을 때 마법 공격을 받으면 대응하기 힘들다. 두 종족은 기본적으로 적대하고 있기 때문에, 산이 민족이 휩쓸려도 죄악감은 느끼지 않을 터였다. 그렇기에 강력한 마법을 쓸 가능성이 높았다.

"그렇다면!"

산의 민족이 접근해 오기 전에 유지로는 방패를 리더 격이 아닌 숲의 민족을 향해 원반처럼 던졌다. 날릴 것을 상정하지 않는 물건이라 비거리는 나오지 않지만 그 부분은 힘으로 어떻게든 해결했고, 자신에게 공격이 날아들 거라고는 생각하지 못하고 있던 숲의 민족을 격침시켰다.

무심코 부하의 이름을 부른 리더 격인 자의 마법이 중단되었다.

"지금이다."

두 사람의 산의 민족에게 의식을 돌리고 마주 공격했다.

숄더백에서 독을 꺼내 양손에 하나씩 들었다. 독들을 넣어둔 곳에서 대강 골라 꺼냈기 때문에 무슨 독인지는 모른다. 어쩌면 만약을 위해 넣어둔 극약일지도 모르지만, 그 부분은 그들의 운이 좋기를 바랄 수밖에 없다.

뚜껑을 열고 내용물을 두 사람에게 뿌렸다. 경계하던 두 사람은 멈추지 않고, 피하듯 움직였다. 나란히 접근하던 두 사람이 서로 떨어졌고, 유지로는 그중 한 사람에게 텅 빈 작은 병을 두 개 한꺼번에 던지며 나머지 한 사람에게 접근했다.

"받아라!"

날아 이단 차기를 먹이자 묵직한 타격음이 울렸다. 팔을 교차해 받아낸 산의 민족은 움직임을 멈추었다.

"쓰러지지도 않는 건가."

"이것이 미오기의 방어술."

빙긋 웃어 보였지만, 사실을 허세였다. 발차기의 위력을 잘못 판단한 탓에 대미지의 절반도 무효화하지 못했던 것이다. 평원의 민족이라고는 생각할 수 없는 공격의 위력에 경악했지만, 그 점은 근접 전투에 뛰어난 종족의 의지로 감추었다.

"에잇!"

병을 피한 다른 한 사람이 유지로에게 달려들었다. 피하기에는 시간이 부족하여 유지로도 팔을 교차시켜 받아냈다.

격통이라고 할 정도는 아니었지만 통증이 몸을 내달렸다.

"얼굴을 찌푸리는 정도인가. 아직 수련이 부족하군."

미오기의 기술 중 하나를 사용한 것이리라. 그 결과로 팔하나도 부러뜨리지 못한 것에 분한 표정을 지었다.

그대로 두 사람이 함께 공격을 시작했고, 유지로는 회복약을 마실 틈도 없이 피하기에 바빴다.

그때 숲의 민족의 리더 격인 자가 마법을 날렸다. 불꽃 창같은 평원의 민족이 사용하는 것을 강화한 것이 아니라, 숲의 민족의 마법이었다.

유지로도 산의 민족도 눈앞의 상대에 집중하고 있던 터라 그쪽에는 주의를 기울이지 않고 있었다.

"때려 부숴라, 대지의 말뚝이여!"

세 사람이 있는 곳에 흙을 흩뿌리며 몇 개나 되는 돌 각기둥이 날아왔다. 세 사람은 그것을 눈치채지 못했고, 말뚝에 제대로 맞아 날아갔다.

조금 전의 미오기 기술보다도 커다란 충격과 아픔이 느껴졌지만, 유지로에게는 기회였다.

　거리가 벌어진 것을 이용해 회복약을 먹을 수 있었던 것이다. 회복한 후, 서둘러 숄더백에 손을 넣었다. 말뚝에 맞았을 때 부서진 것도 있어서, 가방 안은 젖어 있었다. 거기서 마지막 두 개의 독을 꺼내 쓰러진 두 사람에게 던졌다.

　"마법약 수면과 환혹인가."

　한 사람은 계속해서 고개를 저었고, 또 한 사람은 험악한 표정으로 주변을 살피고 있다. 그 반응으로 사용한 독을 추측했다.

　그때 숲의 민족이 다시 한 번 같은 마법을 사용했다. 무방비 상태였던 두 사람은 그것으로 다운되었고, 눈치챈 유지로는 스치는 것으로 끝났다.

　말뚝이 원래대로 돌아가는 것에 맞춰서, 작은 돌을 몇 개 주워 숲의 민족을 향해 힘껏 던졌다.

　"크헉!"

　입고 있는 옷은 튼튼한 것이었는지, 꿰뚫지 못했다. 하지만 충격까지는 흡수하지 못했고, 그 사람은 쓰러지고 말았다. 배를 붙들고 치밀어 오르는 것을 견뎌내며 자리에서 일어난 그 사람은 분노로 가득한 눈으로 유지로를 노려보았다.

　"너는, 너는 대체 뭐냐! 산의 민족에게 지지 않고, 마법 공격을 받아도 쓰러지지 않다니. 평원의 민족이 혼자서 우리와 싸우고, 땅에 납작 엎드려 기기는커녕 오히려 우세하다니 있을 수 없는 일이란 말이다!"

그 말에 아무런 대답도 하지 않는 유지로 대신에 구경을 하던 산의 민족이 입을 열었다.

"용사인가 생각했다만, 소문으로 들은 풍모와는 다르군. 마왕은 성별이 다르니 있을 수 없고. 뛰어난 실력을 가졌지만, 둘 중 어느 쪽도 아니라니. 정말로 정체가 뭐지?"

"나는 그런 놈들이 아냐. 많은 이들을 구하는 용사도 아니고, 많은 이들을 해하는 마왕도 아니라고."

유지로는 알고 싶으면 귓구멍 열고 잘 들으라며 두 사람을 바라보았다. 그 상황을 고조시키듯, 달도 구름도 분위기를 읽었는지 주위를 달빛이 비추었다.

흐읍, 숨을 들이쉬고 유지로는 날카로운 기합을 담아 외쳤다.

"단 한 사람을 위하며, 그 사람의 적을 쓰러뜨린다. 사랑을 바라며, 사랑을 위해 사는 사랑의 전사! 친애와 이성애와 독점욕의 러브 워리어. 그게 바로 나다!"

척 하고 왼손 엄지손가락으로 자신을 가리키고, 힘을 실어 대지를 디디며 당당하게 서는 그 모습은 자신만만함이 넘쳐흘러 보였다.

"무, 무슨 어이없는 소리를!"

그 순간 숲의 민족의 심경은 내뱉은 그 말대로 '어이없다'라는 짧은 문구로 표현할 수 있었다. 자국이 아닌 타지에 체재하며 영토를 두고 다투는 데 걸맞게, 여기에 파견된 숲의 민족은 자신을 포함한 모두가 정예라고 해도 좋은 이들이다. 그런 자들 대부분이 이번에 대처하기 전에 무력화되었고, 움직일 수 있던 자도 일방적으로 당하고 말았다. 그런 것을 해낸 자가 뱉은 말이 러브 워리어라니, 어이없다는 생각밖에 안 들었다.

"하핫, 좋군! 그런 바보는 싫어하지 않아!"

산의 민족의 반응은 결코 나쁘지 않았다. 숲의 민족과 마찬가지로 산의 민족도 여기에는 어느 정도의 실력자를 배치해두었다. 그런 자들이 평원의 민족에게 졌다. 하지만 그것을 나쁘게는 생각하지 않는다. 목숨까지 빼앗기지는 않았느니, 좋은 경험이 되었으리라고 긍정적으로 생각하는 것이다.

두 사람의 다른 반응에 유지로는 이해받지 못해도 상관없다며 흘려 넘겼다. 그게 바로 자신이라고 스스로 알고 있으면 충분한 것이다.

"내 이름은 곤도르. 여전히 정체는 잘 모르겠지만, 한결같은 마음을 가진 녀석이라는 건 알았다. 상대로 부족함 없구나. 한번 붙어보자!"

그리 말한 곤도르는 유지로에게로 접근하는 것이 아니라 재빨리 숲의 민족 쪽으로 다가갔다.

"그 꼴로는 제대로 움직이지도 못하겠지만, 방해받고 싶지 않으니까 자고 있어."

"네놈이?!"

숲의 민족의 관자놀이를 후려 갈겼고, 작지 않은 대미지를 입은 그는 그대로 기절했다.

갑작스런 행동에 유지로는 깜짝 놀랐지만, 바로 곤도르가 달려들었기에 놀라고만 있을 수는 없었다.

강자의 기척임에 틀림이 없었고, 확실한 기술과 단련된 몸으로 유지로에게 공격을 해 왔다. 반사 신경을 전부 발휘해도 미처 다 피할 수 없었고, 몸을 스치는 공격이 많았다. 가끔씩 몸통과 다리에도 맞았다.

유지로도 겨우겨우 틈을 발견해 공격했지만, 전부 받아내거나 피해냈다. 무리한 연속 공격으로 겨우 발차기를 한 발 먹였지만, 그것도 통하지 않은 듯했다. 조금 전에 싸운 산의 민족과 달리, 확실하게 위력을 파악하고 방어술을 사용했다. 그 외에도 받아 흘리고, 위력을 죽이는 등의 기술을 썼다.

"꽤 하는군그래!"

칭찬을 받은들 유지로는 기쁘지 않았다. 클린 히트가 한 발도 나오지 않은 것이 명확한 실력의 차이를 느끼게 했다.

기술의 차를 신체 능력과 능력 상승약으로 메우고서야, 겨우겨우 따라가고 있다. 있는 그대로의 공격력은 유지로가 위지만, 맞지 않으면 의미가 없는 것이다.

"몸도 데워졌으니 살짝 진심으로 한다?"

그 말과 동시에 곤도르에게서 느껴지던 위압감이 늘어났다. 마치 바람이 불어 닥치는 느낌을 받았다.

지금까지는 단순한 격투를 했을 뿐, 미오기는 쓰지 않았다. 그래서 유지로가 공격을 받아도 큰 대미지는 입지 않았던 것이다. 하지만 지금부터는 확실한 대미지가 들어오리라.

"크헉?!"

다시 교차한 팔로 곤도르의 주먹을 막았다. 팔이 찌릿찌릿 저렸고, 통증이 온몸으로 퍼졌다.

지금까지와는 전혀 다른, 공격의 무게와 통증에 신음이 흘러나왔다. 타이밍을 따져서 코트에 걸린 충격 완화를 쓰면 되겠지만, 숲에 들어오기 전에 마력을 쓴 탓에 마력량에 여유는 없었다. 남은 마력은 공격 마술에 쓰고 싶다고 생각했기에, 방어로는 돌릴 수 없는 것이다.

한편, 여유 넘치는 곤도르는 이동에도 마력을 사용하는지 속도도 약간 빨라져서 유지로는 더욱 방어에 치중하게 되었다.

"방어만 해서는 이길 수 없을 텐데?"

팔을 잡힌 유지로는 그대로 지면에 내동댕이쳐졌고, 발차기에 맞아 날아갔다.

지면을 구르며 흙투성이가 되면서도 서둘러 몸을 일으켰다. 거리가 벌어진 것을 기회로 삼아 회복약을 단숨에 들이켰다. 유지로는 흙이 섞인 회복약을 삼키고 얼굴을 찌푸렸다. 맞고 구르고 하다 안주머니에 넣어두었던 약도 몇 개 깨졌고, 회복약의 비축분도 줄어들었다.

회복하는 것을 막을 생각도 없이 곤도르는 지켜보고 있었다. 오히려 회복하게 하기 위해 거리를 둔 것으로 보였다.

"이런 데 오면서 회복 수단을 준비하지 않을 리 없지. 좋아, 어서 회복하라고."

곤도르에게 있어 이것은 스트레스 해소의 일환이니, 싸움이 길어지는 것은 오히려 대 환영이었다. 지금까지의 싸움을 통해 자신을 이길 수 있을 만한 녀석은 아니라고 판단한 곤도르는 유지로를 튼튼한 샌드백 취급할 생각이었다.

반대로 유지로로서는 곤도르 이외의 사람들이 쓰러진 지금에 와서는 시간을 끄는 데 더 이상 흥미가 없었다. 어서 세리에를 뒤쫓아 가고 싶었다.

그래서 주저하는 마음을 가지면서도 비장의 수로 두었던 약을 품에서 꺼냈다. 세리에에게는 사용해도 괜찮다고 말했지만, 본격적인 실험은 하지 않았기 때문에 다소나마 불안은 있었다. 한자로 천하무쌍이라 쓰여 있는 그것을 단숨에 삼켰다.

열기 덩어리를 삼킨 듯, 위에서 전신으로 열이 퍼져갔다. 무언가를 태워서 힘을 얻는 듯한 감각이 들었고, 유지로는 성공과 실패를 동시에 느꼈다.

'효과가 너무 지나친 건지도 모르겠네.'

지금은 바라던 바였다고 생각하며 곤도르를 보았다.

어느 정도 움직일 수 있는지 확인하듯, 힘을 실어 발을 내디뎠다. 내디딘 지면이 패였다. 속도는 조금 전과 차원이 달랐다. 그러나 곤도르는 그 속도에도 반응을 했고, 내질러진 주먹을 흘려보내기 위해 움직였다. 주먹에 닿은 순간, 곤도르의 표정이 놀라움으로 물들었다. 조금 전까지 간단히 피할 수 있었던 주먹이 무거웠고, 겨우 빗겨내는 것만으로도 벅찼던 것이다. 그대로 뻗어진 주먹은 곤도르의 어깨에 맞았다. 우연도 억지로 해낸 것도 아닌, 완벽한 클린 히트였다.

할 수 있다는 생각에 미소를 지은 유지로와 통증에 얼굴을 찌푸리지만 강적의 출현에 놀라움과 미소를 띤 곤도르.

여기에 마술을 조합하면 일격필살도 가능하리라고 생각한 유지로는 기회를 노리며 공격을 계속했다. 곤도르도 미오기의 기술을 구사하여 대응했다. 흐름은 유지로가 약간 유리한 상황이었다.

격렬한 타격음이 연속해서 주변에 울려 퍼졌다. 벌레와 새의 울음소리는 들려오지 않았다. 이곳은 위험하다고 판단했는지 몸을 숨겼거나 도망치거나 한 것이리라.

"밀리는 건가?"

움직이는 도중에 그렇게 중얼거린 것은 곤도르였다.

약으로 높인 튼튼함으로 공격을 받아도 견뎌내는 유지로, 미오기의 기술과 기량으로 대미지를 없애는 곤도르. 이대로 계속 싸우면 마력이 없어진 곤도르가 늘어난 대미지의 양으로 지고 만다.

"지는 건 좋아하지 않아서 말이지."

유지로와 마찬가지로, 한 방에 걸기로 한 곤도르도 틈을 노리기 시작했다.

흐름에 변화를 느낀 유지로는 지금이 공격할 때라고 생각하고 페이스를 높였다. 견제는 무시하고, 대미지가 클 법한 것만 막아내는 곤도르.

"지금이다!"

신기하게도 두 사람은 동시에 기회라고 판단했고, 마력을 담은 발차기와 주먹이 맞부딪혔다.

유지로와 헤어지고 그곳을 돌파해 나아간 세리에는 언덕을 올라가 균열의 입구에 도착했다. 보초도 없는지, 주변에는 아무런 기척이 없었다.

균열 저편은 내리막이었고, 불빛도 없는지 어두웠다. 빛의 마법으로 마차 위에 불을 밝혔다.

"바인, 가자."

"크릉."

세리에의 목소리와 신호에 작게 목을 울린 바인은 걸음을 옮기기 시작했다.

잡초 하나 없는 내리막길을 천천히 나아갔다. 돌멩이 하나 없는 것을 보면 늘 정성 들여 청소하는 모양이었다. 중요한 장소라는 것을 알 수 있었다.

그런 곳에 발을 들이면 분노를 사리라는 것은 상상하기 어렵지 않았다. 하지만 세리에에게 있어서도 마지막 희망이 있는 곳이다. 질책 받는 정도로 포기할 수는 없다. 목숨을 노리고 들 가능성도 있지만, 어머니와 만난 후라면 목숨 정도쯤이라는 생각도 들었다.

"유지로는 이런 생각을 싫어하겠지만."

작게 웃음을 띠며 중얼거리듯 생각을 입 밖으로 말했다.

유지로라는 이름에 바인이 반응하며 뒤돌아보았고, 그런 바인을 향해 아무것도 아니라며 손을 흔들어 보였다.

드디어 언덕길이 끝나고, 불빛의 비추는 범위 안에 하얀 대좌가 들어왔다. 오래된 것이라는 느낌을 주는 한편, 새것이라고 생각될 정도로 깨끗했다. 그것만으로도 평범하지 않은 물건임을 알 수 있었다.

마차에서 내린 세리에는 바인에게 기다리고 있으라고 말한 후, 공을 들여 장식된 대좌를 살며시 만져보았다.

"이게 찾고 있던 제단인가."

기쁘고 감격스런 마음과 지금까지의 고생을 떠올리며, 만감을 담아 제단을 바라보았다.

10분 정도 그렇게 있던 세리에는 품에서 붉은 구슬을 꺼내 제단 앞에 있는 패인 곳에 넣었다. 긴장으로 손이 살짝 떨렸고, 가슴에 손을 대지 않아도 알 정도로 심장이 뛰었다.

그 구슬에 손을 댄 채 만나고 싶은 사람을 강하고 또 강하게 머릿속에 떠올렸다. 그렇게 하면 그리던 사람이 나타난다고, 카트루나가 준 종이에 쓰여 있었다.

꿈을 보고 생각해낸 얼굴과 목소리를 마음속으로 그리며

기도했다. 밖에서 싸우고 있을 터인 유지로에 관한 것조차 잊을 정도로 기도하는 데 몰두했다. 곧이어 지금의 달 색과 같은 녹색의 부드러운 빛이 제단에서 넘쳐흘렀다. 그것은 한 번 주변으로 퍼져 나갔고, 대좌 위에 모여들어 사람의 형태가 되었다.

어렴풋하던 사람의 형태는 점점 선명해졌고, 세리에의 기억보다도 조금 더 나이를 먹은 여자가 되었다.

세리에의 눈에서 눈물이 차올랐고, 그것을 참을 생각도 하지 못한 채 흘렸다.

세리에와 닮은 여자가 눈을 떴다.

"어머니."

그 호칭에 깜짝 놀랐던 벨리아는 자신을 올려다보는 세리에의 얼굴과 귀를 보고 바로 누구인지 깨달았다. 벨리아의 눈에도 눈물이 그득해졌다.

"세리에, 너인 거니?"

보물처럼 소중한 딸의 이름을 불렀다.

"네."

고개를 크게 끄덕이자 흐르던 눈물이 흩날렸다.

"아아, 나의 사랑스런 세리에!"

몸을 굽혀 세리에를 안으려 했지만 몸이 그대로 통과해버렸다. 세리에도 안기려 했지만 그러지 못했다.

"어째서? 겨우, 겨우 만났는데!"

울고 있는 자기 아이의 눈물도 닦아줄 수 없다는 사실에 벨리아는 슬픈 표정이 되었다.

세리에도 쓸쓸함을 느꼈지만, 지금 상황을 설명하고 죽어 육체가 없으니 만질 수 없는 것이리라고 이야기했다.

"죽었다고? 아아, 그러고 보니 나는 여행 도중에…… 죽으면 이야기하는 것조차 불가능할 거라고 생각했는데."

"그건 죽은 자와 만날 수 있는 제단을 사용했기 때문이에요."

"그런 게 있었구나. 그런데 여기에는 너 혼자 온 거니? 그 사람은 없는 거야?"

"여기 올 때까지 큰 도움을 준 사람은 있지만, 아버지는 10년 정도 전에……."

"그 사람도……."

남편의 죽음에 슬픈 표정을 짓다가 이내 무언가를 깨달은 듯 퍼뜩 세리에를 보았다.

"그 사람이 죽었다면, 너는……."

"아버지가 돌아가시고 나를 감싸주는 사람은 아무도 없었어요. 곧바로 아무것도 없이 쫓겨나고 말았죠."

세리에의 머릿속에 당시의 일이 떠올랐다. 슬픔과 미움과 분함이 선명하게 되살아났다. 향할 곳 없는 분노가 힘을 너무 주어 하얘진 주먹을 통해 드러났다.

아버지에게 받은 것, 유품을 가지고 가는 것조차 허락하지 않았다. 울며 소리치는 눈앞에서 소각된 후, 입고 있는 옷 이외에는 아무것도 없이 쫓겨났다.

배운 마법을 써서 겨우 살아남았고, 도착한 평원의 민족 마을에서는 하프라고 쫓겨났다. 그래도 겨우겨우 매달려서 살아가는 데 필요한 최소한의 물자를 모멸의 시선과 말을 받으며 얻었고, 그 일을 반복하며 혼성 도시에 도착했을 무렵에는 사람을 혐오하고 인간 불신이 되었다.

어두운 눈으로 이야기하는 딸의 모습에, 헤어진 후의 삶이 좋지 않았다는 사실이 절실하게 전해졌다.

그러다 딸의 눈에 빛이 돌아오고 분위기가 부드러워진 것을 느낀 벨리아는 안도의 한숨을 내쉬었다.

"1년 전부터는 엄청 나아졌지만."

"의지할 수 있는 사람을 만난 거니?"

"네. 솔직하게 말하면 바로 기고만장해질 테니까 말해주지 않을 거지만, 감사하고 있어요. 어머니가 죽었다는 것을 알고, 사는 걸 포기해버린 나를 기운 차리게 하고 다시 일어설 수 있게 해줬어요. 여기에 올 수 있었던 것도 유지로 덕분이에요."

"아아."

감탄한 목소리를 낸 벨리아의 표정에 빙그레한 웃음이 떠올랐다. 손은 입가에 있었고, 눈에는 호기심 어린 빛이 떠올랐다. 분위기가 아주 밝아졌다.

"혹시 좋은 사람이니? 결혼할 거야?"

"네? 아니, 그렇지는……."

즐거워하는 모습으로 앞으로 나서는 벨리아의 기세에 세

리에는 한 걸음 물러섰다.

"숨기지 않아도 돼. 헤어질 때는 그렇게 작았던 세리에가 사랑이라니. 그러고 보니 지금 몇 살이 된 거니?"

"스물여덟인데요."

"보기에는 스무 살도 안 된 것 같은데, 어려 보이게 잘 꾸몄구나."

부럽다며 한숨을 뱉었다.

어려 보이게 꾸민 건 아니라며 세리에는 맥이 풀린 모습으로 딴죽을 걸었다.

"뭐, 몇 살이든 나의 사랑스런 아이라는 데 변함은 없으니까. 지금은 사랑에 관해서 이야기해야지."

"그러니까."

그런 게 아니라는 딸의 말에 귀를 기울이지 않고 망상을 부풀려갔다.

"그 사람이 이 얘기를 들으면 뭐라고 생각할까? 상대가 생긴 걸 기뻐할까? 애정을 쏟던 딸을 빼앗겼다며 화낼까? 상대를 때리려는데 세리에가 감싸고 나서서 쓸쓸하며 울까?"

어떤 반응을 보일까? 하며 죽은 남편의 반응을 즐거운 듯 상상하고 있다. 어떤 반응이든 분명 그 모습은 마음 따뜻해지는 광경이리라 생각했다.

상상을 마음껏 즐긴 벨리아는 선배로서 사랑이 어떤 것인지를 설명했다.

즐거워하는 어머니의 모습을 볼 수 있어 기뻤지만, 이런 성격이라는 사실을 몰랐던 탓도 있어 조금 어이없기도 했다.

패션부터 데이트 방법, 싸웠을 때 대하는 법, 밤 생활에까지 이야기가 나아갔을 때, 등 뒤에서 사람의 기척이 나타났다.

유지로일지도 모르지만, 어쩌면 다른 사람일 수도 있었기 때문에 세리에는 경계한 듯 어둠의 저편을 노려보았다.

곧이어 그 기척이 익숙한 것임을 깨닫고 세리에는 몸에서 힘을 뺐다. 그제야 고개를 어둠 쪽으로 돌린 바인의 모습을 깨닫고, 모르는 사람이었다면 경계하며 짖었으리라는 생각에 이르렀다.

"유지로! 앗, 괜찮아?!"

온몸이 흙과 피로 더러워지고, 구겨진 부츠를 한 손에 든 채 엄청나게 피곤한 모습을 한 유지로를 보고 세리에는 걱정하는 목소리를 냈다.

"겨우겨우. 강했어, 그 사람. 비장의 수가 없었으면 못 이겼을 거야. 그 비장의 수도 성공작이라고는 할 수 없었고."

발차기와 주먹이 부딪치고 서로를 공격한 그 순간, 기동력 저하를 각오한 유지로는 접근해 있는 틈에 단숨에 공격하리라 마음먹고, 다리에 아픔을 느끼면서도 때리고 차기를 계속했다. 기세에 눌린 듯 곤도르도 말을 멈추고 치고 박기를 시작했고, 걱정하던 대미지양의 차이로 지고 말았다.

이긴 유지로는 회복약을 마시고 상처를 치료한 다음, 쓰러진 자들의 품에서 붉은 구슬을 찾아내 세리에를 쫓아왔다. 재회를 방해받지만 않으면 되는 것이니, 돌아갈 때는 냅다 던져서 돌려주리라 생각했다.

그리고 회복약을 먹어도 낫지 않는 아픔을 참으며 여기까지 겨우겨우 걸어온 것이다.

"그렇게 겨우 여기에 올 수 있었어. 거기 계신 분이 어머님이신가?"

어머님이라는 말의 뉘앙스가 다른 것 같아 신경이 쓰였지만 세리에는 고개를 끄덕였다.

그것으로 확신을 얻은 유지로는 제단 앞까지 이동하여 무릎을 꿇고 앉아 두 손을 바닥에 대고 머리를 깊게 숙였다. 도게자(땅에 엎드려 조아리는 행위)라는 것이다.

"따님을 제게 주십시오!"

"뭣?! 무무무무무무슨 소리야?!"

"어머 어머 어머 어머."

그저 놀라기만 하는 세리에와 기쁘고 즐거운 듯 웃음 짓는 벨리아. 갑작스런 행동에 벨리아도 놀라기는 했지만, 한눈에 하프라는 사실을 알 수 있는 딸을 달라고 말하는 유지로가 듬직해 보였다.

"알고 있으리라고 생각하지만, 이 아이는 하프랍니다."

"알고 있습니다. 하지만 그런 건 전혀 상관없습니다."

벨리아가 확인하듯 한 말에 유지로는 고개를 들고 대답했다.

"어디가 마음에 든 거죠?"

"전부 다요."

"어디가 제일 좋은가요?"

"어렵지만, 분위기라고 할까요? 다가오지도 밀어내지도 않은 느낌? 하지만 요즘은 차가운 면이 줄었죠. 그건 또 그것대로 좋아요. 물론 외모도 점수가 높습니다."

"딸을 잘 부탁해요."

"맡겨주십시오."

서로 고개를 숙였다.

"본인을 내버려두고 멋대로 이야기 진행시키지 마!"

"하지만 세리에. 하고 싶지 않은 말이지만, 널 달라고 말할 사람은 그리 많지 않을 거야. 그런데 그런 사람이 눈앞에 나타났으니, 아이의 행복을 바라는 부모로서는 이 기회를 놓치고 싶지 않거든. 게다가 너도 이 사람을 싫어하지는 않잖니?"

"……싫어하지는 않지만."

중얼거리듯 말하고 뺨을 붉히며 고개를 돌렸다. 가슴 앞에서 두 손을 모았다 뗐다 쥐었다 하며 바빴다.

"따님이 참 귀엽네요."

"네, 제 아이지만 귀엽군요."

헤벌쭉한 표정으로 좋은 걸 봤다며 서로 고개를 끄덕였다.

"정말이지, 유지로! 언제까지 그렇게 앉아 있을 거야? 얼른 일어서!"

"아니, 그게 사실은 설 수가 없어. 이렇게 이야기하는 것만으로도 벅차. 약의 부작용으로, 체력을 다 불사른 것 같아. 지금도 엄청 졸려."

"체력 괴물인 네가 그렇게까지 피곤해하다니, 그 약은 대체 얼마나 부작용이 심한 거야?"

리스크가 너무 크잖아 하고 질린 표정을 보였다.

사용한 것이 유지로 이외의 사람이었다면, 목숨과 바꿔 파워 업 하는 약이라는 취급을 받게 되었으리라. 영혼이 응축되어 있는 유지로이기 때문에 피곤함만으로 끝난 것이다.

다음에 만들 때는 효과를 낮추어 만들기로 결심했다. 감각적으로 봤을 때 이번 것은 근력, 튼튼함, 속도가 60퍼센트 늘어난 것 같았다. 다음은 절반으로 낮추는 것을 목표로 할 생각이다. 그게 잘 되면 세리에 용으로 세심하게 조종하는 데 착수하리라 마음먹고 있다.

"말하고 싶은 건 말했으니까, 나는 한숨 잘게. 어머님, 짧은 인사였지만, 전 이만 자도록 하겠습니다."

"네. 아무래도 무리를 하게 한 모양이군요. 잘 자요."

세리에에게도 잠들기 전 인사를 하고 유지로는 그대로 풀썩 쓰러지고 말았다. 하고 싶은 걸 다 했다는 만족의 미소를 띤 얼굴로 잠들었다.

자그맣게 한숨을 내쉰 세리에는 유지로의 옆으로 다가가, 그의 머리를 살짝 들어 자신의 다리 위에 올렸다.

그 모습을 보며 벨리아는 젊은 날을 회상했다.

"그립네. 나도 그 사람에게 해준 적이 있단다. 머리의 무

게가 기분 좋았지."

"이건 어머니와 아버지가 했던 것과는 의미가 달라요. 지금까지의 감사라든가 그런 거예요."

"부끄러워하지 않아도 되는데, 이 애는 정말이지. 너무 밀어내다간 누가 옆에서 채갈지도 모른다."

"그렇게 돼도……."

신경 쓰지 않는다고 말하려 했지만 어째서인지 소리 내 말할 마음이 들지 않았다.

벨리아는 그때까지 짓고 있던 천진난만한 표정이 아닌 인자한 표정을 지으며 아무 말 없이 세리에를 바라보다 머리카락을 따라서 손을 움직였다.

그 후에는 연애와 관계없는, 추억 이야기로 옮겨갔다. 벨리아는 세리에도 기억하지 못하는 일들을 지금도 눈에 선한 듯 이야기했다. 세리에의 성장을 기뻐한다는 것이 그대로 전해지는 말투였다.

벨리아를 불러낸 지 한 시간이 지나고, 이별의 시간이 찾아왔다.

"어머니, 몸이 옅어진 것 같아요."

"응? 아, 그러네. 슬슬 헤어질 때인가 보다."

벨리아는 자신의 몸을 보며 그렇게 말했다.

"만날 수 있어서 기뻤어요. 더 많은 이야기를 나누고 싶었어요."

"이렇게 재회할 수 있었으니까, 또 만날 수 있을 거야."

"그럴 수 있다면 기쁠 거예요."

"다음에 올 때는 손자를 보여주면 좋겠구나. 그리고 아버지도 만나주렴."

"손자는 모르겠지만, 아버지는 그렇게 할게요."

"그럼, 건강하렴. 유지로 군을 놓치면 안 된다?"

"내가 떼어놓으려고 해도 유지로가 떨어지지 않는걸요."

고개를 돌리며 한 그 말에 벨리아는 세리에의 머리를 때리는 시늉을 했다.

"너무 무뚝뚝한 태도를 취하면 안 돼. 너무 지나치면 좋아해주던 사람도 멀어지고 말아."

그것이 마지막 말이 되었고, 벨리아는 미소를 띤 채 사라져갔다.

따뜻하고 활기찼던 공간이 단숨에 조용해졌다. 아쉬움과 외로움을 느끼며 세리에는 유지로의 머리를 살며시 지면에 내려놓은 다음, 몸을 안아 들어 마차로 옮겼다.

유지로도 붉은 구슬을 가지고 있을 터였기에, 아버지와 만나는 데 그것을 사용해야겠다고 생각했다. 양해를 구하는 것이 예의라고는 생각했지만, 자는 것을 차마 깨울 수도 없어 나중에 사과하기로 하고 주머니에서 구슬을 꺼냈다. 여러 개의 감촉이 느껴져 세리에는 고개를 갸웃거렸다.

"세 개?"

하나만 가진 게 아냐? 하고 생각했지만 그것은 나중에 물어보기로 하고, 세리에는 아버지의 모습을 떠올리며 구슬을 대좌의 홈에 넣었다. 벨리아와 마찬가지로 빛이 모이고, 그리운 아버지의 모습이 나타났다.

현재 상황을 신기해하는 아버지에게 벨리아에게 했던 것과 같은 설명을 했다. 무사하게 성장한 딸의 모습을 보고 기뻐했고, 자신의 사후에 본가의 사람들이 세리에에게 했던 일들에 분노했고, 차별하지 않는 사람과 만난 것에 안도하고, 딸을 빼앗기는 것에 불만을 느꼈다.

"여러 일이 있었구나. 앞으로도 여러 일들이 있겠지. 행복해지려무나. 그게 내가 가장 바라는 일이란다."

"응."

"유지로 군에게도 잘 전해주렴. 진심은, 언제까지고 내가 널 지켜주고 싶었단다."

그렇게 말한 그의 모습이 옅어져갔다. 마지막 빛의 조각이 사라질 때까지 그 모습을 끝까지 지켜본 다음 세리에는 마차로 돌아갔다.

"무사히 돌아갈 수 있을까."

단숨에 돌파해 가야겠다고 생각하고 바인에게 힘의 능력 상승약을 먹였다.

균열에서 나오자 동쪽 하늘에 하얀 빛이 번지고 있었다. 안개는 옅어져가고 있었지만, 아직 숲 안을 떠돌고 있었다.

"바인, 전속력으로 가자."

신호를 주고 바인을 달리게 했다.

경계를 나오자 거기에는 마비를 푼 숲의 민족이 세 사람

정도 모여 있었다. 마차가 움직이는 소리로 나오리라는 것을 예상했는지 세리에 일행이 모습을 드러냄과 동시에 마법이 날아들었다.

불꽃과 물과 바위와 나뭇잎 등등이 날아와 연이어 마차에 명중했다. 급격하게 방향을 바꿀 수도 없어서 피하기는 어려웠다. 세리에는 나중에 회복약을 먹으면 된다 생각하고 그대로 질주했다.

숲의 민족들은 이쪽을 죽일 생각으로 마법을 사용했고, 세리에는 혼자라면 그것을 맞아도 괜찮다고 생각했지만, 유지로와 바인까지 말려들게 할 마음은 없었다.

"차륜에만 맞지 않으면 어떻게든 될 거야."

바인에게도 마법이 적중하여 하얀 털이 더러워지고 그을렸다. 미안한 마음을 품으면서도 더 힘내주기를 바랐다.

엉망이 된 마차로 숲길을 달려 나가 높은 지대를 넘어섰다. 숲을 나왔어도 숲의 민족은 뒤를 쫓아왔지만, 고지대를 넘어간 근처에 이르러서는 포기했는지 뒤를 돌아보니 멀리로 사람 형체만 보일 뿐이었다.

속도를 늦추며 한동안 마차를 계속 달렸고, 이제 충분하다고 생각한 곳에서 멈췄다.

"엉망진창이 됐네."

마부석에서 차체로 옮겨서 여기저기에 구멍이 뚫린 모습을 살피며 한숨을 내쉬었다.

회복약 두 개를 꺼내 하나를 마시고, 나머지 하나와 피로 회복제를 바인에게도 마시게 했다.

"무리하게 해서 미안해."

상처가 아문 바인에게 사과하며 젖은 천으로 깨끗하게 닦아주었다.

어느 정도 닦는 것을 마치고, 다시 마차를 이동시켰다. 마물과의 전투를 피하며 이동하는 사이에 점심 무렵이 되었다. 그즈음에는 유지로도 깨어났다. 아직 노곤한 몸을 일으키고 주변을 살폈다.

"……이게 뭐지?"

"일어났어?"

"이게 어떻게 된 거야?"

유지로는 뚫린 구멍을 가리켰다.

"숲을 나올 때, 우리를 기다리는 자들이 있었어. 그걸 돌파할 때 구멍이 뚫린 거야."

"다치지는 않았어?!"

"회복약으로 나을 정도의 상처야. 이미 다 나았어."

점심을 만들어야 했기에 마차를 멈추자고 바인에게 신호했다.

세리에는 평소와 다름없어 보였지만, 유지로는 어딘가 부드러워졌다는 느낌을 받았다. 긴장하던 모습이 사라진 것을 보고, 벨리아와 만났기 때문이라고 판단했다.

"아, 아파."

무슨 일인가 하고 세리에를 보니, 식칼에 손을 베인 모양이다.

지금까지 한 번도 그런 모습을 보인 적이 없었기에, 별일이라고 생각하며 상처에 바를 약과 물을 준비했다.

"손 내놔 봐."

"이 정도는 괜찮아."

"만약을 위해서야."

상처를 물로 씻고 연고를 바른 다음 손을 뗐다.

식사를 마친 후, 라이트루티 국경을 향해 마차를 달렸다.

국경 마을에 도착할 때까지 세리에는 몇 번이고 작은 실수를 반복했다. 때로는 전투 중에도 실수를 해서, 하마터면 크게 다칠 뻔하기도 했다.

그날 밤. 저녁 식사를 마치고 이제 곧 잠을 자야 할 시간에 유지로는 세리에에게 물었다.

"아무리 그래도 너무 부주의하잖아. 뭔가 고민이라도 있어?"

"미안. 폐를 끼쳤어."

자그맣게 한숨을 내쉬고, 불타는 장작을 가만히 응시했다. 거기서 말이 멈추기에 무언가 다음 말이 이어지리라고 생각하고 기다렸지만 그런 낌새는 없었다.

"세리에?"

이름을 부르자 퍼뜩 놀란 듯 고개를 들었다.

"아, 미안. 무슨 고민이 있는지 이야기하고 있었지. 생각해야 할 걸 찾고 있다는 느낌이라고 해야 할까?"

"무슨 소리야?"

"……나는 어머니와 만나고 싶어서 쭉 살아왔어. 그건 달성되었지. 무척 기뻤어. 하지만 동시에 마음에 구멍이 뻥 뚫려서, 뭔가를 잃은 기분도 들어. 앞으로 뭘 해야 할지 모르겠어. 지금까지와 똑같이 지내려고 해도, 그래서 뭘 어쩌겠느냐는 마음도 들끓어."

"완전 연소 상태인가?"

긴 시간, 하나의 목적에 집착해오다 그것을 달성한 지금 무엇을 하면 좋을지 알 수 없게 되어버린 걸까. 새로운 목적을 찾으면 실수도 줄어들리라.

"뭔가 하고 싶은 게 있으면 좋을 텐데."

"모르겠어. 어머니와 만나는 것 이외에는 하고 싶은 일이 없었으니까."

"그렇게 깊이 생각하지 말고, 뭔가 먹어보고 싶은 게 있다든가, 가보고 싶은 곳이 있다든가 하는 거."

"……생각나지 않아."

어머니를 찾는 데에 그런 것들은 쓸데없는 정보들이라 여기고 외면해온 탓에 질문을 받아도 아무것도 떠오르지 않았다.

"그럼 나랑 함께 다닌다든가?"

은혜를 갚겠다고 결심한 것을 떠올리고 그게 좋겠다고 긍정했다.

"뭐, 나도 목적은 없지만 말이지. 여기저기 다녀볼까 생각하고 있을 뿐이야."

"이대로 라이트루티를 어슬렁거리는 거야?"

"그것도 괜찮겠지만, 헤프시밍에도 아직 가보지 않은 곳이 있으니까…… 동전으로 정할까?"

앞에 나오면 헤프시밍, 뒤가 나오면 라이트루티로 정하고 각은화를 튕겼다. 회전하며 지면에 떨어진 은화는 앞면이었다.

"헤프시밍이네. 느긋하게 갈까? 그 사이에 어떤 목적이든 찾을 수 있으면 좋겠다."

"그러게."

발견할 수 있을까 생각하며 시선을 밤하늘로 옮겼다.

유지로는 그 모습을 바라보며 문득 떠올렸다. 돌려주려고 했던 붉은 구슬을 돌려주지 않았다고.

아무리 그래도 여기서 다시 돌아갈 마음은 생기지 않았다. 가져와 버린 것은 어쩔 수 없다고 생각하며 구슬은 광석을 넣어두는 나무 상자에 넣어두기로 했다.

용사의 장 1

용사의 궤적

cheat kusushi no
isekai tabi

Tona Akayuki
illustration / kona

"론타, 이런 데 있었어? 찾았잖아."

"뮬, 무슨 일이야?"

검술 훈련을 마치고 마을 옆에 있는 개울에서 발을 물에 담그고 휴식하던 론타는 소꿉친구 소녀의 부름에 뒤를 돌아 보았다.

나이는 론타와 같은 열네 살, 아마색 머리카락에 감색 눈 동자, 하늘색 셔츠에 점퍼스커트라는 흔한 옷차림을 하고 있다. 등까지 기른 머리카락을 리본으로 둘로 나눠 묶어 늘 어뜨렸다. 사랑스런 생김새로 마을의 소년들에게 인기 있 다는 사실을 론타는 알고 있었다.

"밭 말인데."

"내 몫의 일은 이미 끝냈는데?"

"응. 그건 알아. 도구를 어디에 정리해두었는지 물어보고 오라고 아저씨가 부탁하셨어."

"아버지도 참 게으르네."

그 정도는 스스로 물으러 오라고 생각하면서, 발을 닦고 신을 신었다. 옆에 둔 목검을 들고 뮬의 옆에 섰다.

둘은 나란히 밭을 향해 걷기 시작했다. 옆에 선 론타를 보 고 뮬은 미소를 지었다.

"키 앞질렀네."

"드디어 말이지. 앞으로도 더 커질 거라고."

"아저씨는 옷을 다시 만드는 게 큰일이니까, 너무 크지 않 았으면 좋겠다고 말씀하시던데."

"자식의 성장을 좀 기뻐하라고."

화난 척을 해 보이는 론타를 보며 뮬은 큭큭 웃었다.

"성장이라고 해서 말인데, 검 쪽은 어때?"

"선생님에게 칭찬받았어! 싸움에 익숙한 병사에게도 지지 않을 거래."

"대단한 일인 거지?"

검을 쥐어본 적이 한 번도 없는지라 전혀 감이 오지 않았다.

"옛날에 쫓아왔던 들개한테는 이제 절대로 지지 않을 정도로는 대단해졌지."

"그럼 다음에는 날 울리지 않고 지켜주겠네."

"그럼, 물론이지."

론타가 검을 잡게 된 출발점을 두 사람은 떠올렸다.

두 사람이 아직 일곱 살 정도일 무렵의 일이다. 마을 근처의 초원에 놀러 갔을 때, 배고픈 들개에게 쫓겨 다닌 일이 있었다. 둘은 서로의 손을 꼭 마주 잡고 울면서 마을로 돌아왔고, 어른들이 개를 쫓아주었던 것이다.

론타는 좋아하는 뮬을 지켜주지 못했던 것을 어린 마음에도 분하게 여겼고, 은퇴하여 마을로 돌아온 병사에게 검을 배우기 시작했다. 소질이 있었는지, 지금은 마을에서 제일이라고 할 정도로 성장했다.

"뮬의 요리 쪽은 어떻게 되고 있어?"

"나도 칭찬받았는걸. 마을에서 제일이라고까지는 할 수 없지만, 엄마보다는 잘하게 됐어."

"그럼 뭔가 만들어줘."

"좋아. 얼마 전에 오믈렛 배웠으니까, 그걸 해줄까? 내일 점심밥으로 만들게."

"기대하고 있을게."

"응, 깜짝 놀랄 만큼 맛있는 걸 만들어줄게!"

그렇게 말한 뮬은 론타의 손을 잡았다. 론타도 손을 맞잡으며, 두 사람은 서로를 보며 웃었다.

두 사람 사이에 끼어들 수 있는 이는 없었고, 둘은 사이좋게 걸어갔다. 마을 사람들은 그 모습을 흐뭇하게 바라보았다.

그 후로 2년이 흘러, 론타에게 전환기가 찾아왔다. 선생을 맡았던 전 병사에게 시험 삼아 무투 대회에 나가 보지 않겠냐는 권유를 받은 것이다. 나이 면에서도 여행을 떠나기에는 충분했고, 가족들도 할 수 있는 만큼 해보라며 찬성해주었다.

"어쩔 거야?"

여성스러움이 더해진 뮬이 더욱 키가 큰 론타에게 물었다. 체격도 단단했고, 강자다운 분위기의 편린이 느껴졌다.

"다녀올까 생각하고 있어. 얼마나 할 수 있을지 시험해보고 싶어."

"그렇구나. 그렇게 말할 줄 알았어."

론타는 쓸쓸한 표정을 짓는 뮬을 끌어안았다. 뮬의 얼굴이 붉어졌지만, 기쁜 표정을 지으며 떨어지지 않고 마주 앉았다.

"나도 외롭지 않다고 하면 그건 거짓말이야. 뮬을 쭉 좋아했고, 떨어지는 건 처음이니까."

"나도 좋아해. 그렇다고 해서 잡아두고 싶지는 않아. 원하는 만큼 하고 와. 그리고 다치거나 하지 말고 돌아와. 기다릴 테니까."

"약속할게."

그대로 서로의 체온을 잊지 않도록 포옹을 하다 이내 떨어졌다.

선물 사 와야 한다고 밝은 척하는 뮬에게 맡겨두라며 론타도 웃으며 답했다.

작별 선물이라며 뮬은 론타의 뺨에 입을 맞추고 집으로 돌아갔다.

그다음 날, 론타는 마을을 떠났다. 입고 있는 갑옷은 선생님이 쓰던 것을 작별 선물로 받은 것이다. 들고 있는 검은 마을의 대장장이가 시험 삼아 만든 것이라며 주었다. 귀중한 광석을 사용한 듯한 이것도 작별 선물이었다. 론타는 검에 사용된 광석이 소중하게 보관해오던 것이라는 사실을 알기에, 그것을 써서 만들어준 것에 감사했다.

라라이드아 대륙 서쪽에 있는 세지안드 왕국의 시골구석에서 왕도로 나온 론타는 그곳으로 가던 도중에 만난 동갑내기 소년 창술사 오로스와 대회에 나갔다. 오로스는 본선 1차전에서 졌지만, 론타는 숙련된 용병과 기사를 베어 넘기며 결승까지 진출했다.

귀가 아플 정도의 성원에 감싸인 무대 위에서 론타는 상대와 마주했다.

　이미 몇 번이나 서로 무기를 맞부딪쳐 보고, 얕볼 수 없는 상대임을 알았다. 지금은 다시 움직이기 위한 타이밍을 계산하는 중이다.

　천천히 시간이 흘러가는 동안 선제 공격을 한 것은 상대방이었다.

　"흐앗!"

　세지안드 왕국 근위병 중에서도 최강이라 이름 높은 기사의 예리한 빗겨 베기를 론타는 약간 힘겹게 받아냈다. 힘을 담아 서로를 밀어낸다. 들려오는 상대의 숨소리도 거칠다. 싸움은 이미 20분을 넘겼고, 그사이 두 사람은 전력을 다해 움직였던 것이다.

　론타는 밀어 차기를 하고, 거리를 벌리려 했다. 그 수를 읽은 근위병은 스스로 몸을 떼고 거리를 두었다.

　근위병은 곧바로 기세를 실어 론타에게 돌진해 왔다. 론타는 그 자리에서 단단히 검을 쥐고 맞받아쳤다.

　"우오옷!"

　"하아앗!"

　기세를 탄 내려치기와 힘을 충분히 실은 올려치기가 부딪쳤다.

　목검 한 자루가 회전하며 떠오르더니 지면에 떨어졌다. 달캉 하는 가벼운 소리가 회장에 울려 퍼졌다. 론타의 손에는 금이 간 목검이 있었고, 기사는 빈손이었다.

그것을 이해한 기사는 자세를 풀었다.

"졌다."

"시합 종료! 이 결과를 누가 예상했겠습니까?! 사일드 선수의 항복으로, 우승은 첫 출장인 론타 선수로, 결정되었습니다!"

열기 띤 사회자의 목소리가 론타의 우승을 모두에게 알렸고, 폭발하는 듯한 함성이 시합장에 울렸다.

젊은 검사의 화려한 활약에, 졌다고는 해도 뛰어난 실력을 보여주었던 숙련된 기사에게 사람들은 커다란 축복과 위로의 목소리를 보냈다.

언제까지고 그칠 줄 모르는 박수 속에서 론타와 사일드가 악수를 나누었다. 두 사람은 한동안 관객의 성원에 답하고, 소리가 잦아드는 것을 보고 무대를 내려왔다.

"이번 활약, 아주 훌륭했다."

왕의 목소리가 알현실 내에 울렸다.

우승을 축하하기 위해 성에 불려 간 론타는 벼락치기로 배운 예법을 구사하여 왕의 앞에 섰다. 왕과 귀족들도 그 점은 미리 알고 있었기 때문에, 예법이 서투른 것은 신경 쓰지 않았다.

"활약과 앞으로 더욱 발전하기를 바라며, 이 상을 수여한다. 앞으로도 열심히 하도록."

"감사드립니다."

대신 중 한 사람이 왕에게서 2백만 밀레라는 거금이 담긴 자루와 우승했음을 나타내는 펜던트를 받아 론타에게 건네주었다. 론타는 받은 자루를 자신의 옆에 두고 다시 고개를 숙인다.

"론타여."

"네."

"앞으로는 실력을 시험하기 위해 이곳저곳을 여행하고 다닐 예정이라 들었다."

"말씀하신 대로입니다."

병사로 일하지 않겠느냐는 권유를 받았지만, 자유롭게 마을로 돌아가고 싶다는 이유와 실력을 더욱 쌓고 싶다는 이유로 그것을 거절했던 것이다.

"음. 다양한 경험은 무엇보다 귀한 보물이지. 여행을 하던 도중에라도 그럴 마음이 든다면, 이 성의 병사가 되는 것도 생각해주게."

"그게, 솔직히 앞으로의 일은 모르겠습니다."

"그런가, 그렇겠지. 우선은 여행을 즐기게나."

솔직하게 대답한 론타에게 호감을 가진 듯, 왕은 쾌활하게 웃었다.

우승 식전이 끝나자 식사 자리를 겸한 파티가 시작되었고, 수많은 귀족들이 론타에게 말을 걸어왔다. 모두 한 번은 자신이 다스리는 토지에 와달라고 말했다. 거기에 서툴게 답하고, 다음 날 아침 성을 나왔다.

론타는 사람들에게 둘러싸인 인기인 같은 모습으로, 도망치듯 숙소로 돌아갔다.

함께 여행하겠다고 약속했던 오로스와 서둘러 왕도를 떠난 론타는 일단 고향으로 돌아가 우승했다는 사실을 뮬과 마을 사람에게 알렸다. 그날은 마을에서 연회가 열렸고, 옛날부터 알고 지내던 사람들의 축하가 무척이나 기뻤는지 론타는 좋은 마음으로 연회를 즐겼다.

사흘 정도 머물렀던 론타와 오로스는 뮬과 사람들의 배웅을 받으며 여행길에 올랐다.

조금씩 동료를 늘리며 이곳저곳을 여행하고, 각지의 마물을 쓰러뜨리며 문제를 해결해갔다. 론타 일행의 이름은 세지안드에 퍼져갔고, 그 이름을 모르는 모험가와 용병이 없다고 할 정도로 유명해졌다.

이름을 떨치게 되었어도 론타는 뮬과의 약속을 잊지 않았고, 정기적으로 마을로 돌아갔다. 그리고 제일 좋아하는 음식이 된 오믈렛을 만들어달라고 했다. 맛있게 먹는 론타의 모습을 뮬도 좋아했다.

그렇게 2년의 세월이 흐르고 마을에 돌아와 휴식을 취하던 론타에게 하나의 의뢰가 들어왔다.

"뭐라고 쓰여 있어?"

편지를 읽는 론타에게 차를 내주며 뮬이 물었다.

"남쪽에 대흑귀라고 불리는 마물이 있다는 거 알아?"

"무서운 마물이 있다는 건 들은 적 있는 것 같아."

뮬은 기억을 떠올리듯 허공을 살짝 올려다보며 말했다.

"오크라는 마물의 변이종인 것 같아. 2미터를 훌쩍 넘는 거체에 짙은 갈색 피부를 가졌어. 거인을 쉽게 쓰러뜨릴 수 있을 만큼 강하다더라. 그런 놈이 오크들을 정리해 모으고 있대. 그래서 수상한 움직임이 보이니 조사해주지 않겠느냐고 쓰여 있어."

"갈 거야?"

"응. 내버려 두면 이 근처까지 오크가 들이닥칠지도 모르니까. 그런 일이 생겨서 뮬이 다치기라도 하면 큰일이야."

뮬은 몸을 내밀어 론타의 뺨에 키스했다. 론타도 마찬가지로 뺨에 입을 맞추었다. 몇 번이고 해서 익숙해진 모습이었다.

"늘 말하지만, 다치지 마."

"오크 정도라면 괜찮아. 동료들도 있고."

론타는 그날 중으로 짐을 싸서 마을을 나섰고 동료들이 기다리는 근처 마을로 향했다.

"왔나? 그쪽에도 편지가 도착했겠지?"

방에 들어가자 오로스가 그렇게 말을 걸었다. 이쪽에도 편지가 도착해 있었고, 모두 의욕이 넘쳤다.

동료는 셋. 처음부터 함께였던 오로스와 도적에게 잡혔다 풀려난 후 갈 곳이 없었던 남매다.

오로스는 더욱 실력을 쌓았고 지금은 무투 대회의 우승

다툼에 낄 수 있을 정도다. 무구도 좋은 것으로 바꾸었고, 일류라고 칭할 수 있게 되었다. 도적에게 잡혔던 남매의 오빠 쪽 이름은 칼먼드. 나이는 열일곱이며 론타와 오로스를 형님이라고 부르며 따랐다. 몸이 가벼워서 대거를 이도류로 사용하면서 뛰어다니며 적을 교란시키는 것을 특기로 한다. 여동생 쪽은 열다섯 살로 레라라는 이름이다. 오빠와 같은 남보라색 머리카락을 어깨까지 길렀다. 네 명 중에서 가장 체격이 작으면서도 힘은 론타 다음으로 강해서, 자신의 키만큼 되는 장검을 휘두른다. 론타를 좋아해서 뮬과 만나면 대항심을 드러낸다.

"론타 씨, 이 일 할 거죠?"

"응, 수락할 거야."

어리광을 부리듯 안기는 레라에게 아무런 동요도 보이지 않고, 그녀의 머리를 쓰다듬으며 대답했다. 그것은 여동생을 대하는 태도였다. 그 사실에 불만스런 표정을 지었지만, 쓰다듬어주는 것 자체는 싫지 않았기 때문에 그대로 두었다.

"형님, 준비는 해뒀어."

"늘 고맙다."

"좋아서 하는 건데 뭘!"

칼먼드가 의기양양하게 미소를 지었다.

준비가 다 되었으니 곧바로 출발하자는 이야기가 되어, 어느 귀족에게 사병을 단련시켜준 보수로서 받은 마차를 타고 남부를 향해 출발했다.

현지에 도착한 네 사람은 망원경을 써서 멀리 오크들이 움직이는 것을 관찰했다. 망원경은 귀중품으로, 이것도 의뢰를 해결했을 때 보수로 받았다.

"이건 당장이라도 움직일 거 같지 않아?"

곤란한 표정이 된 오로스와 같은 의견인지 론타도 말없이 고개를 끄덕였다.

"알리러 돌아갈 시간은 없어 보여. 그렇다면 우리끼리 할 수밖에 없나?"

"오빠, 그건 무모하지 않아?"

오빠의 말에 불안해하는 목소리를 내는 레라. 대강 보기만 해도 오크의 수는 천 마리에 가까운 듯하니 당연한 반응이었다.

"할 수 있겠어?"

"넌 어떤데?"

론타의 물음에 오로스는 불온한 미소를 지어 보이며 되물었다. 그러자 론타도 시원스레 미소 지었다.

"칼먼드, 레라. 두 사람은 가까운 마을까지 물러나서 증원을 모아 와. 여기는 나랑 오로스가 혼란시키며 시간을 벌테니까."

"말도 안 돼! 형님들이 강하다고 해도 무모하다고! 나도 함께하겠어!"

"넷이서 돌격해도 마찬가지다. 우리를 죽게 하고 싶지 않다면, 서둘러 가서 알려."

부탁한다고 오로스는 두 사람의 어깨를 두드렸다.

각오를 한 듯한 두 사람을 보고 지금까지 알고 지내며 의견을 바꾸지 않는다는 점을 알던 칼먼드와 레라는 그들이 무사하기를 기도하며 마차에 올랐다. 여기에서 가장 가까운 마을까지는 왕복으로 하루 이상이 걸린다. 서둘러도 다섯 시간쯤 줄이는 정도일 것이다. 그래도 조금이라도 빨리 알리기 위해서 칼먼드와 레라는 마차를 쭉 최고 속도로 달리게 했다.

떠나가는 마차를 바라보며 론타는 입을 열었다.

"그럼, 그렇게 말하기는 했지만, 대책 없이 달려들고 싶지는 않은데."

"나도 그렇다. 한동안 상태를 지켜보고, 움직일 것 같을 때 한 번 공격할까?"

그것도 괜찮겠다고 고개를 끄덕이고, 보스를 해치울 수 있도록 움직이는 건 어떻겠느냐고 물었다.

"구심점을 잃은 오크들은 제멋대로 움직이겠지만, 통솔되어 마을에 쳐들어가는 것보다는 나을 거라고 보는데."

"그럼, 피라미를 무시하고 단숨에 도착할 수 있는 곳을 찾아야겠군. 아니면 둘 중 하나가 미끼가 될까?"

"미끼는 마지막 수단으로 해두지. 우선은 장소를 찾도록 하자고."

"그래."

행동 방침을 정하고 두 사람도 움직이기 시작했다.

혼자 있는 오크를 베어 죽이며 장소를 찾는 동안 날이 저물었고, 누군가가 있다는 것을 오크들도 눈치챘는지 움직임이 소란스러워졌다. 출발을 서두르는 듯한 모습에 더는 여유가 없다고 간단히 판단할 수 있었다.

"더 좋은 장소가 있겠지만, 찾고 있을 틈이 없겠군."

난처하게 되었다며 오로스가 뺨을 긁었다.

"갈까."

"어쩔 수 없군."

멀리 시선 끝에 부하들에게 둘러싸인 대흑귀가 보였다. 거기에 도착하기까지 몇 마리의 오크를 베어야만 하는 걸까. 두 사람에게는 피라미라고 부를 수 있는 오크라고 해도 숫자로 밀어붙이면 힘들 것이다.

기합이 들어간 표정으로 바뀐 두 사람은 달려 나가 오크들을 베어버렸다.

오크의 비명과 핏방울을 흩뿌리며 오크 무리를 돌파했고, 두 사람은 대흑귀 앞에 도착했다. 운이 좋게도 그곳에 이르기까지 체력이 다소 소모되기는 했지만 상처는 하나도 없었고, 마력도 온존할 수 있었다.

"이건 나한테는 벅차겠는데."

오로스는 한눈에 자신이 질 것 같다고, 역량의 차이를 간파했다. 주륵, 움직인 탓이 아닌 다른 이유로 땀이 번졌다.

"그럼 내가 녀석을 상대하지."

"나는 피라미들을 담당하겠어."

서로 고개를 끄덕이고, 둘로 나뉘었다. 일대일과 일 대 다수, 서로 위험도는 비슷하다고 인식했다.

 싸움이 시작되고 세 시간이 흘렀고, 두 사람은 엉망진창이 되었다. 대흑귀도 만신창이가 되어 한쪽 무릎을 꿇고 있는 상태였다. 그런 대흑귀를 향해 론타가 달려갔고, 심장에 검을 찔러 넣었다.

 비명을 지르며 대흑귀는 날뛰었고, 론타는 검에서 손을 떼고 물러났다.

 대흑귀는 박힌 검을 빼고 두 동강이 냈다. 그리고 하늘을 올려다보며 크게 포효하더니 그대로 뒤로 쓰러졌다.

 오크들은 보스의 죽음에 동요하고, 도망치는 자와 날뛰는 자로 나뉘었다.

 론타와 오로스는 덤벼드는 오크를 상대하며 증원이 올 때까지 버텼다. 체력과 기력 모두 바닥난 두 사람에게는 오크를 상대하는 것도 성가시게 느껴졌다.

 칼먼드 일행이 돌아온 것은 점심이 지났을 때로, 그 무렵에는 약도 다 떨어져서 두 사람은 싸움을 피하며 도망 다니는 상태였다.

 "형님들 무사한 거야?!"

 "드디어 왔나."

 "이제 겨우 쉴 수 있겠네."

 증원으로 온 모험가들이 오크를 뒤쫓아 갔고, 론타와 오로스는 그 자리에 주저앉았다.

전과는 론타가 대흑귀 한 마리와 오크 30마리, 오로스가 오크 약 150마리였다.

오크의 땅이라고도 할 수 있는 이곳에서 오크들을 몰아내고, 다른 마물이 접근해 오기 전에 밭을 만든 평원의 민족은 이로써 영토를 넓힐 수 있었다.

이 전과를 통해 론타 일행은 더욱 이름을 떨쳤고, 온 나라에서 모르는 자가 없게 되었다.

"오랜만이구나, 론타여. 그리고 잘 와주었다, 그의 동료들!"

우승 식전 때처럼 론타 일행은 왕의 앞에 늘어서서 무릎을 꿇었다. 네 사람 모두 예복과 드레스로 몸을 감쌌고, 긴장한 표정을 짓고 있었다.

"이번 활약, 많은 이들을 구했다 할 수 있는 공적, 크게 칭송 받을 일이다! 대흑귀를 토벌한 론타에게 용사의 칭호와 함께 오래전부터 전해져온 용사의 검을 하사한다."

이전과는 달리 왕이 직접 검을 들고 론타에게 다가왔다. 왕의 손에는 검집에서 뺀 검이 있었다. 오래되었다는 것치고는 낡은 느낌이 들지 않는 검이었다. 도신은 초록빛을 띤 은색으로 흠집 하나 없었다. 도신의 연결 부분에는 푸른 보석이 박혀 있었고, 그 보석은 약간 흐릿해 보이기도 했다.

공손하게 검을 받아 든 론타.

이어서 왕과 함께 론타에게 다가온 노령의 여신관이 커다란 보석이 달린 석장으로 론타의 어깨를 가볍게 두드리고 들어 올렸다. 몸에 걸친 것은 숙련된 장인이 최고의 비단으로 만든 신관복으로, 최고급품이었다. 그 외에도 반짝이는 장식품을 몸에 걸치고 있어, 대단한 사람임을 알 수 있었다. 그것도 그럴 것이 그녀는 이 나라의 자유신 신전의 신관이다. 그녀의 위에는 대신전의 최고 신관 이외에는 아무도 없었다.

"자유의 신이여! 지금 여기에 태어난 용사에게 축복을!"

신관장의 말에 이어 곧바로 축복을 알리는 종이 크게 울렸다. 이 종 소리로 왕도의 주민들은 지금 이 순간 새로운 용사가 태어났다는 것을 알고, 커다란 환호성을 지르며 축하했다.

용사 탄생은 국내만이 아니라 국외에도 널리 전해지게 된다.

"오로스, 그대에게도 상을 내리마. 이 망토를 받거라."

"감사드립니다."

론타와 똑같이 공손하게 그것을 받아 든다. 마법이 걸린 주황색 망토로, 소량의 마력을 주입하는 것만으로 내화(耐火), 내인(耐刃), 내마(耐魔) 효과를 발휘하는 최고의 물건이다.

이것을 받을 만한 일을 해주었다는 사실을 모두 알았기에 반대하는 이는 없었다.

론타의 이명은 용사가 되었고, 그와 함께 했던 오로스에게도 이명이 붙었다. 주어진 것은 '단창(斷槍)'. 나란히 선 마물을 창으로 베어버리는 자라는 의미가 담겨 있다.

"자네들에게 한 가지 부탁하고 싶은 것이 있다."

상을 건네고, 왕좌에 다시 앉은 왕이 론타 일행을 보며 말했다.

"부탁이라고 하셨습니까? 어떤 부탁을?"

"마왕이라는 존재가 있다는 건 알고 있겠지?"

"네."

용사라는 존재를 누구나 알고 있듯, 마왕이라는 존재도 누구나 알고 있다.

어린아이는 잠들기 전에 마왕의 소행을 듣는다. 그것은 마을 하나, 그리고 나라 하나를 멸망시키는 이야기이며, 결국은 용사에게 토벌되는 약속된 이야기이다.

마왕이라는 존재의 악랄함을 배우고 용사의 훌륭함을 가르치며, 아이들은 자란다. 그렇게 어른이 되면 자신들의 아이에게 마왕과 용사의 이야기를 들려준다.

당연히 론타 일행도 부모에게서 들으며 자랐다.

"그걸 퇴치해주었으면 한다. 지금 마왕은 살아 있는 모든 것에 해가 되는 존재다. 인간만이 아니라 마물에게도 그러하다는 것에서 얼마나 성가신 존재인지 알 수 있겠지?"

"그건 성가신 존재이기는 합니다만, 눈에 띄는 행동은 없지 않았습니까?"

어딘가가 멸망했다는 이야기는 전혀 들은 적이 없다.

"그건 우리 각국의 왕이 정보를 숨기고 있기도 하고, 마왕이 무슨 생각을 하고 있는지 그다지 움직임을 보이지 않고 있기 때문이다."

"그렇다면 내버려 두어도 괜찮은 것이 아닐까 생각합니다만. 섣불리 자극하면 날뛰게 될 가능성이⋯⋯."

"그렇게 말할 수는 없는 상황이다. 왕에게만 전해지는 전승에 의하면, 마왕은 어느 시기가 되면 자신의 의식과 관계없이 날뛴다고 한다. 그리 되기 전, 얌전할 때 쓰러뜨려 버리는 쪽이 안전하단 것이다."

그런 것이었나 하고 론타만이 아니라 귀족들도 납득한 기색을 보였다. 왕의 말에 고개를 끄덕인 것은 신관장과 사전에 상황을 전해들은 측근들이었다.

"우선은 마왕이 있는 곳을 알기 위해 라이트루티 왕도로 향하도록 하거라. 그곳에서 라이트루티 왕을 알현하고, 솔비나라는 도시로 간다는 사실을 전하면 된다. 그가 편의를 봐줄 것이다."

"솔비나?"

이 나라를 나간 일이 없는 론타는 그곳이 어디인지 알 수 없어 고개를 갸우뚱했다.

"점술로 유명한 곳이다. 적중률도 100퍼센트나 되지."

"그건 정말 대단하군요."

"음, 우리에게도 점술사가 있기를 바라지만, 밖으로 내보내지 않도록 정해져 있다고 하더군."

왕은 아쉽다는 듯 절절함을 담아 중얼거렸다. 이 나라에도 이능자는 태어나지만, 대부분 솔비나의 관계자가 보호라는 명목으로 데려간다.

"나중에 친서로 여행에 필요한 자금을 건네마. 가주겠느냐?"

"......받아들이겠습니다."

아주 조금, 세지안드 왕국을 떠나는 데 저항감이 들었지만, 마왕이 날뛰면 뮬에게도 피해가 갈지도 모른다는 생각에 의뢰를 수락했다.

그 대답에 왕은, 그래 그래 하며 기쁜 표정으로 고개를 끄덕였다.

"비용 이외에 필요한 것이 있으면 말하거라. 준비시키도록 할 테니. 긴 여행이 될 것이니 마차의 개조도 필요하겠지."

"나중에 다 함께 이야기해서 정하도록 하겠습니다."

"그래. 그럼 식전을 마치도록 하지. 지금부터는 파티다. 편히 즐기도록 하라."

알현실에서 커다란 연회장으로 이동한 네 사람은 귀족들에게 둘러싸이고, 자신들의 아들딸과의 결혼을 제안 받거나 하는 바람에 순수하게 파티를 즐길 여유를 가질 수 없었다.

그날은 성에 묵으며 문관들과 대화를 나누어 필요한 것들을 정해서 알렸다. 닷새 정도 왕도에 머물며 장비를 새로 맞추거나 한 다음 출발했다.

일행은 왕도를 떠나 론타의 고향에 들러 용사가 되었다는 것과 라이트루티에 가게 되었다는 소식을 전했고, 뮬에게 감탄을 받고 쓸쓸해하는 모습을 본 후, 다시 연회를 벌이고 고향을 떠났다.

세지안드에서 북동쪽에 있는 라이트루티로 곧장 향해 가는 것은 불가능하고, 조금 돌아가야만 한다. 직선상에는 절벽이라 불리는, 대륙 중심에서 약간 위쪽을 비스듬히 달리는 산맥이 있기 때문이다. 그곳은 강한 마물이 있는 토지이며, 심연의 숲, 텅 빈 사막이라 불리는 두 지역을 합해 세 마역(魔域)이라고 불린다. 심연의 숲은 헤프시밍 서남서에, 텅 빈 사막은 대륙 최남단에 있다. 절벽도 심연의 숲도 산의 민족조차 사는 것을 포기할 정도의 땅이며, 풍부한 자원이 있음에도 손을 댈 수 없는 상황이다.

세지안드를 출발한 일행은 도중에 사람들에게 도움을 주기도 하며, 2개월 이상의 시간을 들여 라이트루티에 이르렀다. 거기에서 더욱 왕도로 들어가는 기간을 합해 총 3개월이 걸린 후에야 라이트루티 왕의 앞에 설 수 있었다.

친서를 읽은 라이트루티 왕은 친서를 신하에게 건네고 네 사람을 바라보았다.

"잘 알았다. 자네들에게 나도 협력하지. 솔비나의 점술 신전은 예약을 하지 않으면 들어갈 수 없다. 하지만 내 허가가 있으면 언제든 점을 볼 수 있지. 나중에 그 증표를 주도록 하마. 오늘은 여행의 피로를 풀며 편히 쉬도록."

"감사합니다."

한 문관이 네 사람을 객실로 안내했고, 왕은 집무실로 돌아갔다. 훌륭하게 만들어진 의자에 등을 기댄다.

"세지안드 왕이여. 그자들이라면 마왕을 쓰러뜨릴 수 있다 생각한 것인가. 또 하나, 구슬에 힘이 흘러들어 간다. 어쩌면 용사의 힘도…… 언젠가 힘이 가득 차는 날이 온다. 그것이 다음 파괴지진에 늦지 않으면 좋겠다만……."

먼 미래의 파괴지진을 떠올리며 왕은 생각에 잠겼다.

한동안 계속되던 생각을 마치고, 론타 일행이 국내를 다니기 쉽도록 서류를 만들었다.

다음 날, 네 사람은 서류와 신전에 출입하기 위한 펜던트를 받았다. 청은의 금속에 붉고 작은 구슬이 달린 펜던트로, 왕의 추천을 받았음을 나타내는 것이다.

왕도를 출발하여 솔비나에 도착한 일행은 바로 점술 신전으로 향했다. 펜던트와 왕에게 받은 편지 덕분에 중요한 손님을 모시는 방으로 안내 되었고, 거기에서 카트루나와 만났다.

"어서 오십시오, 용사님. 저는 이 신전에서 점을 보고 있는 카트루나라고 합니다. 이쪽은 점술사 고벨이라고 합니다."

편지로 점의 내용은 알고 있었기 때문에 예지를 담당하는 카트루나만이 아니라 사람을 찾는 점을 담당하는 남자 점술사도 함께 있었고, 소개에 고개를 숙였다.

"반가워. 론타라고 해. 잘 부탁해."

론타가 지은 미소에 카트루나는 살짝 뺨을 붉히며 저희야말로 하고 대답했다.

동료 소개를 마치고, 론타는 바로 본론으로 들어갔다.

"마왕이 어디에 있는지, 였죠? 고벨, 부탁합니다."

"네."

집중하기 위해 책을 펼치고, 마왕이 현재 있는 곳을 찾아갔다.

책을 덮은 고벨은 펼쳐놓은 상세한 지도의 한 지점을 짚었다. 그곳은 라이트루티와 헤프시밍의 사이에 있는 무관리지대로, 양쪽을 잇는 행로에서 벗어난 곳이다. 솔비나에서는 먼 남동쪽에 위치한 장소로, 표식이 될 만한 것으로는 호수가 있다.

"다음은 제가 싸우는 모습을 예지하겠습니다."

위기를 뛰어넘기 위한 힌트가 보일지도 모른다며 론타 일행은 고개를 숙였다.

론타에게 손을 달라고 하고, 그 손을 살며시 쥔 다음 눈을 감았다. 손을 잡지 않아도 보는 것이 가능하지만, 잡고 있으면 힘의 쓰는 것이 편해진다.

보인 것에 카트루나의 표정이 조금 일그러졌고, 손을 놓고 말하기 힘든 듯 입을 열었다.

"……여러분이 쓰러진 모습이 보였습니다."

"그건 우리가 진다는 건가?"

론타의 긴장한 목소리에 그녀는 고개를 가로저었다.

"마왕은 당신들에게 최후의 일격을 가하지 않고 떠나갑니다."

어떻게 된 일일까 하며 론타는 고개를 갸우뚱했다.

변덕일까? 상대가 되지 않아서 질려버린 것일까? 여유의 표현일까?

"저도 이유는 알 수 없습니다. 지금 이대로 아무런 대책도 없이 있으면 제가 본 것과 같은 결과가 된다고밖에 말할 수 없습니다."

"한번 가서 마왕을 이 눈으로 볼까 생각해. 만나지 않으면 실력 차도 알 수 없을 테니까."

"저희 쪽에서도 대책을 찾아보려고 합니다. 가끔씩이라도 좋으니 신전에 와주시겠습니까? 뭔가 좋은 정보가 손에 들어올지도 모르니."

"그러면 고맙지. 잘 부탁해."

"네. 무사히 여행하시길 기도하겠습니다."

재회를 약속한 카트루나는 기뻐하며 미소를 지었다. 그 미소에 레라는 무언가 느껴지는 것이 있어 약간 날카로운 눈매가 되었다.

신전을 나와 여행 준비를 마친 일행은 신전에서 알려준 남동쪽의 호수를 향해 출발했다.

솔비나를 떠난 지 약 한 달 만에 목적지에 도착한 네 사람은 경계를 하면서 호수 주위를 살폈다.

"엄청 살풍경하네."

"바람도 어딘가 모르게 정체되어 있는 느낌이야."

칼먼드와 오로스가 경치에 대한 감상을 말했다. 다른 두 사람도 같은 의견이다.

땅에 풀은 자라지 않았고, 나무도 말라비틀어진 것뿐이었다. 호수에는 생물의 모습은 없었고, 너무나도 투명한 물이 바람에 물결치고 있었다. 생명의 숨결이 전혀 느껴지지 않는 그곳의 모습에, 네 사람은 언젠가 세지안드 왕이 말했던 살아 있는 것의 적이란 표현을 떠올렸다.

"이게 전 세계로 퍼지면 큰일이 되겠네."

"그렇게 되지 않도록 서둘러 마왕을 쓰러뜨려야겠군."

레라가 딱딱한 말투로 이야기했고, 오로스가 동의했다. 결코 폭주 따위를 하게 두어서는 안 된다고, 일행은 기합을 넣었다.

그리하여 30분 정도 탐색하고 있을 때, 말라버린 나무들 안쪽에서 기척이 나타났다. 동시에 숨을 쉬기가 힘들어졌다.

이것이 마왕의 기척인가 하고 네 사람은 식은땀을 흘렸다.

"저게 마왕?"

놀란 듯 론타가 중얼거렸다. 경계하는 네 명의 앞에 나타난 것은 열 살이 조금 넘어 보이는 소녀였다. 허리 아래까지 기른 푸석한 은발에 긴 앞머리. 그 앞머리 안쪽으로 레드 블러드의 눈동자가 숨겨져 있었다. 한눈에 보기에는 귀엽기도 한 외모였다. 지금은 표정이 사라져 매력을 반감해 버리고 있지만. 너덜너덜한 망토 같은 것과 마찬가지로 너덜너덜한 옷을 입은 소녀는, 겉모습은 흉악해 보이지 않았다. 하지만 점점 더 숨쉬기가 힘들어지고 있다.

천천히 나무들 사이에서 걸어 나와, 사람이 있다는 것을 깨닫고 놀란 듯한 표정을 보인다. 동시에 반짝이는 듯한 웃는 얼굴을 보였지만, 네 사람은 더욱 밀려드는 기운에 체력이 소모되고, 그 자리에 쓰러졌다.

마지막까지 버틴 론타도 마왕이 달려오자 한계가 왔고, 의식을 잃었다.

네 사람이 눈을 뜬 것은 해가 진 다음이었고 마왕의 모습은 이미 그 어디에도 없었다.

"아직 기분이 안 좋아. 그게 마왕의 힘의 일부인가. 싸우는 것조차 할 수 없다니."

"그 기운에 버티지 못한다면 방법이 없겠군."

아무것도 하지 못한 채 쓰러진 것에 낙심한 론타와 오로스가 이야기하는 옆에서, 남매는 말할 기력도 생기지 않는 듯 축 늘어져 있었다.

"몇 번 도전하면 익숙해질까?"

"다음에도 놓아줄지 어떨지 알 수 없으니 시험해보는 건 좋은 계책이 아니라고 본다."

"카트루나 씨가 대책을 찾아보겠다고 했으니까, 그걸 기대해야 하려나. 그 사이에 아무것도 안 하기도 그러니까, 각지를 돌며 단련하면서 우리도 대책을 찾아보자. 강해지면 견딜 수 있을지도 몰라."

"그렇게 할까."

방침을 정하고, 남매를 마차까지 옮긴 두 사람은 교대로 보초를 섰다. 마물의 기척은 전혀 없었지만, 만약을 위해서 감시를 하기로 했다.

다음 날 아침, 보초를 섰던 두 사람은 지친 모습으로 마차 안에서 휴식을 취했고, 일행은 호수에서 멀어져갔다. 그 모습을 멀리 떨어진 곳에서, 마왕이 한숨을 내쉬며 보고 있었다.

네 사람은 그대로 라이트루티, 헤프시밍, 세지안드를 3년에 걸쳐 이동했다.

그 3년 동안에 론타 일행은 어떤 만남을 가졌다.

세지안드의 마을에서 수리를 맡겼던 갑옷을 받아 돌아가는 길, 누군가가 론타에게 말을 걸었다.

"당신이 용사 론타지?"

고개를 돌려보니 나이는 스무 살 정도, 푸른 머리카락을 가졌고 류트를 짊어진 남자가 있었다. 이런 접촉은 몇 번이고 있었기 때문에 크게 신경 쓰지 않고 대꾸했다.

"그런데, 무슨 용건이지?"

"나는 바슐트. 네 여행 동료로 삼아줬으면 해."

갑작스레 말을 걸어온 남자는 유지로와 마찬가지로 백신이 될 소질을 가진, 이 세계에 보내진 존재다. 지금까지는 이 세계에 익숙해지기 위해 느긋하게 지냈지만, 슬슬 용사에게 접근해도 괜찮으리라 생각했고 지금에 이르렀다.

"동료는 이미 충분해."

함께 있던 오로스가 즉답했다.

"자자, 그렇게 말하지 않아도 되잖아. 여행을 방해하지는 않을 테니까."

"우리들은 앞으로 이 나라를 떠나 위험한 마물과 싸울 거다. 그런 여행에 동행하게 해줄 수는 없어."

마왕 퇴치에 관한 것을 말해도 되는 것인지 알 수 없어, 론타는 얼버무리듯 앞으로의 예정을 알려주었다.

"나라 밖인가. 좋네. 나도 슬슬 이 나라 밖으로 나가 보고 싶었어."

"라이트루티까지 호위해서 데려가 달라고 한다면 딱히 상관은 없지만."

그 말에 바슐트는 노노 하며 손가락을 흔들었다.

"좀 전에 말한 것처럼 용사의 행동에 흥미가 있어. 게다가 그저 그런 마물은 해치울 수 있으니까, 지켜줄 필요도 없어."

"실력에 나름 자신이 있는 건가. 그럼 조건을 붙이지. 우리 녀석들과 모의전을 해보고, 그 결과에 따르기로."

"어이, 오로스."

"괜찮잖아, 론타. 확실히 방해가 된다는 걸 알려주면 포기할 테니까."

이대로 이야기를 하는 것보다는 빠를 거라는 오로스의 말에, 그렇다면 어쩔 수 없다고 론타도 동의했다.

두 사람은 바슐트가 약하다고는 생각하지 않았다. 몸가짐을 통해 나름대로 싸울 수 있으리라고 간파했다. 하지만 그 나름대로 수준으로 대흑귀 같은 강한 마물을 상대할 수는 없다고도 생각했다. 바슐트가 가진 검에 그다지 사용한 흔적이 없었던 것과, 손에 굳은살 등의 단련한 흔적이 보이지 않는 것, 옷이 그리 더럽지 않다는 것을 보고 그렇게 추측한 것이다.

숙소에 돌아온 세 사람은 마당에서 곧바로 바슐트의 모의전을 시작했다. 상대는 칼먼드였다.

"오빠, 날려버렷!"

기합이 들어간 성원이 레라에게서 날아들었다. 원인은 바슐트의 자기소개에 있었다. 소개를 하며 조금 더 성장했다면 작업을 걸었을 텐데, 라며 레라의 성장 부족을 한탄했던 것이다.

약간 작은 체구에 가슴도 작은 편인 것을 신경 쓰고 있던 레라에게는 도발적인 말이 되어 찔러들었고, 그것은 기합이 들어간 성원이 되었다.

성원을 받은 오빠 쪽은 기합이 빠진 모습으로 바슐트와 마주 보고 섰다.

칼먼드는 늘 사용하는 대거를 검집에 넣은 채로 들었고, 바슐트는 류트를 연주하는 모습으로 대치했다.

그 모습에 칼먼드는 얕보는 것인가 하며 얼굴을 찌푸렸다. 론타와 오로스만큼 지명도가 높지 않으니 실력이 부족하다고 여기는 건가 싶어, 다시 생각하게 해주겠다면 대거를 잡은 손에 힘을 주었다.

"지금부터 싸울 텐데, 정말 그걸로 괜찮은 건가?"

심판 역을 맡은 오로스가 확인하듯 물었다.

"괜찮아. 이게 내 전투 스타일!"

그리 말하며 류트를 디리링 하고 울렸다. 본인이 말하는 것이니 괜찮겠지라며 오로스는 개시를 선언했다.

바로 칼먼드가 움직였다. 한 호흡 만에 바슐트와의 거리를 줄이고 대거를 휘둘렀다. 그 모습을 보며 왼쪽에서 오른쪽으로 휘두른 오른손의 대거를 바슐트는 침착하게 물러나 피했다. 바슐트를 추격하듯 칼먼드는 대거를 휘두른 기세를 이용하여 돌려차기를 날렸으나 바슐트는 그것도 몸을 물려 피했다.

물러난 위치에서 바슐트가 움직이고 칼먼드의 모습을 살폈다.

싸우는 모습을 론타 일행은 감탄한 모습으로 보고 있다. 이 3년 동안 칼먼드도 실력을 쌓았다. 보통의 병사라면 따라잡을 수 없는 그의 움직임을 피하는 바슐트의 모습에 놀란 것이다.

"공격할 낌새가 없어 보이네."

"그러게."

론타와 오로스가 말을 나누는 사이에도 칼먼드가 움직였고, 바슐트가 피하는 광경이 계속되었다. 그 공방으로 회피 기술은 보통 이상이라는 사실을 알 수 있었다.

칼먼드는 서서히 열이 올랐고, 본심이 되기 직전 정도의 움직임이 되었다.

그렇게 되자 완전히 피하는 것이 어려워졌는지, 때때로 옷을 스치게 되었다.

"단숨에 가겠어!"

칼먼드가 선언함과 동시에 속도를 올리자, 선언을 들을 바슐트가 지금까지와는 다른 움직임을 보였다.

"이 상황에서 연주?"

레라가 놀라 중얼거렸다.

의문점은 그것만이 아니었다. 류트에서 들려오는 음과 노래하는 목소리가 부자연스러울 정도로 작았던 것이다.

게다가 연주가 시작되자 칼먼드의 움직임이 둔해졌다. 불쾌한 듯 표정을 찌푸렸다.

"무슨 일이 일어나는 거지?"

어떻게 된 건지 알겠느냐고 레라는 론타와 오로스를 바라봤지만, 두 사람도 모르겠다며 고개를 저였다.

그대로 공방은 계속되었지만, 이내 칼먼드가 무기를 내던지고 귀를 막으면서 결말이 났다.

"거기까지! 라고 선언하기는 하겠는데, 어떻게 된 거지? 우리들에게는 승부를 포기한 것처럼 보였는데."

오로스의 물음에 칼먼드는 대거를 주우며 대답했다.

"그렇게 큰 소리가 들리면 승부 같은 건 할 수가 없다고."

"소리? 들릴락 말락 한 작은 류트 소리밖에 안 났는데?"

여동생의 그 말에 칼먼드는 거짓말하지 말라고 대꾸했다. 그리고 원인인 바슐트에게로 모두의 시선이 모였다. 바슐트는 그 모습을 보며 싱긋 웃어 보였다.

"이게 바로 나의 연주 마술!"

"그런 마술은 처음 듣는데. 어떤 걸 할 수 있지?"

론타의 말에 대답하지 않고 먼저 합격인지 불합격인지를 묻는다. 동료가 된다면 알려주겠지만, 무리라면 자신의 기술을 밝힐 마음은 없었다.

"약간 의문이 들기는 하지만, 칼먼드에게 이겼으니 걸림돌이 되지는 않으리라는 건 증명됐지. 그러네. 다음은 성격을 알고 싶은데. 이 나라를 나가기 전까지 함께 지내고, 그 동안에 대답해주지. 이러면 어떤가?"

"테스트 기간이라는 건가. 뭐, 갑자기 부탁한 것치고는 잘된 셈이려나? 그럼 그렇게 부탁해!"

일시적이라도 함께할 수 있다는 것에 그 조건을 받아들였고, 바슐트는 앞으로 잘 부탁한다며 한 손을 얼굴께 높이로 들어올렸다.

론타 일행도 잘 부탁한다고 대답했고, 레라는 복잡해 보이는 표정을 지었다.

"귀여운 얼굴이 엉망이 됐잖아. 사이좋게 지내자고."

"당신에게 귀엽다는 말을 들어도 기쁘지 않아."

레라는 다가온 바슐트에게서 떨어져서 론타의 등 뒤로 숨었다.

새로운 동료를 더한 일행은 왕도를 출발하여 고향에 들른 다음 라이트루티로 향해 갔다.

바슐트는 결국 파티 참가 허가를 얻었다. 도중에 있었던 전투에서는 문제가 없었고, 성격도 가볍기는 하지만 사람을 상처 입힐 법한 일은 하지 않았기에 받아들였다. 휴식과 보충으로 들른 마을에서 자주 헌팅하는 모습이 발견되어 레라는 그런 점을 다소 불만스럽게 생각했지만, 억지로 들이대는 일은 없었기 때문에 문제 삼지는 않았다.

3년의 동안 칼먼드만이 아니라 론타를 비롯해 다른 이들도 더욱 실력을 쌓았다. 그러나 마왕의 기운을 이겨낼 자신은 없었다. 그럼 어떻게 해야 할까를 생각하며 몇 개월 만에 솔비나를 방문한 론타 일행은 좋은 소식을 들을 수 있었다.

참고로 바슐트는 이번에 처음으로 점술 신전에 왔지만, 유지로처럼 히사에게 괴롭힘을 당하는 일은 없었다. 바슐트의 방문을 예지했던 카트루나가 영상 속에서 바슐트의 모습을 보고 사전에 못을 박아두었던 것이다. 그래도 작은 적의는 있었고, 어떻게 된 일인가 하고 론타 일행은 의아해했다.

"대책을 찾아냈습니다."

"정말이야?!"

론타와 다른 자들이 놀란 소리를 냈다. 이 3년 동안, 각지를 찾아다녀도 힌트의 편린도 찾지 못했던 것이다. 이대로 체력을 소비하며 힘으로 밀어붙일 수밖에 없는 것은 아닌가

하는 생각까지 했다.

"네. 이게 그것을 위한 약입니다. 여행하는 약사님이 만들어주셨습니다. 북쪽에 악취 너구리라고 불리는 마물이 있는 건 아시는지요?"

"잘 알지. 한 번 심한 꼴을 당했으니까."

냄새를 떠올렸는지 레라가 얼굴을 찡그렸다. 악취 너구리인 줄 모르고 싸운 적이 있었던 것이다. 냄새에 제대로 당해서 하루 종일 몸 상태가 나아지지 않았고, 냄새도 지워지지 않았다.

"이것은 그 마물의 냄새를 완전히 막을 정도의 마법약이라고 합니다. 몸 상태가 나빠진다고 하는 의미에는 마왕도 마찬가지이니, 효과를 기대할 수 있지 않을까요?"

"그 냄새를 말이야? 이건 기대할 수 있겠는데."

웃음을 지으며 론타는 약을 손에 들고 살핀 다음 오로스에게 건넸다.

"그 약사를 만날 수 있을까? 감사 인사를 하고 싶군."

"힘들 겁니다. 그들에게도 목적이 있어서 한곳에 머무르지 않는지라. 약의 제조법은 받았으니, 그 사람이 아니라도 만들 수 있습니다."

아직 마을에 있다는 것은 알고 있지만, 세리에와 만나면 만의 하나 무슨 일이 있을지도 모른다고 생각해 모른다고 대답했다.

또 하나의 이유는, 론타에게 우세했던 미래가 유지로와의 만남을 통해 변해버릴지도 모른다고 우려한 것이다. 여러 미래를 자각 없이 바꿔버린 유지로가, 론타에게 영향을 줄 가능성은 결코 낮지 않았다.

미래에 영향을 주는 원인이 되는 또 한 사람, 바슐트가 있으니, 그 판단은 이미 늦은 것일지도 모른다. 하지만 론타가 바슐트와 함께하는 동안 자잘한 부분에는 변화가 있었지만 미래가 크게 바뀌는 일은 없었다.

그것은 바슐트가 레귤러 역할이 아닌, 서브 혹은 관객 같은 위치에 있으려 했던 것이 원인이리라. 론타의 행동에 흥미를 가졌고, 가능한 한 자신의 의견으로 행동을 저해할 법한 일은 하고 싶지 않았던 것이다.

기분적으로는 현실에서 벌어지고 있는 이야기의 주인공을 바로 옆에서 보며 즐기고 있는 셈이었다.

그런 사실을 모르는 카트루나는 개인 개인에게 뭔가 차이가 있는 것이리라 생각하긴 했지만, 힌트가 될 정보가 너무 적어서 판단을 내릴 수 없었다. 그렇기 때문에 바슐트에게는 자세한 이야기를 들려주지 않고, 이대로 상황을 지켜보기로 했다. 정보를 알려주었다가 미래를 바꿀 수 있다는 사실을 자각하게 되어 마왕전에서 전멸이라도 한다면, 카트루나는 자신의 지위 면에서도 또 개인적으로도 곤란했던 것이다. 안 좋은 쪽을 향해가는 징후가 생기기 전까지는 현재 상황을 유지하기로 마음먹었다.

이런 생각을 론타 일행에게는 들키지 않은 채, 이야기는 계속되었다.

"이름은 알아?"

"사와베 유지로."

론타는 들어본 적 없는 이름이었고, 세 사람을 보아도 고개를 가로저을 뿐이었다. 한 사람, 바슐트만이 반응을 보였다. 그 모습에 뭔가 아는 게 있느냐고 물었지만, 그는 들어본 적 없는 이름의 울림이 신기해서라고 답했다. 실제로 그울림은 귀에 익지 않은 것이었으니 바스티노가 말했던 다른후보일까 생각했다.

언젠가 약에 대한 답례를 하자고 론타는 마음 한쪽에 그이름을 새겨두었다.

후에 유지로 일행과 론타 일행은 만나게 되지만, 그 상황과 장소는 론타의 상상 범위 밖의 일이었다.

잡담을 한 후, 아쉬워하는 카트루나에게 재회의 약속을하고 다섯 명은 신전을 나섰다.

지금부터 호수를 향해 가면 계절은 한겨울이 되므로, 마왕과 만전의 상태에서 싸우고 싶은 론타 일행은 겨울을 이근처에서 나기로 했다. 양산을 할 수 있다고 하니, 이번에받은 약의 효과를 확인하기 위해 악취 너구리와 싸우면서써보기로 했다.

효과를 확인하고 냄새가 전혀 나지 않게 하는 약의 효능에 감탄한 후, 솔비나로 돌아온 다섯 명은 자기 단련에 힘쓰거나, 의뢰를 받거나, 신전과 귀족의 저택에 불려 가거나, 헌팅에 성공하거나 하며 시간을 보냈다.

그리고 눈이 녹기 시작했을 때 솔비나를 출발했다.

오랜만에 다시 호수를 찾은, 바슐트를 제외한 네 사람은 변함없는 풍경을 보며 아무것도 하지 못하고 쓰러졌던 일을 기억해냈다.

몸을 쉬며 마왕을 기다린다. 얼마간의 시간이 흐르고, 특징적인 기척이 숲에서 느껴졌다.

모습을 드러낸 것은 2년 전과 옷만 달라진 마왕이었다. 그 모습을 확인한 론타는 약을 뿌려 이전과 변함없는 불온한 기운을 차단했다. 완벽하게라고는 할 수 없지만, 전과 비교하면 무척 편했고, 싸울 태세를 취할 수도 있었다.

다섯 사람은 기운을 완전히 차단하지 못한 이유를 마왕이 강해서라고 생각했지만, 실은 그것만이 아니었다. 유지로가 만든 것에 양산품의 질이 미치지 못한 것이다.

무기를 들고 자신을 노려보는 다섯 명을 향해 마왕은 겁먹은 표정을 보였지만, 다가오는 것을 막지는 않았다. 체력을 소모시키는 기운을 억눌렀기에 론타 일행은 체력이 깎여나가는 감각이 사라지는 것을 느꼈다.

"……아."

어느 정도 접근하자 마왕은 입을 열어서 목소리를 내려고 했지만, 그것은 말이 되지 못했다. 선수 필승이라는 마음으로 다섯 명이 움직였던 것이다. 바슐트가 음악을 연주하기 시작했던 것도 말이 닿지 않았던 요인 중 하나다.

사실 론타 일행은 마왕의 모습을 보고 사악하다고는 생각하지 않았다. 하지만 어떤 이유가 있든 쓰러뜨려야 하는 데 변함은 없었고, 대화를 나누어 정이 생기기 전에 죽여버리자고 생각했다.

연주 마술을 버텨내는 기색을 전혀 보이지 않는 것을 본 바슐트는 효과가 없는 이유는 모르겠지만, 이대로 계속해도 의미는 없다고 생각하고 연주를 바꾸었다. 지금까지 사용했던 것은 처음 론타 일행과 만났을 때 사용했던 것이었고, 지금부터 쓸 것은 리드미컬한 음으로 기분을 고양시키는 연주다. 이것으로 마왕이 뿜어내는 기운은 더욱 그 효과가 줄어들었다.

닥쳐드는 무기들을 보며 공포스런 표정을 지은 마왕은 기운을 억누르는 것을 멈추었다. 불쾌한 바람이 다섯 명의 사이에 불어 닥쳤다. 그것으로 다섯 명은 체력이 깎여나가는 것을 자각했다. 질 수 없다고, 바슐트가 기합을 넣어 류트를 연주했다. 하지만 끝까지 저항할 수 없었다.

체력이 사라지기 전에 쓰러뜨리겠다는 각오를 담아 공격은 더욱 격렬해졌다. 하지만 끝내 완수하지 못하고 한 사람, 또 한 사람 기절하기 시작했다. 마지막까지 남았던 바슐트가 이젠 틀렸다고 포기하고, 전원이 쓰러졌다. 유효한 공격 수단을 갖고 있지 않은 데다, 마왕에게서 살의를 느끼지 못했기에 산뜻하게 포기하고 기절해버린 것이다.

"도망친 건가."

기절했다 깨어난 론타는 가볍게 한숨을 내뱉었다. 마지막에 본 마왕은 온몸이 상처투성이였지만, 치명상이라고 할 정도는 아니었다. 그냥 내버려 두어도 괜찮을 상처도 아니었지만.

"도망치지 못하게 하면, 다음엔 할 수 있을 거야."

토벌할 수 있다는 분명한 자신감을 가슴에 품고, 론타는 동료들을 회수하여 마차로 돌아갔다.

론타 일행은 싸움의 방법을 서로 의논하고, 그대로 호수 주변을 탐색했다. 하지만 마왕의 모습은 없었고, 어딘가로 이동한 것이라 판단되었다.

어디로 갔는지, 카트루나에게 점을 봐달라고 부탁하기로 하고, 다섯 명은 다시 솔비나로 돌아가기 위해 마차에 올랐다.

론타 일행은 마왕 토벌 여행의 끝이 다가오는 것을 느꼈다.

《치트 약사의 이세계 여행》 3권에서 계속

부록 약 이야기 3 그리움의 물방울 or 탐정 불필요

과거의 풍경을 입체 영상으로 표현한다. 그것이 이 약의 효과다. 그야말로 마법의 약이라고 할 수 있는 물건이다.

신출내기 약사는 물론이고 평범한 약사에게도 만드는 것이 무리일 정도의 난이도지만, 편리성은 높다. 만들어진 직후 이용자 수가 늘었고, 사건 해결수도 그에 비례하여 올라갔다. 그리고 수년 만에 제작법이 사라진 약이기도 했다.

어째서 사라진 것일까? 그것은 그 약이 사용되면 난처해지는 자가 있기 때문이다. 그러한 자들이 약의 존재조차 지워버렸다. 없애기 위해 움직인 자들 중에는 대신 같은 이들도 있었으니, 업보가 깊은 이야기다. 그만큼 부정을 행한 자들이 많다는 증거이기도 하며, 만들어진 시기가 나빴던 약인지도 모른다. 뭐, 어느 시기에 탄생했든 같은 결과가 되었을 가능성은 있다. 뛰어난 약이라고 해서 만인에게 평가받는 것은 아니라고 하는, 얄궂은 이야기다.

이 약이 만들어진 것은 전 시대, 산의 민족이 영화를 자랑하던 산의 시대. 그러나 만든 것은 평원의 민족이었고, 시대나 당시의 형세가 관계있던 약은 아니었다.

우연히 숲의 민족을 마물에게서 구해주고, 그 답례로서 약학 책을 받은 평원의 민족이 지인 약사에게 그 책을 팔았다. 그 책에서 배운 지식으로 실력을 높인 약사가, 있으면 편리하겠다고 생각하여 연구한 끝에 약 5년의 시간에 걸쳐 만들어냈던 것이 바로 그 약이다.

그는 완성된 그것을 가까운 이들에게 나누어주었다. 사람들은 그 약을 죽은 자를 추억하거나 잃어버린 물건을 찾는 데 썼다. 편리하다는 소문이 퍼지고, 사용자가 많아지자 제조법이 공개되었다. 더욱이 사용자는 늘었고, 병사들도 사용하기 시작했다.

이전까지는 수상한 자를 발견하면 뒤를 쫓거나 주변 주민들에게서 정보를 수집했다. 그리고 수상한 인물이 무슨 일을 꾸미고 있는지 그렇지 않은지를 판단했다. 접근하면 들키기 때문에 멀리서 살필 수밖에 없었다. 하지만 이 약을 쓰면 수상한 인물이 사라진 후에도 얼굴을 가까이에서 확인할 수 있고, 입의 움직임을 읽어 추측할 수도 있게 된다. 무언가 거래를 하고 있으면 그 물건을 볼 수도 있어서, 얻을 수 있는 정보가 현격하게 늘었다.

그 결과 검거된 범죄자도 늘었다. 당연하게도 일반인에게 있어서는 기쁜 일이다. 하지만 이것을 문제시한 자가 있었다. 당사자인 범죄자는 물론이고, 그 범죄자를 쓰는 자들이다. 부정한 매매를 하는 상인, 그 상인과 거래를 하는 귀족, 그 귀족에게 상납금을 받는 더욱 상위의 귀족.

체포된 범죄자가 늘었다는 것은 신분 높은 귀족에게로 이어질 가능성이 늘었다는 의미였다. 실제로 불이익을 당한 유력한 귀족도 있다.

그러한 보고가 하나둘 각지에서 들어왔고, 뒤가 구린 짓을 하기 힘들게 된 자들은 그 약의 높은 효과를 문제시하기 시작했다.

그리고 적대 관계의 귀족에게 사용되어 약점을 잡힐 가능성에까지 생각이 다다르는 데는 그리 많은 시간이 걸리지 않았고, 그리 되기 전에 약을 말소하려는 움직임이 생겨났다.

처음은 사용하는 병사에게 압력을 가하려 했지만, 그래서는 의심해달라고 말하는 것이나 다름없었기에 다른 방법을 취했다.

귀족과 범죄자가 말소에 사용한 것은 풍문이다. 그때까지 도움이 된다고 떠돌던 소문 속에 범죄에 사용되었다고 하는 부정적인 것이 더해지기 시작했다. 실제로 귀족이 생각한 것처럼 다른 이의 약점을 잡는 등의 범죄에도 사용할 수 있으니 설득력이 있는 소문이었다.

소문을 근거로 우선은 누구나 사용할 수 있던 것이, 제한적으로 사용되는 상황으로 바뀌었다. 그리고 이어서 병사가 악용하여 협박에 썼다는 소문을 흘렸고, 실제로 벌을 받은 병사를 준비하여 백성들에게 사실이라는 것을 확인시켰다. 그렇게 제한적으로 사용되는 상황에도 의문을 품게 했고, 사용하지 못하게 되는 것에 의문을 갖지 않게 만들었다.

남은 것은 제조법을 훔쳐서 태워버리는 일이었고, 그렇게 제조법은 사라져갔다. 만드는 방법을 기억하는 인간은 우연을 가장하거나, 강도인 척을 하거나 해서 모두 죽였다. 이 약을 만들어냈던 자도 그렇게 목숨을 잃게 되었다.

서서히 사람들의 기억에서 이 약의 존재가 사라져갔고, 그런 위험한 약도 있었다는 인식이 새겨져 사용되는 일은 없게 되었다.

만든 사람은 약간 편리한 약이라 생각했고 위험한 약이라는 인식은 없었지만, 켕기는 점이 있는 자들에게는 필요 이상으로 위험시되어 사라진 약이다.

이러한 약의 사정 탓에 연관된 이야기는 훈훈한 것과 피비린내 나는 것, 양 극단으로 나뉜다.

훈훈한 이야기는 임종을 지키지 못한 사람이 이 약으로 죽은 자가 남긴 말을 입술 움직임을 읽어 풀어내고, 살아갈 희망을 얻어냈다는 것. 그 외에도 이미 죽은 유명한 도적의 행동을 밝혀내서 숨겨둔 보물이 있는 곳의 힌트를 얻었다는 모험 활극이 있다.

피비린내 나는 이야기는 왕의 신임을 얻은 귀족이 뒤에서 행했던 악행을 밝혀내려다 수많은 사람이 피를 흘렸다는 것이다. 악행의 무대가 된 마을과 악행을 밝혀낸 병사가 악행의 증거를 없애려 한 귀족에 의해 전부 살해되었다. 표면적으로는 악질적인 병이 발생했고, 그것이 확산되지 않게 하기 위해서라고 발표되었다. 병에 걸리지 않은 마을 사람들은 미리 도망쳤다고 되어 있었지만, 도망쳐 나와 병이 발생했었다고 증언한 자들은 전부 귀족이 준비한 자들이었고, 마을 사람은 모두 죽었던 것이다.

그 외에도 도적단의 악행을 밝혀냈다가 죽은 자들도 있다.

이러한 악행을 밝혀낸 자들은 자세한 상황을 알기 위해 이 약을 사용했고, 있으면 곤란하지만 편리하다는 것은 인정되었다.

영봉 루트마트필리아를 찾기 위해, 두 사람은 솔비나로 향하며 무관리지대를 나아갔다. 이미 오간 적이 있는 길이라 그리 힘든 느낌은 들지 않았다. 하지만 날씨에는 이길 수 없다.

갑자기 서쪽 하늘에서 피어난 검은 구름을 보고, 바람의 흐름을 보아 비가 오리라 예상한 세리에의 제안으로 비를 피할 장소를 찾게 되었다. 겨울이 막 지난 지금 시기의 차가운 비를 맞고 싶은 마음은 두 사람 모두 들지 않았다.

"동굴 같은 건 없을까? 그런 걸 바라는 건 사치려나? 숲이라도 있으면 훨씬 낫겠는데."

그리 말하며 유지로는 마부석에서 오른쪽 방향을 가만히 살펴보았다. 세리에는 마차 뒤에서 왼쪽 방향을 살폈다.

"저건 어떨까?"

"응? 뭔가 발견했어?"

"응, 멀리 유적 같은 게 보여."

어디 어디 하며 유지로는 세리에가 보던 쪽으로 고개를 돌렸다. 눈을 가늘게 뜨고 지그시 바라보던 유지로도 건물 같은 것을 발견했다.

"그럴듯한데. 가볼까? 바인, 부탁해."

고삐를 건물 쪽을 향해 당기자 바인은 순순히 진로를 바꾸어 그쪽으로 나아갔다. 후방에서는 점점 구름이 다가오고 있어, 조금 서둘러 달라고 바인에게 신호를 보냈다.

1분 정도 지나자 건물이 확실하게 보였다. 원래 건물이었던 것을 지지하던 벽이 듬성듬성 있었고, 그중에는 지붕이 있는 건물이 두 채 정도 있었다. 그 건물도 군데군데 부서져 있기는 했지만, 비를 피하는 정도는 충분히 할 수 있을 것 같았다. 크기는 초등학교나 중학교의 체육관보다도 조금 작은 것 같았다. 기와와 잘라낸 바위를 쌓아 만든 건물이 아니라, 콘크리트 같은 벽을 짜 맞춘 것이었다. 주택이라기보다는 공공시설 같은 느낌이다.

"모험가들의 기척이 없네. 쇠한 유적인 걸까?"

"유적이라고 할까, 그냥 폐허 같은 느낌도 드는데."

두 사람은 유적의 부지 안으로 마차를 몰아 가면서 이야기를 나누었다. 건물 앞까지 왔을 무렵에는 빗방울이 간간히 떨어지기 시작했고, 마차째로 들어갈 수는 없는지라 서둘러 바인을 마차에서 풀어서 함께 건물로 들어갔다. 밖이 어두운 탓에 실내도 어슴푸레했기에 빛의 마법을 썼다.

안도 역시 무너져 있었고, 잡초도 바닥 틈새에서 자라고 있었다.

"내부도 엉망이네. 당연한 얘기겠지만."

"밖이 그만큼 부서져 있었으니까, 안도 그만큼 황폐해져 있는 게 당연하겠지."

현관 같은 곳에서 휴식을 취해도 되겠지만, 일단은 탐색

해보기로 하고 더욱 안쪽으로 걸어 들어갔다.

입구에서 왼쪽으로 뚫려 있는 부분을 돌아가자 넓은 통로가 나왔다.

"이건 그림인가?"

오른쪽 벽에는 아무것도 없었지만, 왼쪽 벽에는 빛바랜 그림 같은 것이 그려져 있다. 빛을 가까이 하자 사람과 건물과 다른 다양한 것들이 그려져 있다는 것을 알 수 있었다. 그것을 보며 나아가자 한 번 구획이 나뉘었고, 거기부터 다시 그림이 계속되었다. 완전히 구부러진 모퉁이에 이르러도 그림은 계속되었다.

"이 그림은 숲의 민족인가? 귀가 길게 그려져 있어."

"그런 것 같네. 아마도 조금 전까지의 그림은 산의 민족이었던 것 같아."

"종족을 소개한 그림이라거나 그런 건가?"

다음을 보면 알 수 있으리라 생각하고 다시 걸음을 옮겼다. 예상대로라면 다음 그림은 평원의 민족이나 바다의 민족이겠지만, 예상과 다르게 다양한 종족의 그림이 있었다.

"소개를 위해 그린 건 아닌 것 같네."

세리에의 말에 유지로는 고개를 끄덕여 답했다. 다음 구획도 비슷했다.

그림은 아직 계속되는 것 같았지만, 설명이 없으니 무슨 의도로 그려진 그림인지 알 수 없어서 둘의 주의를 끌지 못했다. 그렇게 두 번째 모퉁이를 돌아 막다른 지점이 어렴풋이 보이는 위치까지 오자, 바인이 통로 저쪽으로 시선을 보냈다.

"왜 그래?"

바인의 등을 쓰다듬으며 세리에가 물었다. 그리고 곧바로 세리에도 안쪽에서 발소리 같은 소리를 들었다.

"누가 있는 건가? 아니면 마물?"

목소리를 낮추고, 유지로는 정체를 파악할 수 있겠는지 세리에에게 물었다.

"아마도 사람. 하지만 방심하지 마."

자그마한 목소리로 대답한 세리에는 허리에 찬 검으로 손을 뻗고 가만히 통로 저편을 보았다.

특별히 발소리를 감추려는 생각도 없이 나타난 것은 다박수염이 난 산의 민족 남자였다. 40세 전으로 보이지만, 세리에와 마찬가지로 실제 나이는 조금 더 위다.

"아무래도 인기척이 나는 것 같아 와봤더니, 평원의 민족과 숲의 민족…… 아니, 하프인가? 어느 쪽이든 드문 일이군."

순수하게 놀란 듯한 모습으로, 귀가 뾰족한 상태인 세리에를 보아도 불쾌감을 표시하지는 않았다.

"유적이라고 생각하고 여기까지 온 거라면 헛걸음을 했어. 돈이 될 만한 건 없다고."

"발굴품을 노리고 온 게 아니니까 딱히 상관없어요."

"그런가? 그럼 무슨 용건으로 온 거지?"

이런 곳에 사람이 오는 일은 거의 없다며 그는 신기해하

365

는 모습을 보였다.

"비가 와서, 비를 피하려고. 그리고 와본 김에 탐색해볼까 하고."

"비라고? 지하에 있느라 몰랐군."

"그쪽은 여기에 사는 건가요?"

여행 중인 옷차림은 아닌 듯 보이는 남자에게 유지로가 물었다.

"응, 맞아."

"뭔가 범죄를 저지르고 도망쳐서 숨은 상황인가요?"

왠지 모르게 떠오른 이유가 그것이었고, 그 외에는 숨겨진 방이라도 찾는 것인가 하고도 생각했다.

그러자 남자는 손을 흔들며 웃더니, 아니라고 답했다.

"역사적인 사료(史料)를 찾느라 여기 있는 거야. 여기는 박물관 같은 장소였던 모양이라, 모험가에게는 가치 없는 곳이겠지만, 나 같은 학자에게는 보물의 산이지."

"벽의 그림도 사료적인 건가?"

세리에의 말에 그렇다며 긍정한다.

"흥미가 있다면 설명해주지."

따라오라며 남자가 입구 쪽을 향해 걷기 시작했다.

할 일은 식사 준비 정도이기 때문에 시간은 남아돌았다. 심심풀이는 될 거라며 두 사람과 한 마리는 남자의 뒤를 따라 걸었다.

"꽤 많이 쏟아지는군. 이건 밤까지 계속 내리겠어."

입구에 도착하자 쏴아 하는 빗소리가 들려왔고, 밤에는 추워지겠다며 남자는 생각한 것을 입 밖으로 말했다. 혼자 산 시간이 길어진 탓에 혼잣말이 버릇이 된 것이다. 그래서 타종족이라고는 해도 사람과 이야기하는 것이 조금 기쁘기도 했다. 그것이 세리에를 보고도 불쾌감을 드러내지 않았던 하나의 이유기도 했다.

"그럼 이야기해볼까. 그 전에 간단하게 자기소개를 하지. 나는 해리어스. 산의 민족이고 역사를 연구하는 학자야."

"산의 민족은 싸우는 걸 직업으로 삼는 사람이 많다고 들었는데."

학자 같은 것도 있느냐고 묻는 세리에게 해리어스는 고개를 끄덕여 답해주었다.

"그런 자들이 많은 건 분명하지만, 그것만으로 도시와 마을은 성립되지 않아. 당연히 나랏일을 하는 자들이나 요리사, 의사 같은 직업을 가진 자도 있지. 나처럼 학자가 되는 사람도 있고."

그러고 보니 그렇다고 세리에는 납득했다. 일종의 편견이었다며 바로 이해한 것이다.

평원의 민족이 숲의 민족을 보는 시선도 비슷한 것으로, 마법사나 사냥꾼이 많다는 인상을 가진 자가 적지 않다.

"내 소개는 끝이야. 그쪽은?"

어느 쪽이 먼저 할까? 하고 두 사람은 시선을 교환한 후 유지로가 먼저 입을 열었다.

"저는 유지로. 약사를 하고 있어요. 솔비나로 가는 중이고
요."

"점술의 도시인가. 뭔가를 찾는가 보군."

그런 셈이라고 대답했다. 특별히 흥미가 있는 것은 아니
기에 해리어스는 그 이상 질문하지 않았다. 그 대신.

"약이 부족한 게 있는데. 몇 가지 팔아주지 않겠나?"

"알았어요. 나중에 알려주세요."

"다음은 나네. 세리에, 보면 알겠지만 하프야."

이미 들켜버렸으니 감추지 않고 정직하게 이야기했다. 그
자리에 있는 이유는 해리어스를 신용할 수 있다고 생각했기
때문이 아니라, 3 대 1이라면 어떻게든 되리라고 판단했기
때문이다. 장소도 마침 무관리지대. 여기서 사람이 죽는 일
은 드물지 않다.

"뭐, 잠깐 동안이지만 잘 부탁하네."

그리 대답한 해리어스에게 유지로는 기쁘면서도 신기해
하는 표정을 지어 보였다.

"하프라는 걸 알아도 태도가 바뀌지 않네요?"

"생각하는 바가 없는 건 아니야. 하지만, 여기서 불쾌감을
드러내고 적대해도 지는 건 이쪽이니까 말이야. 이런 곳에 혼
자 있을 정도이니 어느 만큼의 실력은 있지. 하지만 3 대 1이
되면 저항할 수 없을 거야."

세리에가 생각하던 것과 같은 것을 해리어스도 생각하고
있던 것이다. 하지만 그것만은 아니었는지 그리고, 하고 말

을 이었다.

"연구를 위해서라고는 하지만, 이런 데 혼자 있는 이상한 사람이거든, 내가. 하프 정도야 뭐 딱히 상관없다고 생각하기도 해. 그런 것보다 설명을 해야지."

차별하지 않는다면 이상한 사람이라도 좋다고, 유지로는 고개를 끄덕이고 설명을 들을 태세에 들어갔다.

어떤 의미로는 받아들여진 세리에는 유지로도 이상하다고 하면 이상하고, 해리어스도 이상한 사람인데, 자신은 그런 인종에게만 받아들여지는 것이라고 납득해도 괜찮은 것인가 잠시 고민했다.

"우선은 이 건물 자체를 설명해야지. 여기는 전 시대, 산의 민족이 세운 박물관이야. 운 좋게도 파괴지진에 버텨낸 거겠지. 건축 양식과 가치가 없어서 여기에 남겨진 부서진 가구의 제작법에서 그걸 알 수 있었지. 우리 집에도 조금 전 시대의 물건이 남아 있으니까 알기 쉬웠어."

"본가는 수집가나 고물상인가요?"

유지로의 질문에 그는 양쪽 다 아니라며 고개를 저었다.

"내 조부는 파괴지진에서 살아남은 가구 장인이었지. 대대로 기술이 전해져 왔어. 견본으로서 전 시대의 가구도 보관되어 있지. 나는 그걸 보고, 만들고 싶다고 생각한 것이 아니라 그게 존재했던 시대를 알고 싶다고 생각했어."

"거기에서 이 세계의 역사로 관심이 넓어진 건가?"

세리에의 말에 그렇다고 고개를 끄덕였다.

"건물 이야기 다음은 바로 그림에 관한 거야. 입구에서 다음 구획까지를 보고 눈치챈 게 있나?"

"세리에와 산의 민족이 그려져 있다고 이야기하기는 했는데."

"뭐, 눈치채기 쉬운 거지. 이 부분은 전 시대, 산의 시대에 관한 것이 그려져 있어. 어떤 물건을 만들고 발전시켰는지가 대략적으로 나타나 있지."

"호오."

그림의 의도를 알게 된 세리에는 감탄한 목소리를 냈다.

"산의 시대란 건 어떤 형태의 사회였지?"

"강한 자와 좋은 물건을 만드는 자가 칭송받는 시대였지. 기본적으로는 특정 종족이 대두한 시대란 건, 그 종족의 색이 퍼져 있다는 의미야. 전체적으로 화려하지는 않았던 것 같아. 그 소재가 가진 장점을 끌어내는 방향이었을 거야. 물건을 만드는 것만이 아니라 인생을 살아가는 방식도 그랬겠지."

예를 들자면 요리는 여러 종류의 향신료를 사용하기보다는 많아야 세 종류 정도로 조리했고, 화장은 옅은 풍조였다. 해리어스네 본가의 가구 제작도 덕지덕지 페인트를 칠하지 않고 나무의 색을 살리도록 만들고 있다.

분위기로 표현하자면, 좋게 말하면 차분한 느낌이고 나쁘게 말하면 수수했다.

인생의 방식도 기초를 중시하는 느낌으로, 다양성과 특색은 없지만 안정감은 발군인 삶의 방식을 취하는 자가 많았다. 그런 사람들 덕분에 한 걸음 한 걸음 더해지듯 발전해 갔다.

"그런 선인들 덕분에 내 연구는 순조롭지. 무엇보다 정보의 방향성이 일정하고, 연결점도 확실해."

무언가 하나의 정보를 알면, 그에 가까운 정보가 반드시 있는 것이다. 갑자기 몇 단계를 뛰어올라 발전하면 관련성을 찾기 어려워 연구에도 시간이 걸린다.

"과연, 그렇구나."

한 발 한 발 착실하게 나아간 문화였구나 하고 유지로는 생각했다.

"그리고 여기부터는 더욱 전 시대, 숲의 시대야."

다음 구획이 시작되는 곳을 해리어스가 가리켰다.

"이 시대는 마법이 특징이지. 산의 시대가 기초 중시라면 이쪽은 아이디어 중시라는 느낌이라고 할까? 어느 쪽이 좋고 나쁘다는 건 아니야. 산의 민족 쪽은 너무 진중하게 나아가서 발전성이 부족했지. 순조롭게 나아갈 때는 괜찮지만, 한 번 주춤하면 다시 나아갈 수 있을 때까지 긴 시간이 걸리거나 했지. 숲의 민족 쪽은 한 번 주춤하게 될 때는 수단을 강구해서 쉽게 다시 나아가기도 했고. 다만 너무 옆길로 빠져서 정통적인 진보가 늦어지는 경향이 생겨 나중에 곤란해지기도 했어."

"그 말대로 어느 쪽이든 장단점이 있다는 건가."

"맞아. 이 두 시대의 차이는 도구의 제작에도 드러나지.

371

가위를 만든다고 했을 때, 산의 민족은 소재부터 집착을 보이고 제작법도 숙련시켜 가위 그 자체의 품질을 향상시키거든. 반면 숲의 민족은 한 번 가위를 만든 다음 잘 안 잘린다는 생각이 들면 마법을 걸어서 날을 날카롭게 만들지. 그 외에도 날의 이가 빠졌을 때를 위해 자기 수복 기능을 더하거나 가위 본래의 기능이 아닌 걸 첨부해."

발굴품 중에서 쓰기 쉬운 것은 산의 시대의 물건이다. 그대로 써도 문제가 없게 만들어져 있다. 숲의 시대의 물건은 사용법을 모르면 단순히 낡아빠진 일용 잡화로 오해할 만한 것이 많다. 반대로 사용법이 판명되면 생활이 단숨에 편해진다.

"이전 작은 유적에서 마법이 걸린 핀 배지를 발견했는데, 듣기로는 그 유적이 숲의 시대 것일 가능성이 높다고 하더라고요."

"실제로 보지 않으면 단정할 수 없지만, 가능성 면에서는 그렇겠지. 단지 더 전 시대의 발굴품을 가지고 있었던 것뿐일 가능성도 있지만."

참고로 어디서 유적을 발견했는지 질문 받았고, 감출 일은 아니었기에 세리에는 정직하게 대답해주었다.

"헤프시밍 남부라. 멀군. 아니, 하지만."

갈지 말지 망설임을 보였다. 두 번의 파괴지진으로 시대가 끊어졌던지라 사료가 많다고는 할 수 없었던 것이다. 조금이라도 정보를 손에 넣을 수 있다면 가보고 싶기도 했다.

"뭐, 나중에 생각하기로 하고 다음 그림. 이 시대는 평원의 민족이 중심이었던 모양이야. 그것도 평원의 민족 지상주의였던 것 같아."

여기를 좀 보라며 해리어스가 손가락으로 가리킨 곳에는 다리에 족쇄를 한 산의 민족과 숲의 민족이 있었다.

"전의 두 그림은 각각의 종족이 많았지만, 노예는 없었잖아?"

듣고 다시 생각해보니 노예 같은 것이 그려진 그림은 없었다.

"일부러 그려 넣었다는 건, 노예 수가 많았던 게 아닐까? 하는 거지. 어차피 추측일 뿐이지만. 이 시대의 특징은 전란이 많았던 것일지도 몰라. 학대받다 보면 반발이 일어나지. 다툼을 나타내는 듯한 그림도 있고 말이야. 자, 마지막 그림이야."

"이걸로 마지막이라는 건, 세계는 여기부터 시작되었다는 건가?"

"아니, 그렇지 않아."

해리어스는 고개를 저어 세리에의 의문을 부정했다.

"자세한 건 알 수 없지만, 숲의 시대의 유적에서 얻은 사료에 따르면, 그 시대보다도 전에 몇 번인가 파괴지진이 일어났었던 것 같아. 그러니 시작은 여기가 아니야. 분명한 걸 알 수 없어서 그림은 여기까지만 그려진 거라고 생각해."

유지로는 이 세계에 약 8천 년 정도의 역사가 있다는 것을 바스티노에게서 받은 지식으로 알고 있었다. 하지만 그것을 증명할 수는 없다. 그것을 나타낼 증거가 없기 때문이다. 책에서 봤다고 얼버무리려고 해도 그 책에 관해 물으면 대답할 수 없다. 어떤 책인지 기억나지 않는다고 하면 근거 없는 정보 취급을 당할 것이다. 그래서 쓸데없는 말은 하지 않고 잠자코 있기로 했다.

혹시 해리어스가 유적 이외의 곳에서 역사를 알고 싶다고 한다면, 이전 두 사람이 접했던 협화신(協和神) 신자 방면부터 조사해보면 좋을지도 모른다. 그 종교에서 여신으로 받들어지는 인물은 첫 번째 파괴지진이 일어난 직후에 태어난 인물이다. 오랜 역사를 갖고 있으므로 협화신 신전에는 의외의 역사가 잠들어 있을 가능성이 있다.

두 사람은 이러한 것을 모르니, 해리어스에게 힌트 삼아 알려줄 수는 없지만.

"이 네 개 이외의 시대에 관해 아는 게 있나요?"

"아까 말했듯이 자세한 건 몰라. 그림을 통해 보면 특별히 어떤 종족이 대두했던 것으로는 생각되지 않아. 가끔 산의 시대에도 숲의 시대에도 없었던 발굴품이 발견되는 일이 있는데, 아마도 이 시대나 평원의 시대의 물건이겠지. 그걸 보고 말할 수 있는 건, 기술은 지금보다 발달했던 것 같지만, 산과 숲의 시대 말과 비교하면 뒤처졌어. 이런 정도야. 이게 지금 내가 알려줄 수 있는 역사 이야기야. 이 이전의 시대에 관해서는 사료가 전혀 없어."

"무척 흥미로운 이야기였어요."

그렇게 말하여 유지로는 박수를 쳤다.

"뭐, 심심풀이로서는 좋은 시간이었어."

"답례는 따뜻한 요리면 되네."

세리에의 말을 불쾌하게 생각하지도 않고, 농담을 섞어 답한다.

그 정도는 괜찮겠다고 생각한 세리에는 고개를 끄덕이고 마차로 돌아갔다. 해리어스는 기뻐하며 그 모습을 바라보았다.

"말해보길 잘했군. 할 줄 아는 요리가 적어서 말이지. 가끔은 다른 요리도 먹고 싶다고 생각했었거든."

"저도 약을 가져올게요. 뭐가 필요한가요?"

"아, 그러니까……."

부족한 것을 생각하고 필요한 것을 말했다. 종류가 많기는 했지만, 전부 갖고 있을 거라 여기고 말한 것은 아니다. 몇 가지라도 건지면 횡재하는 거라는 느낌으로 일단 열거한 것이다.

그런 해리어스를 보며 유지로는 그 정도쯤이야 하고 간단히 받아들이더니, 주변의 풀 등을 써서 전부 갖추었다. 그 상황에 해리어스가 깜짝 놀라는 것은 다음 날의 일이었다.

이곳을 떠난 후에 유지로와 세리에는 숲의 시대에 관해서는 만물박사라고 할 수 있는 벅스 노이드와 만나게 되는데, 해리어스로서는 더할 나위 없이 부러운 만남이었을 것이다.

벅스 노이드에 관해 알려줄까 싶어 유지로와 세리에가 그 유적을 다시 찾았을 때에, 해리어스는 이미 그곳에서 철수

한 상태였다. 이 엇갈림 탓에 해리어스가 벅스 노이드의 존재를 아는 것은 몇 년 후의 일이 되고 만다.

치트 약사의 이세계 여행 2

2017년 3월 8일 1판 1쇄 인쇄
2017년 3월 15일 1판 1쇄 발행

저　　　자 아카유키 토나
일 러 스 트 kona
옮 긴 이 이신
발 행 인 유재옥
본 부 장 조병권
담당편집자 김진아
편　　　집 권오범 김민지 김진아 박찬솔 정영길
라이츠담당 오유진
디 지 털 홍승범
발 행 처 ㈜소미미디어
등　　　록 제2015-000008호
주　　　소 서울시 마포구 토정로222, 403호 (신수동, 한국출판콘텐츠센터)
판　　　매 ㈜소미미디어
마 케 팅 박지혜
전　　　화 편집부 (070)4164-3962, 3963 기획실 (02)567-3388
　　　　　 판매 및 마케팅 (070)4165-6888, Fax (02)322-7665

ISBN 979-11-5710-758-2 04830
ISBN 979-11-5710-463-5 (세트)

소미미디어 라이트 노벨 시리즈

나이츠&매직
4

아마자케노 히사고   지음
쿠로긴   일러스트
강동욱   옮김

에르의 전용기 등장!
나이츠&매직은 이제부터가 '진짜'!!!

◆ 초판한정 ◆
스페셜 책갈피 증정

Illustration Kurogin

**"자, 갈까요, 이카루가······.
전쟁(축제)의··· 시작입니다!"**

옥시덴츠에 철과 화염의 광풍이 휘몰아친다. 서방 제일의 대국인 잘로우데크 왕국이 또 하나의 대국 쿠세페르카 왕국에 선전포고. 밀려 닥치는 흑철의 기사, 심지어 미증유의 항공 병기까지 투입되어 쿠세페르카 왕국은 멸망의 날을 맞이한다. 그 와중에 프레메빌라 왕국의 제2왕자 엠리스는 쿠세페르카에 있는 고모를 구하기 위해 뛰어들고 에르네스티가 이끄는 은빛 봉황 기사단 앞에는 어찌 된 영문인지 그들이 만들어내고 그들밖에 갖고 있지 않은 최신 기술을 응용한 실루엣 나이트가 적이 되어 가로막고 있었다. 그 정체를 알아차린 은빛 봉황 기사단은 잘로우데크 왕국에 대한 적의를 분명히 한다. 적을 쓰러뜨리고 우방을 되찾기 위해 에르네스티는 갑옷 무사를 몰아 은빛 봉황 기사단에 명령을 내리는데──.